能天気が列組んで

斜里ハコ助
SHARI Hakosuke

文芸社

目次

主な登場人物

◆通称「アゴ」(本名　仲田　正)
本業は塗装屋。年齢的にも、押しの強さでもピカイチ。界隈《かいわい》の遊び人で、仲間の中心的存在。実によく喋るデブで、故の〝アゴ〟である。

◆通称「ピー坊」(本名　武石守仁)
正真正銘のヒモ稼業。一八〇センチの、長身の伊達《だて》男《おとこ》。

◆通称「公《コー》ちゃん」
本業は鳶職《とびしょく》。冷蔵庫のような四角い体型で、引くことを知らない猪突猛進のバクチスタイル。

◆通称「小林君」
外車専門のディーラー。見てくれは真っ当なサラリーマン風情だが、遊びに関してはバリバリのレギュラーである。テレビドラマ「明智小五郎シリーズ」少年探偵団の小林団長に似ているが故の〝小林君〟である。

◆通称「痔《ジィ》やん」（本名　本多良幸）
界隈で競馬のノミ屋を営む、気の好い中年男。岡山県出身。

◆通称「チャンカァ」（本名　加藤初江）
界隈で一杯飲み屋を営む、気の強い女将。

◆通称「鶴ちゃん」（本名　鶴田定吉）
雀荘『カネコ』の主《あるじ》。何事にも無気力なマイペース男。やたらに首が長く、それ故の〝鶴ちゃん〟でもある。

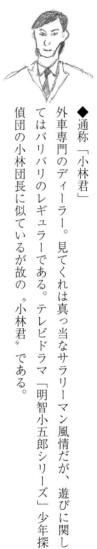

◆通称「アズル」
中心的な存在ではあるのだが、一年の半分くらいは消息不明になる、年齢・住所不詳男。

◆通称「サブちゃん」
爺ぃオカマのサブちゃん。元祖オカマ。界隈の有名人。

◆通称「ハコ助」（本名　上野勇夫）
界隈で組織暴力をバックに、競馬のノミ屋を営む。元はソバ屋の出前持ち。

◆通称「セコイヤ」（本名　肥田　緑）
平凡な家庭に生まれ、平凡に育つはずだったが……。稀に見る運の悪さの持ち主。

第一話　セコイヤの悲劇

最初の悲劇は緑が八歳、昭和三十六年の秋も深まった頃だった。毎年の行事として、親戚が一堂に会して、祖父の墓参りに出向いた日のことである。

大人が十二、三人、子供も同じくらいいただろう。その集団がバス停に向かって歩いていた時に悲劇は起こってしまった。

肥田緑――女の子の名前みたいだが、れっきとした男の子である。彼は仲の良い一つ年下の従弟《いとこ》と二人で、他愛ない悪戯《いたずら》を思いついた。

一行を先回りして、次の曲がり角で先頭の奴《やつ》を脅かしてやろうというのだ。

「なんで巨人はスタンカが打てないんだ？」

「長嶋からして打てないんだから、他の奴が打てるわけないよ」などと話している大人たちの集団を、二人は嬉々《きき》として抜き去ると、次の曲がり角の石垣のへっこみに身を潜めた。

穏やかな話し声とともに、大人の集団がすぐそこまで近づいた。

緑と従弟は渾身《こんしん》の声とアクションで先頭の影に襲いかかった。

「ワッ！」

やってしまってから気が付いた。

先頭の影は、親戚会の大御所である祖母だった。祖母は七十六歳でありながら、六人からいる壮年の息子や娘たちに口答え一つさせない鬼婆ァ《おにばば》……今で言うゴッドマザーであった。

その鬼婆ァが目をひん剥《む》いて飛び上がったかと思うと、物干し竿《ざお》から外れた洗濯物みたいに、ゆらゆらと地面に揺れ落ちた。

そして、そのまま目覚めることはなかった。

つまり死んじまったのである。

事を荒立てない、という当時の田舎の慣例で、祖母は心臓麻痺《まひ》ということで病死の処置がとられたが、子供の悪ふざけといえど、人間を殺《あや》めてしまったことには違いないのである。

緑は祖母の次女の長男。いわゆる外孫であるし、一つ年下の従弟は祖母の長男の長男。いわゆる本家の長男であり、先々は一族の総領となる立場の子供であった。

当然、親戚の大人たちの憎しみのこもった視線は、年上の緑一人に集中した感があった。

必然的に緑の両親——特に控えめで保守的、謙虚さの固まりのような母親は、兄弟たちに対する負い目、引け目を一身に引きずることになってしまった。

そうなると、地元の千葉に居住することすら辛《つら》くなった両親と緑は、夜逃げの如《ごと》くひっそりと横浜の郊外に引っ越すはめになってしまったのである。

そして引っ越して二年目の夏に、二度目の悲劇は起きてしまった。

その日、緑は住宅地の裏手の里山で、転校してからやっと馴染《なじ》んできたクラスメイトたちと三人で忍者ごっこをして遊んでいた。

たまたま一緒に遊んでいた一人が、木から飛び降りた時に着地に失敗して、首の骨を折って死んでしまった。どう見ても本人の不注意による事故でしかなかった。

ただ、もう一人の奴が、

「緑ちゃんがタカちゃんに、飛べなきゃ忍者じゃないって言ったんだ」

それは日常的な子供の戯言《ざれごと》であった。だがこの余計な一言で、またまた――緑ちゃんがタカちゃんを死なせたんだ――ということになってしまった。

かくして一家は、また引っ越しを余儀なくされることになる。母親が病的なほどに周囲の目を気にするようになってしまったのだ。

今度の引っ越し先は川崎の郊外である。しかしどこに移動しようが、いきなり緑を取り巻く状況が好転することなどあり得ない。

八歳で祖母殺し、十歳で友達《ダチ》殺し、以来流れ流れて……である。

その前歴を盾にそのままグレていたら、その道でかなり出世していたかもしれなかった。

しかし堅実な家庭の十歳の子供が、上手《うま》いグレ方などできるはずがない。

それどころか、緑は二つの事件の後遺症に苦しめられることになる。

二人の人間を死に至らしめてしまった——という概念は、自分の意思を遮断することによって自身を防御する、という何とも複雑な性格を創り出してしまっていた。

例えば『これから何して遊ぼうか……』と誘われても、『森に蛇を獲りに行こう』とか『ベーゴマをやろう』とか明解な返事をすることができない。もし森で予期しないアクシデントが起こり、誰かが怪我をしたり死んだりしちまったら『森で遊ぼう』と言い出した自分の責任になってしまう……という恐れから、全てに対して自分の意思を明確に表せなくなってしまった。

そんな煮え切らない性格だから、転校先の小学校でも仲の良い友達など出来るはずがなかった。それどころか悪童たちの格好の標的になってしまい、いじめられ放題の腰抜けに成り下がってしまった。

緑の輝かしい（？）経歴からすれば何とも皮肉な話である。

そのような腰が引けた生活が五、六年も続いただろうか。

しかし、緑の三度目は高校二年の秋にやってきてしまった。

その前年、緑は麻雀《マージャン》を覚えた。もとよりトランプ、将棋、スゴロクから百人一首に至るまで、この手の遊びに関しては、唯一取り柄と言っていいほどの才覚を発揮した。

緑の周囲の大人しいノンポリ学生たちでは、もはや腕が違いすぎて勝負にならず、自然と腕が立つといっぽい学生たち相手に打つようになった。

彼らは誰かの家で仲良し麻雀なんて打ちゃしない。いっぱしの顔をして街の雀荘で打つのだ。

そのうち学生の中で図抜けた腕前の緑は、当然の成り行きでその雀荘の常連たちである他の高校の不良学生や、巷《ちまた》の大人の雀士たちとも打つようになった。

緑ともう一人、韓国人の学生で政明《ジョンミョン》と呼ばれる奴が、「ガキども」と呼ばれる高校生雀士の双璧であった。

その政明が、なぜか緑に懐いてきたのだった。

未《いま》だに腰抜け病を引きずっている緑とは正反対に、政明はその年で既にいっぱしのワルであった。

その二人がなんでウマが合うのか不思議だったが、毎日のように仲良くツルんで行動するようになった。政明が緑のことを緑一色《リューイーソー》に例えて『リューイ』と呼び始めたのもこの頃である。

緑は政明から酒・煙草《たばこ》そしてその後に続くものも教わることになる。

夏休みに入って間もなく、政明は緑を横須賀の簡易売春宿に連れていった。俗に言う一発屋《イッパツヤ》というやつだ。

緑の胸は躍った。横須賀という土地柄、外国人相手の派手で艶《なま》めかしいグラマーな姉ちゃんが相手をしてくれるものと、勝手に想像しちまっていた。

ところが、座布団が四、五枚散らばっている暗い部屋にドタバタと入ってきたのは、まさに化け物としか言いようのない、大型冷蔵庫のような体つきの大年増だった。

緑は、不覚にも女子学生のような小さな悲鳴をあげてしまった。女の顔を見て悲鳴をあげたのは、後にも先にもこの時だけだ。

しかしその化け物は委細構わず、

「学生なんだって？　今日はしょっぱなからツイてるね。あたし若い人大好きなんだ」

緑は柔道のモロ手刈りよろしく、ムンズと腰を抱えられて倒されてしまった。

あっという間に小さい奴を引っ張り出され、数回シゴかれたと思ったら、下っ腹の上に臼みたいな尻が乗っかってきた。

重くて痛くて苦しくて……若さゆえに、自分の意思に反して大量放出してしまったらしいが、後始末もそこそこに命からがら宿をすっ飛び出た。

「リューイよぉ、だから言ったろう？　学割で四〇〇〇円なんだから期待するなって……。でも女なんて数さえこなせば自信が出てくるんだ。今日のも数のうちだと思えばいいんだ。そのうち、ああいう所の女とも対等に勝負できるようになるよ……」

帰る道すがら、政明は不本意ながらも男になった緑を励ましたが、緑にとっては辛い初体験になった。

「たぶん一〇〇年かかっても無理だよ、俺には……」

数日後、政明が一人の女の子を連れてきた。和美《ファミ》という名のやはり韓国人だったが、目鼻立ちの整ったメチャメチャにハク《いい》いスケ《女》だった。年は緑たちより一つ下だという。

政明にコンドームを握らされた緑は、いつもシンナー遊びをする寺の境内に和美を誘った。和美は何の警戒心もない顔でついてきた。

そこで緑は小さい奴をねじ込もうと、やっきになった。しかしどうにも上手くいかない。

そのうち女の子の方が――しょうがないな――という態度で全てをリードしてくれた。

それで一応目的は達成したのだが、年上の男として女の子にいいところを見せられず、気まずさだけが残った。

しかし和美の方は、そんな緑を気に入ったようで、その後も事あるごとにリューイ、リューイといって緑にまとわりついてきた。

周囲の男たちは盛んに羨ましがったが、一度腰が引けてしまうと容易に立ち直れない緑である。今度はいい仕事をしなければ、という思いに凝り固まって、せっかくの据え膳にも手を出せないでいた。

女に関してはつまずいてしまったが、緑にとって久々に退屈しない夏休みであった。ここ数年、夏休みというと家の中にこもりがちだったが、政明とツルんでいると、あっという間に時間が過ぎる。ワルというのは存外に忙しいものである。

夏休みが終わって一か月ほど経《た》ったある日のことだった。

緑と政明は、例によっていつもの雀荘でゴロチャラしていた。まだ外も明るい。

突然、怒号とともにダボシャツに雪駄《せった》のお兄さんが押し入ってきた。

そいつは、片方の手で一人の若者の襟首を掴《つか》んで引きずっていた。そしてもう片方の手に、とんでもないものをぶら下げていた。

西遊記に登場してくる悪役が持っているような、刀身の幅が広く先の方が反り返っていて、いかにも重そうな刀を抜き身のままぶら下げていたのである。

引きずられている若者は、順員《ジュンイン》と呼ばれている政明の友達《ダチ》だった。したたかにヤキを入れられたのだろう。顔中ボコボコだ。

しかしまだ宵の口である。こんな格好で、よく街の中を歩いてきたものだ。薬でもやっていなければ考えられないことだ。

「危《ヤバ》い！　和美の兄貴だ」

政明は、顔色を変えて咄嗟《とっさ》に立ち上がった。

ダボシャツは緑と政明にまっすぐ向かってきた。

「緑《ミドリ》ちゅうのは、おまえか」

ダボシャツは順員を突き飛ばすと、反り返った鋼の凶器を、緑の鼻先に突きつけた。

「先輩《ソンベ》、緑《リューイ》は違うんだ。和美は俺が」

政明は腕で頭を庇《かば》うようにして、緑と男の間に自分の体を割り込ませた。

「△×○△×○△×○△×○——」

男は烈火の如く母国語で怒鳴ると、政明の腹を思い切り蹴り上げた。さらにその重量感のある凶器で手近な麻雀卓を思い切りぶっ叩《たた》いた。凄《すさ》まじい音とともに雀卓の外枠が弾け飛んだ。

「△×○△×○△×○△×○——」

男の蹴りを足を踏ん張って耐えた政明が、怒りの表情で母国語で言い返した。恐らく――上等だ、この野郎――くらいのことを言い返したのであろう。

彼らの国のしきたりでは、目上の者に口答えや反抗することなど到底許されないことである。男の目に狂気が走った。

「ウリャー！」

一瞬の躊躇《ちゅうちょ》もなく凶器が政明の側頭部に振り下ろされた。

鈍い衝撃音とともに政明が横倒れ気味に崩れ落ちた。

緑の全身が凍りついた。

――次は自分だ――

後ずさりした緑の背中が窓に当たった。

ほとんど無意識のまま緑はサッシの窓を開けると、一気に身を躍らせた。

その雀荘は二階だったのだが、ほとんど無意識ということが、腰抜けの緑に思い切った行動を取らせたのだろう。

視界は既にセピア色に変わってしまっていたし、着地の瞬間もまるで夢の中のような曖昧な衝撃でしかなかった。

頭の上から怒号が響き渡った。男が反り返った刀を片手に窓枠から身を乗り出したのが見えた。

緑は夢遊病者のように走り出しながら、後ろを振り返った。

男が不自然な格好で地面に叩き付けられて一回転するのが、まるで夢の中の場面のように映し出された。

繁華街の路上での思わぬ飛び降り事故に、たちまち野次馬が集まり、救急車のサイレンも近づいてきた。

——何てことだ！　なんでこうなっちまうんだ——


政明は頭骸骨陥没で即死。ダボシャツの男は死ぬ直前に政明が口走ったとおり、シャブ中毒の和美の兄貴だった。

どうやら美形の妹をモデルかタレントにしようと目論んでいた矢先に、その大事な妹が、ガキどもにオモチャにされていると思い込んでの蛮行であった。

しかし、その兄貴も翌日、病院で息を引き取った。

かねてから緑を可愛がってくれていた雀荘の主人の好意的な弁護もあり、緑に法的なお咎《とが》めは無かったが、現役の高校生ということで、家庭と高校は厳重注意を受けた。

そして街の不良の間では、あろうことか緑が和美の兄貴を窓からブン投げた、という武勇伝が勝手に出来てしまっていた。

緑の家族は、再度新しい土地に移る算段をしなければならなくなった。

しかし緑にはもう家族と共に暮らす気持ちも、学生生活を続ける気持ちもなくなっていた。母親の疲弊している姿を見るのも辛かったし、政明の想い出がまだ匂い立っているこの街に、身を置き続けることなど考えられなかった。

事件から半月ほど経ったある日。緑は僅かな小遣い銭を握りしめて、黙って家族の元を去った。

雀荘のメンバー、パチンコ屋の店員、キャバレーのボーイ……住み込みで雇ってくれる所であれば、所構わず働いた。

しかし気弱な十七歳にとって、社会の底辺の荒《すさ》んだ境遇は、かなり辛い経験の入り口となった。

当時の水商売やパチンコ屋の寮などは、それこそ見るに堪えない凄まじい荒れようであった。

相部屋なので鍵など掛けられず、新顔は寝ている間にサイフは抜かれ、コートや靴までグニ込まれ《質入れされ》、布団には脱糞《だっぷん》までされた。

ある時など大した理由はないのに、数人に寄ってたかってタコ殴りにされたこともあった。

しかし、いくら辛くとも情けなくとも他に行き場がないのだから、耐えるしかない。

クソ塗《まみ》れの布団で寝ようと、ボコボコにされようと、生きているだけで幸せだと思わなければいけない。

緑は過去に自分が関わった祖母の死、クラスメイトのタカシの死に対しては、責任感と罪悪感は充分すぎるほど持ってもいたし、性格が変わるほどのトラウマも背負ってしまった。

しかし、不思議と直接その二人には感情移入ができないでいる。

要するに、それほど親しみを感じていなかったということである。

しかし直近の政明の死は辛かった。

緑にとって最初で最高の親友であった。そしてその親友は、緑を庇って斬殺されたのだ。緑の目の前で……。

そしてその直後、自分はどうしたか……。

なんであの時――テメエ、この野郎――と叫んで和美の兄貴に飛びかかっていけなかったのだろう。

仮にあそこで政明と共に斬り殺されたってよかったではないか。天国にしろ地獄にしろ、政明と一緒なら寂しくはない。

後になって、なんで、なんで……という思いに襲われたが、現実は怒りより恐れに支配されてしまい、気が付いたら昏倒《こんとう》している親友を放り出して逃げ出していた、という体《てい》たらくであった。

所詮、自分は救いようのない腰抜けなのだ。

以来事あるごとに、政明の笑顔が夢に出てくるし、同時に政明の葬儀に出席した時の母親と姉の緑に対する刺すような眼差《まなざ》しが、交差して浮かんでくるのだ。

その辛さに比べたら、クソ布団やタコ殴りなど、どれほどのことだというのだ。

緑はそれら数年間の荒んだ底辺暮らしで、大抵のことには動じなくなっていた。

そして上辺《うわべ》の性格も容姿もたくましさが備わり、いっぱしの半パの仲間入りをしてしまった感があった。

本質は相変わらず腰抜けのままであるが、多少の虚勢を張ることも板についてきたし、ギャンブルが強い、という長所は、遊び人の世界では充分なアドバンテージであった。

そんな緑がこの界隈にアパートを借りて二か月が経った。いかにも大都会の片隅、という雰囲気がピッタリの街である。住み心地は悪くない。


緑がこの雀荘に来たきっかけは、新宿のマンモスキャバレーのボーイ時代に同僚だった飯田という男の紹介である。緑よりだいぶ年上であったが、いかにも軽薄そうな印象の奴だった。

当時の同僚のボーイたちと数回雀卓を囲んだものの、緑には到底敵《かな》わないと悟った飯田が——強者が溜《た》まってる雀荘がある——と言って連れてこられたのが、この『カネコ』という雀荘である。

飯田によると——筋者《すじもん》も一目置いている連中——ということであったが、『心配することぁねえ。みんな俺の友達《ダチ》だからよぉ……』ということであった。

しかし果たして、緑たちはこの場所で決して歓迎される客人ではなかったようである。

店のオーナーらしいヌボーッとした顔つきの中年のおじさんは、飯田と緑に向かって僅かに顎を上下に動かしただけで、一言も声をかけようとしないし、手伝いらしき婆さんは、飯田の顔を見ると露骨に嫌な顔をした。

そして他の常連らしい男たちも、明らかに見下した目つきで飯田と緑を見やった。

——懐は薄いし、バク才は無いし、気の利いたとこなんて一つもねえ。どうでもいい野郎——居合わせた男たちのほとんどの目が、そう言っているようだ。

——みんな俺の友人《ダチッコ》だ、というのも飯田の唯一の取り柄であるフカシだったのだろう。

緑は瞬時にこの空気を感じ取った。

彼らから見たら飯田とツルんでいる初顔の緑も、当然同類と見なしているのだ。

こういう登場の仕方は、これから銭の取りっこをする側としては芳しいことではない。

相手になめられている、ということはスタートの時点で一歩も二歩も出遅れているということになる。要するに、最初《ハナ》からそれだけ余分な労力を費やすというハンデを背負うことになるのだ。

しかし、ここで尻尾を巻いて退散するわけにはいかない。こうなったら自力で、飯田とは違うということを彼らに認識させるしかない。

緑の闘争心が徐々に高まってきた。

——上等じゃねえか。手強《てごわ》そうな雰囲気の連中だが、こと麻雀なら負ける気はしない。

この数年、寝グラの近くに行きつけの雀荘を作ろうと、随分あちこちの店に足を運んだものだった。

しかし、どの店も見事に相性が悪かった。

雀荘側と客である打ち手の相性というのも不可解な話だが、緑の場合は数回通ううちに、八割方の雀荘から『ご遠慮願いたい……』、あるいは『常連にはならせねえ』などの三下り半の仁義を切られてしまうのである。

イカサマなどのルール違反をするわけではなく、暴力的な香りを出しているわけでもない。原因は緑の雀力と雀風である。まず負けることがない。大勝ちは滅多にないが、半荘《ハンチャン》三回以上ならまず沈むことはない。常勝なのである。

店の常連客たちから『確かに凄腕《すごうで》だと思うけど、あいつとの麻雀はつまらねえ……』という声が出始め、店側からのご遠慮……という結果になってしまうのである。

博打《ばくち》に面白いもクソもないと思うのだが、要するにネクラの緑自身も嫌われている、ということなのであろう。

残りの二割は緑の方から御免被る、というケースであった。

俗に「クマゴロウ」と呼ばれるイカサマ雀ゴロが溜まっているキナ臭い雀荘や、看板背負ったヤクザ者御用達の雀荘である。

その手の店では、まず新顔がプラスの状況で――お先に失礼――などとは、到底いかないのである。――テメエ勝ち逃げか？――と凄まれたり、局の途中で『ちょっと待ってくれ』と言って、袖をまくってシャブを打ち始めたり……。

いくら多少の修羅場は経験していようと、この手の世界に自ら慣れようとは思わない。

そんなこんなで、なかなか緑の居場所が定まらない近年の状況であった。

『カネコ』でのデビュー戦の緑の相手は、安山という小柄な男。どうやら近所の焼肉屋の店員らしい。

それに「ミチオ」と呼ばれている東北訛《なま》りがきつい男。そしてここの雀荘『カネコ』の主である「鶴ちゃん」と呼ばれる男であった。

初顔の緑の素性と力量を、それとなく測るための鶴ちゃんの参戦なのであろう。

緑を連れてきた飯田は、しばらく緑の後ろで経過を見ていたが、誰にも声をかけてもらえず、いつの間にか消えてしまっていた。

最初の半荘でラスの安山が抜け、途中からカウンターで待機していた「ピー坊」と呼ばれる派手な服装の長身の男が入った。

見てくれはチャラいが、体中からギャンブル臭が発散している。

そして薄いサングラスの奥の目は、緑の手元を鋭く見据えている。抜けた安山、残っているミチオとは明らかに迫力が違う。

この日の緑は、半荘三回で二着、二着、二着であった。

この地のデビュー戦としては、まずまずの出来である。

元来、トップとラスの少ない雀風であるから順当な結果と言える。

一週間ほど間を空けた二戦目は、時間が早かったせいもあり、面子《メンツ》も前回とかなり違っていた。

二十代前半と思われる少し吃音《きつおん》気味に喋《しゃべ》る若者と、その仲間であろう、小太りで肉饅《にくまん》を連想させる顔の二人が、初対面の緑に遠慮のない視線を送りつけてくる。

後になって分かったが、常連たちから「ガキども」と呼ばれている学生崩れのコンビである。

それに前回と同じく、主の鶴ちゃんが加わった。

この主は極端に口数が少なく、誰かが話しかけても、ろくすっぽ返事もしない。機嫌が悪いというのでもなく、要するに無気力なのであろう。

それに反して駒田と呼ばれる吃音気味の若者は、好奇心旺盛にひっきりなしに緑に質問を浴びせかけてくる。恐らく、緑と同年代だろうが、実年齢よりだいぶ上に見える緑に敬語交じりで話しかけてくる。

――ど、ど、どこに住んでんスかあ？――

――し、し、仕事何やってんスかあ？――

――い、い、飯田さんのダチなんですってぇ？――

立て続けに質問攻めに遭い、おかげで緑の素性があらかた暴かれてしまいそうである。

ひと言――どうでもいいだろう、そんなこと。うるせえぞ――と言えればいいのだが、新参者の緑にそこまでの度胸はない。

その駒田と連れの肉饅面の小橋の雀力はそこそこである。しかし、ひっきりなしの駒田の喋りは大いに癇《かん》に障る。極力無視していかないと、ペースを崩される恐れがある。

そしてこの日の半荘三回目に、新たな顔が鶴ちゃんの代わりに入ってきた。肉饅の小橋を二廻《ふたまわ》りほど大きくしたような巨漢である。

表情はにこやかだが、前回のピー坊と呼ばれた伊達男と同様に、ギャンブル臭を全身から発散させている。緑の防衛本能に黄色のランプが灯《とも》る。気を引き締めていかないと危ない。

案の定、駒田たちから『アゴさん』と呼ばれたその男が、その半荘でトップを取った。

緑が辛うじて二着に粘ったが、場の雰囲気が彼のペースで流れてしまっているのが分かる。

駒田も若干遠慮しているようで、先ほどまでの機関銃トークは鳴りを潜めている。

緑の雀風は、覚え始めの高校生の頃から変わっていない。

競馬新聞の前走の成績欄に、『好位抜出、外鋭伸、好位粘、後方侭』などの短評コードが書かれているが、緑の脚質は、それこそ好位粘、先行差し、といったところか。

先行差し、と言えば聞こえはいいが、自分から差す、というより前の馬が勝手に垂《しだ》れて、後方の馬も伸びてこず……という展開になった時だけトップを取る、という競走馬としては至極地味な脚質である。

まず防御ありき、のスタンスでスタートするので、他家が放銃し合う展開で、自身は配給原点近辺で終盤に突入するという流れが緑の望む展開である。

反面、自模和了《ツモアガリ》が多い局は当然ジリ貧になってしまい、下手をすればラスになる可能性も高い。

それこそ後方侭である。

要するに勝ちに行けない博打スタイルなのだ。当然、放銃と背中合わせの立直《リーチ》など、よほどの条件が整わないと掛けたりはしない。

沈む時も派手だが、勝ちまくる時のパワーの凄い奴、守りも固いが攻めに出る時にエネルギーを一挙に爆発させるような、スケールの大きい打ち手などを羨ましいと思う。

しかし、過去に負った傷の上に培ってしまった資質は如何《いかん》ともし難く、自分でも諦めている部分でもあった。

だが前回と今回での感触では、ここのメンバーは大体において強気な打ち手が多い。ひいては打ち合う場面が多くなり、緑に有利な展開になりやすい。

緑にとって何も起こらなければ、長い付き合いができそうな空間である。そのためにはここの主や主力メンバーたちとの関係をうまく保ち続ける必要がある。

主の鶴ちゃんは、こちらが何か事を起こさなければ問題はないだろう。万事が事なかれ主義の男のようだ。

その反面、主力と思われるメンバーたちは、かなり気を遣わなければ飯田同様に無視されるか、ケンカを売られるか、という雰囲気の男が多い。

初回と二回目で主力級と思われるメンバーたちと直接打ち合ったのは、初回のピー坊と呼ばれる長身の男と、二回目のアゴと呼ばれる巨漢の男だけだが、恐らくあと数人はレギュラークラスが存在すると思われる。

まず目についたのは、頻繁に出たり入ったりしているスーツ姿の男である。他の連中よりも格段に垢抜《あかぬ》けているスタイルだが、その雰囲気と常連たちの態度で、この店の中核の一人であることが見て取れる。頻繁な出入りは、恐らく車を路上に駐車させているのであろう。

そして三度目となった今日、公ちゃんと呼ばれる顔も体も角張った男と対戦することになった。他のメンバーとのやり取りや、体から発散する熱力で、この男もバリバリのレギュラーであると思われた。

そして半荘二回が終わったところで、ジリ脚の緑が珍しくトップをキープしている。

「おい、誰かこっちに入る奴いねえか！　和尚がパンクしちまってよぉ。ここは雀荘なんだぜ。麻雀やろうぜ麻雀」

顔も体も真四角な公ちゃんが、奥の小部屋に声をかけに立った。

たった今緑がトップを取ったところで、「和尚」という通り名のソバ屋の主人がパンクしたのだ。

奥の部屋では、アトサキだかオイチョカブだか、花会が盛り上がっているようだ。

「だめだ、だめだ。麻雀なんてまどろっこしくてやってられねえとよ。どうすっかなぁ。三人麻雀《サンマ》にするか、それとも向こうの花会に合流するか……お兄さん、どうするかい？」

公ちゃんが首を振りながら戻ってきた。

「だいぶ熱くなってんスかあ？」

対面の肉饅頭の小橋が公ちゃんに訊《き》いた。この肉饅とは、前回も緑と囲んだ仲だ。

「熱いも熱くねえも、一〇〇〇円札《伊藤さん》なんか張ったら、ブッ叩かれそうに沸《ふ》っ立ってるよ。何だ？　おまえあっち行こうってのか？　よせよせ、おまえの懐じゃあ、三分ももたねえよ」

公ちゃんが小橋を小馬鹿にしたような調子で毒づいた。

「あちらの種目は何ですか？」
緑は無表情を装いながら、奥の部屋の様子を顎でしゃくった。
「オイチョカブだ。いまんとこ七人だけど、あの分だと、もうすぐ六人になっちまうな」
先ほどから何げなく奥の部屋の様子をうかがっていたので、中の顔ぶれは、何となく把握できてい
た。
アゴと呼ばれる大声でよく喋るデブと、ピー坊と呼ばれるブレスレットをジャラジャラさせている
キザな奴。そして目元の涼しい背広の男。さらに主の鶴ちゃん。この四人と公ちゃん、肉饅は前回緑
が来た時も居た連中だ。それ以外のメンバーは知らない顔だ。
オイチョカブなら参戦してもいいかな……問題はどのくらいの張り具合か、である。
もちろん、親はパスして子でセコく張って遊ぶことはできる。しかし場の雰囲気が沸っ立っている
と、セコい張り方は露骨に嫌な顔をされることがある。
緑は姑息《こそく》な割に見栄坊なところがあった。しみったれた野郎だと思われるのも嫌だったし、かとい
って全員が聖徳太子をサクサクさせているような場では、今日の緑では太刀打ちできっこない。
例によって緑が考えあぐねていると、公ちゃんは——何だこいつは……はっきりしねえ野郎だな
——といった表情で、さっさと奥の小部屋に移動してしまった。肉饅の小橋も公ちゃんに続いた。何
しろこっちにいてもすることがないのだ。気が付けば手伝いの婆さんまで姿が見えなくなっている。
緑は一人でポッツリ取り残された格好になった。

仕方がない。帰るか……。もっと遊びたい気持ちはあったものの、公ちゃんの誘いに即座に反応しなかった自分が悪い。

緑が腰を上げようとした時に、一人の長身でくわえ煙草の男が姿を現した。

「何だこの店は……誰もいやがらねえのか。オーイ、鶴吉！　オモニ！　とうとう死んじまったか」

まだ見たことのない顔だ。

男はゆらゆらとした動作で奥の部屋に近づくと、聞き耳を立てた。そしてあろうことか、吸いかけの煙草を部屋の中にポーンと投げ入れた。そしてそのまま、緑の対面にどっかりと腰を下ろすと、独特の刺すような視線を送ってきた。

奥の部屋からざわめきが起こり、さっき入っていった肉饅の小橋が顔を覗《のぞ》かせた。

「何だ、アズルさん……いつ帰ってきたんですか？　随分ご無沙汰だったじゃないですか。みんなぁ、アズルさんでしたよ、やっぱり」

奥の部屋からドヤドヤと人が掃き出されてきた。

「おう、どうしたい。すっかりお見限りだったじゃねえか。楽になっちまうと馬鹿らしくて俺たちとは遊べねえってわけかい」

例のよく喋るアゴが挨拶代わりの悪態をついた。しかし口とは裏腹に、顔には満面の笑みが浮かんでいる。

「アズルよぉ、ちょっとオイシイ話があるんだ。後で時間作ってくれよ。こういうウルサ型が居ない所でさぁ……」

ブレスレットのピー坊が、男の肩を抱くような格好で擦り寄ってきた。

常連の中心人物たちの嬉《うれ》しそうな顔や、銭の取りっこを中断してまで出迎えに来る他の面々の表情を見ると、この男がいかにこの店で重要な存在であるかがうかがい知れる。

しかし何とも独特な顔つきの男である。こういう自堕落な世界の男たちの顔というのは、ほとんどが田舎ヅラである。玉ネギや里イモみたいな顔をしている奴が大半なのだ。

しかしこの男は、テレビのオリンピック中継で見たトルコのレスリングの選手みたいな顔をしているではないか。一体ナニジンなのだろう。

「ところでこの兄《あん》ちゃんはどなた様だい？　新入りの雀ボーイ君か？」

アズルと呼ばれたその男が、緑にその尖《とが》った顎を向けた。

「おお、最近入団した肥《ひ》田《だ》君だ。まあ結構打つよ。紹介者は屁《へ》田《だ》君だけどな」

アゴ特有の変な紹介の仕方である。

「屁田？　追い剥ぎの飯田か？　するってえと、屁田君の紹介の肥田君ってか。何かややっこしいな。まあ、そのうち素敵な名前が付くだろうぜ」

アズルという男、口元は笑っているのだが、その広い額の奥まった眼光は鋭く緑を捉えている。

何とも不思議、と言うより不気味と言った方がピッタリくる雰囲気の男である。

しかし飯田が屁田という渾名《あだな》で呼ばれているとは……そして今この男が口走ったが、緑にも素敵な呼び名が付くという。だとしたら嫌な兆候である。

子供の頃から渾名には悩まされてきた。

最初の転校先の小学校で付いたのが『へっぴり虫』、中学生の頃は『ケツっぺた』である。

いずれも意気地がない性格を揶揄《やゆ》されたものだ。

しかし近年はそういう醜態を晒《さら》す機会がなくなったので、渾名とは無縁となっている。

高校生の一時期、政明が付けた『リューイ』というニックネームで呼ばれていたことがあったが、政明の死とともにこの呼び名も天国に送ってしまった。

近年はもっぱら苗字の肥田で呼ばれることが多い。冷やかしの対象になりやすい下の名前の緑は、対外的には実家を出てから封印してしまった。

以来、下の名前は明《あきら》と名乗ることにしている。

「結構打つ……か。じゃあご機嫌伺いで一丁お手合わせ願おうじゃねえか。誰か付き合ってくれよ。大事な金の卵を放ったらかしじゃあ可哀想じゃねえか」

不敵な笑いを浮かべて、アズルと呼ばれた男が胸ポケットからサングラスを取り出した。

「さっきの続きだからな……俺がやろう」

顔も体も真四角な公ちゃんが席に戻った。

「この兄さんとは初手だな。俺も入らせてもらうぜ」

垢抜けたスーツ姿の男が名乗りを上げた。

緑の防衛本能のスイッチが活発に反応してきた。

打ち始める前から分かる。この二人は強敵である。

先ほどまで打っていた公ちゃんも猪突猛進のパワーファイターである。局の序盤で、この局は行くか退くか決めてしまうのであろう。そして行くと決めたら止まることはない。親のリーチがかかろうと、回り道などする気は一切ない。分かりやすいと言えば分かりやすい雀風だが、こういうタイプは波に乗りだすと手が付けられない。

相手の一挙手一投足に、すべからく反応してしまう緑とは、正反対のタイプである。

この面子で半荘三回こなし、結果は二着、二着、四着であった。

トータルでは若干のマイナスである。緑にとって三回以上でマイナスは滅多にないことである。それだけメンバーが手強かったとも言えた。

そして問題は最後の三回目である。

公ちゃんは相手によって打ち方を変えるようなタイプではないが、あとの二人は一回目二回目で緑の雀風を見破ってしまったのだろう。公ちゃんの突っ張りには同士討ちの放銃を避け、公ちゃんが退いている局には、どちらかが早上がりに徹するという展開だった。

二人が組んでいるということではなく、――こいつを勝たせないのは、こういう打ち方だよな――という暗黙の了解で二人が息を合わせた、という流れであった。

そして二人の思惑どおりに、緑は一度も和《ア》がれず、公ちゃんのツモと、それぞれの早和がりで、緑は見事な〝ツモられ貧乏〟でラスを喰《く》ってしまった。

このメンバーで続ける限り、同じような結果であろう。点数以上の敗北感が残った。

三回目の清算が済み、今日はこれで帰る、というアズルが、

「しかし兄さんは堅いねえ。半荘三回で一度の放銃《フリコミ》もねえってのは凄えこったぜ」

「将棋の得意手は穴熊なんじゃねえか？」

公ちゃんが乗ってくる。

「公ちゃんさんは将棋もやるんですか？」

「やらねえことはねえけどカラッペタだね。ここでは将棋は鶴ちゃんかサブ爺ぃだ。ポーカーだったらこの小林君がダントツだな。しかし、『公ちゃんさん』は勘弁しろや。なんか馬鹿にされてるみてえだ」

「でもここでは穴熊君みたいな徹底したアウトボクサーは珍しいよな。久々に新鮮だったぜ」

背広の小林君が社交辞令的な褒め方をしたが、実質三回しか和了《アガ》らなかった消極さをなじられている気がした。

「しかし穴熊君て面じゃねえよな。穴熊ってのはもっと可愛らしい顔してんだろう？　それに盆の下に潜って賽《さい》の目いじくるってタイプでもねえよな」

「おうおう、それも穴熊だったよな。盆下三寸ってやつだ」

早速アズルと公ちゃんが緑をいじり始めた。

穴熊……もしかしたらここでは穴熊と呼ばれることになるのか。ガキの頃のケツっぺたやへっぴり虫よりはましだが、素直に受け入れるのも面白くない。

しかし仮に反発してみるにしても、具体的にどうするというのだ。

最初に穴熊と呼んだ奴の胸ぐらを掴めというのか……。自分にアズルやアゴの胸ぐらを掴む度胸があるのか。できるわけがない。

この居場所に長居をしたいのなら、甘んじて受け入れなければならないのか……。

しかし緑の懸念とは裏腹に、その後数回の顔出しの時も「肥田君」のままであった。

そして麻雀メンバーもそのつど違っていたので、アズル、小林、公ちゃんの面子のときのような敗北感を味わうようなことはなかった。一人でもちょっとかったるいメンバーが入ると、肥田君潰しは成立しないのである。

おかげで渾名騒ぎは収まったかに見えた。

そしてこの間にも緑は、それとなく界隈の雀荘廻りもしてみたのである。

『カネコ』の町内会とも言える近所の『ポン』『㊕』、隣の町内会という距離の『大三元』『天狗荘《てんぐ》』。

『ポン』という名はカネコの常連の間でも頻繁に出てきていた。果たして、カネコとかなり顔ぶれがかぶっている。

さしずめカネコの分家といったところか。しかし存在としては、こちらの方が古いらしく、オーナーのおばさんもかなりな高齢である。そしてこの女将の自家製のぬか漬けが絶品とのことで、三人ほどしか座れない狭いカウンターでコップ酒を飲んでいる常連も少なくないようだ。

緑はここで二回参戦したが、防衛ランプが灯るような相手とは遭遇しなかった。カネコの控えのメンバーが、ここでは主力という感じである。しかし単に稼ぐということに徹するのであれば、居心地には問題はない。

『輪』も二回参戦したが、ここの常連たちはカネコに対して敵愾心《てきがいしん》を抱いている者が多く、緑を見る目も——最近カネコに出入りしている奴——という冷ややかさと敵意を感じさせる。いまさら周囲にどう見られようと構わないが、麻雀のレベルもレートもカネコより数段落ちるこの場では、多少の稼ぎより費やす時間の方が惜しい気がする。

こういう空気は、敵愾心というより、レベルもレートも上のカネコに対するやっかみといった方がいいかもしれない。よほどのことがない限り再びこの場で打つことはないだろう。

『天狗荘』はやたらにタクシー会社の連中が多い店だった。運転手やら配車係やらが溜まっており、そしてそこでも緑の存在は——最近カネコで打ってる奴——であり、こんなとこに来ねえでカネコで打ってりゃいいじゃねえか、という視線が飛んでくる。

常連の雀力は『輪』よりましだが、防衛本能が刺激されることはない。それにレートが安すぎる。チョイ浮きが常である緑には不向きな店である。

『大三元』は、さながらヤクザ予備軍みたいな店であった。会話の主体が△△会の誰それ……△△組の何さん……であり、同じ半パでもカネコのメンバーの、筋者とは一線を画すスタンスに対し、この店の連中は多分にヤクザ志向と言える。もともとヤクザ志向のない緑とは到底噛《か》み合わないし、麻雀のレベルも興味を掻《か》き立てられるほどではない。

――クソみてえな店だな――が正直な感想であった。

そして〝穴熊潰し〟を浴びてから五週間ほど経ったある日、午後一番くらいの時間にカネコに顔を出した緑に、既にカウンターでゴロチャラしていたガキどもの片割れである駒田が声をかけてきた。

「ああ、セコイヤさん。お、お、おはようございます。今日は早いですね」

何……セコイヤさん？　自分のことだろうか。

「セコイヤさんとは何だ？　俺のことか？」

緑の怪訝《けげん》と怒りの混ざった表情を見た駒田が、慌てて首を横に振った。

「お、お、俺じゃないスよ。昨日アズルさんが――今日はセコイヤは来てねえのか？　――って訊いたら、アゴさんたちが――セコイヤはこの二、三日来てねえぞ――って言ってたんで、セ、セ、セコイヤって誰ですかってアゴさんに訊いたら、肥田君のセカンドネームだ。名付け親はゴッドファーザー・アズルだ――って言ってたんで……。し、し、知らなかったんですか？」

――やっぱり渾名が付いてしまったか。しかしセコイヤとは……。

アズルに命名されたとなると、駒田に怒りをぶつけるわけにもいかず、立て続けに煙草をふかすしか術《すべ》がなかった。

これなら穴熊の方がよほどましである。

アズルが筋金入りの喧嘩屋《けんかや》であるということは、ここ十数回のカネコで踏んだ場数で聴かされている。逆らうことなどできようもない。

ここを居場所と決めたなら、甘んじて受け入れるしかないのか。

そのうちボチボチと常連が集まり出し当然の如く雀卓についたが、気持ちはモヤモヤしたままだ。

メンバーはアゴの仲田、学生崩れの駒田、それに痔《ジィ》やんという通り名の小柄な中年男だ。

何度か見かけたことはあるが、卓を囲むのは初めてである。確か『ポン』のカウンターで酒を飲んでいる姿も見かけた覚えがある。

「あんたがセコイヤか！　結構打つらしいじゃねえか。お手柔らかに頼むぜ」

初顔合わせである痔やんの初っぱなの挨拶だった。

「おう、結構どころじゃねえぞ。特に守りは鉄壁だ。穴熊囲いの中に貞操帯着けて潜ってるってなもんだぜ」

アゴの容赦のないイジリが始まった。

「ア、ア、ア、アナグマガコイって何スかあ？」

吃音気味の駒田は将棋の知識はなさそうだ。

「歩《あゆみ》ちゃんも金さんも銀さんも、ついでに桂子ちゃんも香子ちゃんもみんなそばに置いておかなくちゃ気が済まねえって王様のことだぁな」

痔やんがワンカップ酒を口に含みながら、緑に視線を向けた。

この日の緑は珍しく長《なが》っ尻《ちり》だった。通常なら半荘三、四回で引き揚げることが多いのだが、途中ラーメンを喰いに外に出て、また戻って夜の部に突入した。

セコイヤというイメージを消し去るような打ち方をしてみようか……という気持ちも無いわけでもなかったが、今ひとつ踏み切れず、いつもどおりの好位置キープのスタイルの展開になってしまった。

結局、メンバーが徐々に入れ替わりながらの徹マンになってしまった。しかしこの日のモヤモヤは一晩中消えず、夜が明ける頃にカネコを後にした。

早朝のすがすがしさがモヤモヤを吹き飛ばしてくれるのを期待したのだが、一向に気が晴れる兆しはない。

何となくまっすぐ寝グラに帰る気になれず、いつもは通らない街道沿いを歩き出した。

道端の草むらに思い切り放尿し、誰かが捨てたらしい杖《つえ》らしきものを拾いブラブラさせながら歩く。

しかし……セコイヤという渾名は何だというのだ。

堅い麻雀を打つ、というだけで〝セコイヤ〟にはならないであろう。

自分は確かにセコい。全てにおいてセコい。自分でも分かり過ぎるほど分かっているから、余計に辛い。

しかし近年では、対外的にセコいと思われる所業は微塵《みじん》も出していないし、周囲に揶揄されたこともない。それが数回会っただけで、アズルという男は緑の本質を見抜いてしまったのか……。

まるで自分の心の真ん中にスポットライトを当てられている感じだ。

やっと自分の居心地のいい場所を見つけられたと思ったら、ここもやっぱり……というやつか。

誰かの歌にそんな歌詞があった。

——辿《たど》り着いたら、ここもやっぱりどしゃ降りさぁ～——

——政明！　俺はこれからどうしたらいいんだ。クソ！

思い切り杖を振り廻した。

ビシッ！

「ヒャッ！」

瞬間、緑の脇をかなりのスピードで通り過ぎようとしたサイクリング仕様の自転車の運転者の顔面に緑の杖がヒットしたらしく、悲鳴とともに大きく車道の真ん中に放り出された。

黄色のバンダナに黄色の短パンの若い女性だ。

そこに早朝走りのトラックがモロに乗っかかるように通り過ぎ、けたたましいブレーキが掛かった。

全てがスローモーションのように映った。

大きく放り出された黄色い短パン、容赦なくのしかかった青いトラック——

緑の視界がセピア色に染まってきている。

——なんでだ！　なんでこうなっちまうんだ！——

第二話　俺の靴知らねえか……

ちょうど、大井競馬にハイセイコーがデビューする頃であった。

世の中は、オイルショックという時限爆弾のカウントダウンが水面下で進行していることなど露知らず、好景気に浮かれていた頃でもある。

東京で一番の繁華街の延長線上に位置するその界隈は、繁華街の喧騒と隣接する住宅街に挟まれて、どっちつかずの色合いをなしている。

そしてこの街は、そのような環境によく似合った奴らが生息するにも格好な寄生場所であった。

そのような奴らとは——世間から「半パ」とか「遊び人」とか呼ばれている男たちが、当時はどの街にも少なからず存在していた。ヤクザではないのだが、まっとうでもない。仕事にしたって、しているのやら、していないのやら……。中には他人にばかり寄りかかって、自分では何もしないで生活している輩《やから》もいる。

要するに、都会のど真ん中で猛獣同士で闘《せめ》ぎ合いをするヤクザ社会には、もう一歩踏み込めず、かといって何の刺激もない野っ原で、毎日草ばかり喰っているのも性に合わない、という中途半端な男たちのことである。

そして彼らを傍《はた》から見ていると、非常に胡散臭《うさんくさ》くはあるのだが、同時にその安直な優柔不断さに多少の滑稽さを見ることができる。

しかし当の本人たちは中途半端だろうと、胡散臭かろうと、傍目《はため》など全く気にせず、実に生き生きとかつノーテンキに日々を過ごしているのだった。

そして、その界隈の一角にある雀荘『カネコ』は、界隈でも筋金入りの半パどもが好んでぶったかっている溜まり場の一つである。

この物語は、ここを根城とする個性豊かな男たちの日常を描いたものである。


「参った参った……皆様本日絶好調で、オイラじゃ歯が立たねえよ。全部ヒダリ（マイナス）ってなもんだ。このままじゃあケツの毛バまで抜かれちまいそうだから、気分直しにお風呂にでも行ってくらぁ。どうせケツ見せんなら、女の方がいいに決まってるからな。オーイ、鶴ちゃん、悪いけど代わってくれや」

半荘三回で珍しく全部ヒダリを喰らったメンバーの一人が、卓上に清算分を置いて立ち上がった。

仲間からアズルと呼ばれているその男は、叩き上げの不良、という香りを体中から発散させていた。

年の頃は三十くらいであろうか。

その時である。隣の卓から、余計な与太を飛ばした奴がいた。

「ヨォ！　兄貴、もう引き揚げかい？　さすがに大陸引き揚げ者は、引き揚げ方も堂に入ってるね。抜け出す足はヒカルイマイも真っ青てなもんだ」

最近とみに図に乗っているノミ屋のハコ助こと上野である。このところ頻繁につるんでいるT会の若い衆と一緒ということが、見るからに貧弱なハコ助に、つい強気な口を利かせてしまったのであろう。

いったん出口に向かいかけたアズルだったが、無言で振り返ると意味不明な薄笑いを浮かべながらハコ助に詰め寄った。

殺気を感じ取ったハコ助が立ち上がった瞬間、アズルの強烈な左ショートアッパーがハコ助の右脇腹に……間髪を入れずに二発目が心臓の辺りにめり込んだ。一瞬息が止まったのだろう。ハコ助は胸を押さえて棒立ちだ。

「パチーン！」

小気味よい高音が響き渡った。ハコ助が耳を押さえて前屈みに腰を折る。アズルが両方の手でハコ助の両耳を同時に打ったのだ。さらに素早く背後に廻ったアズルは、軽くジャンプするように全体重をかけると、ハコ助の後頭部に強烈な頭突きを打ち下ろした。

「ゴチン！」

「グエー！」

ハコ助は雀卓の椅子を一つ道連れにすると、頭を押さえて狭い床を転げまわった。胸を押さえたり、頭を抱えたり、忙しい野郎だ。

アズルは尺とり虫になっているハコ助の両足の靴を脱がせると、その靴で数発顔面をひっ叩《ぱた》いた。

さらに片手でハコ助の後ろ襟首、もう片方の手でベルトを掴むと、出口の階段まで引きずっていき、かけ声もろとも足で蹴落とした。幅が極端に狭く急な階段である。恐らくハコ助は、前の通りまで転がったに違いない。

「アズル！　店の前ではやめてくれよな」

無言で階段を下りていくアズルの背中に、この雀荘『カネコ』の主人である鶴ちゃんの声が飛んだ。

「大丈夫だよ、鶴ちゃん。この辺りだと、ジョンジャの店の手前のゴミ捨て場だ」

今までアズルと卓を囲んでいた一人が代わって答えた。

派手なジャケットに身を包み、ブレスレットやらペンダントやらをジャラつかせて、見るからにホストかスケコマシという風貌のこの男は、「ピー坊」という通り名の、ヒモ稼業十年のベテラン竿師である。

その伊達男は、長身をかがめてハコ助のカカトのつぶれた靴を拾い上げると、無造作に窓の外に放り投げた。

アズルが、ぶちのめした相手をゴミ捨て場に投げ込んでしまう、というのは、この界隈では有名な話であった。

盛り場や住宅地には、角々に生ゴミの集積場があるが、そこまで相手を引きずって行き、例の青いゴミ箱や黒い袋入りの生ゴミを、全て頭の上からブチ撒《ま》けてしまうのである。やられる方は、たまったものではない。これ以上の屈辱はないといった光景である。

「賭ける暇もなかったな」

やはりアズルと卓を組んでいた、鳶の公ちゃんである。

彼は小僧の頃から鳶一筋の職人であったが、本人は仕事より銭の取りっこの方が、よっぽど性に合っているらしく、最近は地下足袋《じかたび》を履く機会もめっきり減っている。しかし闘牛のような容貌の如く、後退することを知らない彼の博打スタイルは、この界隈の遊び人の中でも一目置かれている存在だ。

「いくら暇があったって、あの取り組みじゃあ賭けにならねえよ」

アズルの卓の四人目のメンバーが、嬉しくてたまらないといった口調で言った。デブでペンキ屋のアゴこと仲田である。何ともよく喋るデブで、それゆえのアゴである。

かなり大きな塗装屋の職人なのだが、実の兄貴である社長が大人しいことをいいことに、毎朝会社に「おはようございます」と顔を出し、映画の寅《とら》さんばりのベシャリで適当にその辺にいる奴のご機嫌をとると、「では行って参ります」てな調子で、そのままどこぞのギャンブル場やらパチンコ屋やら雀荘やらで、ごろちゃらしている要領のいい野郎である。

しかし、こういう要領のいい輩は、えてしてバクチの腕もいいセンスをしているもので、このアゴは何をやらせてもかなりな腕前を発揮した。

この界隈では生え抜きの遊び人であり、年も多少喰っているということも相まって、半パたちの中心的存在の一人でもあった。

「たとえアズルに七十キロ背負わせたって勝負にならねえだろうなぁ……」

倒れた椅子を直しながら、主人の鶴ちゃんが言った。自分の店で殴り合いの喧嘩があったというのに、なぜか嬉しそうである。

雀荘の主人としてはアクの強い方ではないのだが、その忍耐強さと適当なとっぽさで、店を張ってかれこれ十年近くになる。

「鶴ちゃん、被害が少なくて良かったなあ。雀荘でのドンパチだってぇのに、牌《ぱい》の一個も飛ばなかったぜ。アズルの奴、あれで結構気ぃ遣ってるのかもしれねえなぁ」

鶴ちゃんとは長年の腐れ縁であるアゴの仲田が、突き出た腹をさすりながら言った。

「だけどその後が半端じゃねえよな。ゴミ溜めに引きずってって、バコンバコンだもんな。もしかしてハコ助が朝まで気絶してたら、夢の島まで一緒に持ってかれちまうのかなぁ。夢から覚めたらそこは夢の島だった、てなもんだ。たまんないね。ガハハハハ……」

アゴの巨大な腹が笑うたびに波を打った。

「でも、その方がまだましだぜ。すぐ気付いたって、野次馬が見てる中でゴミまみれになってよぉ、おまけに裸足で町ん中歩いて帰んなくちゃならねえんだぜ。こりゃたまんねえよ」と、鳶の公ちゃん。

ちょっとしたハプニングで、こちらのアズルの抜けた卓は、言いたい放題のことを言ってはしゃいでいる。

しかし、隣のハコ助が抜けた卓はどうであろうか。ゲームの途中ではあるし、ましてハコ助の連れは本物のヤー公である。この場をどう収めたものか……残りの二人のメンバーの表情は非常に対照的であった。

ヤクザ者の対面に座っているバーテンの塚本は、体つきこそでかいが根が小心者であるがゆえに、いつまで経ってもこの店の常連客たちからは小者扱いである。そしてこの塚本は、近年羽振りが良くなってきたハコ助とツルむことが多くなっていた。懐のあったかい奴に取りついていれば何かいいことがあるだろう、という魂胆がミエミエである。

しかし目の前で起こったトラブルは、ハコ助のパートナーとしての彼の度量では、とても収めきれるものではなかった。塚本は小心者特有の落ち着きのない目つきで、隣の卓のピー坊やアゴの顔色をうかがっていた。とても対面のヤクザ者と視線を合わせることなどできやしない。

その塚本と対照的なのが、ヤクザ者の上荘に座っている小林である。

この男も常連の一人であるが、他の連中とは違って、れっきとした背広組である。外車専門のディーラーを職業《なりわい》としており、ちゃっかり名刺まで持っている。端正な容姿をこざっぱりした格好《なり》で包み、水商売の女たちや風俗嬢相手に、かなりそつない商売をしているようだ。

しかし、バクチが好きな点では、背広もジャンパーもニッカボッカも大した差はない。彼もこの界隈でクセ者の巣窟と言われている『カネコ』のバリバリのレギュラーである。

また、彼は時代の流れにもいち早く反応できるタイプとして、未知なものは苦手……という半パたちの中において稀少《きしょう》な存在でもあった。最近開発されつつあった、自動麻雀卓なるものにしても、実際に体験しているのは彼だけであるし、カネコにバックギャモンやダーツを持ち込んだのも、この小林であった。そして、その端正なマスクからは想像できにくいが、彼は元全日本ライト級のランキングボクサーでもあった。

その小林は、ヤクザ者と塚本を交互にしっかり見据えると、口元に薄笑いを浮かべながら、隣の塚本に煙草の煙をわざと吹きつけた。塚本の狼狽《ろうばい》ぶりを見るのが楽しくて仕方がないといった表情である。

そしてこの微妙な沈黙を破ったのは、やはりアゴの仲田であった。

「なあ、小林君！　痔《ジィ》やんも居ればよかったのになあ。あいつのことだから涙流して喜んだに違いねえ。明日会ったら、早速今の試合の実況中継をしてやるぜ。実演付きでよぉ……アハハハハ……」

アゴが対照的な二人を冷やかすように声をかけた。

「アゴの実演じゃあ、今度上野に来るパンダが背中掻《か》いてるくらいにしか見えねえんじゃねえのか？」

「全くだ！」

公ちゃんとピー坊が、すかさずチャチャを入れた。彼らには、ハコ助の連れのヤクザ者のことなど全く眼中にないように見える。

しかし、そこは海千山千の半パたちである。この成り行きの中で、このヤクザ者が悶着《もんちゃく》を起こせるわけがない、そして、それを見越しての言いたい放題である。

「お兄さん、小林くん、どうするね？　もし上野が沈んでるんなら、俺が立て替えておくぜ」

主人の鶴ちゃんが事務的な口調に戻って、二人に訊いた。塚本の存在など全く無視している。

「今のところ、それほど差はないんだけどね……そちらさん、どうするね？」

小林が隣のヤクザ者に顎をしゃくってみせた。顎をしゃくるという行為がどういうことを意味するのか……皆の目がそれとなくヤクザ者に注がれた。

「別に俺はどうでもいいやな。どうせ奴《やっこ》さんも戻ってこれねえだろうしな……俺ぁ帰るよ」

注目の男は、言葉少なに肩を揺すりながら出て行った。男の首の後ろには大きな傷があった。

「最近時々見かけるけどよぉ、奴は一体何者だい？　筋者だってぇけど、ハコ助のフカシじゃねえのか？」

公ちゃんが出口に訝《いぶか》しげな視線を向けた。

「蒲田のヤクザ者みたいだね。上野ちゃんとチラチラそんな話をしてたから……」

鬼がいなくなって急に元気を取り戻した塚本が、ホッとした表情で答えた。

「だけどさぁ、ハコ助がボコボコにされても涼しい顔してやがってさぁ……普通だったらもう少しヤル気見せるだろうに」

小林が怪訝そうな顔で言った。

「最近のヤクザ者なんてそんなもんよ。一銭の得にもならねえことには、俺は関係ねえ——ってなもんで、木枯し紋次郎を決め込んじまう奴が多いんだ。なあピー坊、なあ公ちゃん」

アゴの口がだんだんうるさくなってきた。

「だいいちよぉ、奴ら代紋背負ってる現役バリバリが、ハコ助如きに肩入れしてよぉ、俺たちみたいな半グレ相手に突っ張ったって、自慢にも何もなりゃしねえよ。わざわざ安目を売るみてえなもんだ。なあ鶴ちゃん。——でも確か、ハコ助がアズルにぶっ飛ばされたのは初めてじゃねえよなあ……」

ますます調子が良くなったと見えて、なあ誰々、なあ誰々、とやたらにそばにいる奴の相槌《あいづち》を求めるいつものアゴ節になってきた。こうなるとなかなか止まらない。

すると鳶の公ちゃんが、

「二年くらい前だよ。確かタニノムーティエが初めて東上してきてどうのこうの……の頃だもの。アゴも居たろ？　安山が大久保通りの店をやってる頃でさ、ハコ助が今日みたいにアズルに絡んだんだ。——オメエが俺のことをハコ助とかソバ屋とか馬鹿にするから、みんなが俺をコケにしやがる——とか何とか訳の分からねえこと言ってよぉ、覚えてねえか？」と答えた。

「オッ！　公ちゃんもいたのか。お互いに出席率がいいなあ。そうだ、思い出したよ。安の所で二人まとめてベコベコにやられたんだ。ハコ助の友達《ダチ》で、何つったっけ……元プロ野球で、八百長やってクビになった奴がいたじゃねえか。よく船橋オートでウロウロしてた奴……」

「中村だよ。大阪の……」

ピー坊が卓上の牌を整理しながら答えた。

「そうそう、そいつだ。アズルに背中に燃えてる炭突っ込まれてよぉ、飛び跳ねながら服脱ぎ捨ててなぁ……焼肉屋で裸踊りってなもんだったぜ。そういやあ、あの野郎もいつの間にか消えちまったなあ」

「パクられたんだよ。オートの選手を恐喝したとか何とかで……。麻雀も弱かったけどね」

珍しく鶴ちゃんがみんなにコーヒーをサービスしながら言った。

「おッ！　なんなんだ。何も言ってねえのにコーヒーが出てくるなんて、どういう風の吹き回しだい。ひょっとして女でも出来たか？　ええ、鶴ちゃんよお……」

アゴが目を丸くして冷やかした。

「馬鹿野郎、そんなんじゃねえよ。実は最近のハコ助の態度には、俺もちょっと頭に来てたんだ。だってよぉ、奴がソバ屋を辞めてノミ屋を始めた時は、皆で随分協力してやったじゃねえか。それが最近のハコ助ときたら、その頃の気持ちをケロッと忘れやがってよぉ、一人でデカくなったつもりでいやがる。俺のことだって、昔はマスターとか鶴田さんとか呼んでたんだぜ。それが今じゃあ『おい、鶴ちゃん』だ。それに、やたらヤクザ者に媚《こび》を売ってつるんでやがって……冗談じゃねえよな。そのうち誰かにひっ叩かれると思ってたけど、まさか俺ん所でやってくれるとは嬉しいじゃねえか。今頃はゴミ溜めで粗大ゴミだい。ざまあみろってんだ」

皆で勝手に盛り上がっていると、ドタドタと階段を上ってくる足音とともに、二つの人影が入り口から顔を覗かせた。学生くずれの小橋と駒田だった。二人とも田舎から出てきてこの界隈に住みついた元大学生である。両名とも無類の遊び好き、ギャンブル好きであり、先輩たちにガキども呼ばわりされてはいるが、この二人はそれなりに半パの世界を泳いでいかれる器用さを持ち合わせていた。

「ネ・ネ・ネ・ネェ！　今上野さんがさぁ、シオンの近くのゴミ捨て場でマグロになってたよ。見に行ってみなよ。モロに野次馬と銀蠅《ぎんばえ》がたかってて大変な騒ぎですよ」

多少言語障害の気があるオカッパ頭の駒田が、勢い込んでまくしたてた。

「おまえたちも運が悪いなあ。あと三十分も早く来てりゃあ、無料《タダ》でタイトルマッチが見れたってのによぉ」

やかましい奴らが来やがった、といった表情のピー坊が苦笑いしながら言った。

「エエー！　じゃ、じゃあ、ここでやったんスか？　惜しかったなあ。噂《うわさ》はしょっちゅう聞いてたけれど、まだライブで見たことねえもんな。ねえアゴさん、ど・ど・どんな勝負だったの？」

この辺の遊び人の中では一番の若造コンビなのだが、そんなことには全く頓着せず、騒々しいことこのうえない。

「まぁ、おまえたちもそのうち機会があるだろう。だけど観戦される側になっちゃあまずいぜ。特に小橋、おまえは気を付けた方がいいぜ。酒癖が悪いんだからよぉ。今日だってハコ助の馬鹿が、アズルにくだらねえ与太を飛ばしたからやられちまったんだ」

アゴの仲田が満面の笑みのくわえ煙草で立ち上がった。

「いいか、まず左のショートアッパーを、こういう具合にハコ助のキドニーに叩っ込んでよ、ハコ助が痛《いて》えと思う間もなく、心臓の真上をドスン！　だ。アズルのこのパンチはこたえるぜ。俺はおかげさんで喰らったことねえけどさ。ハコ助は心臓が口から飛び出しそうになったんで、慌てて口を押さえたら、今度は強烈な耳潰しだ。これでハコ助は脳ミソがグチャグチャになって、それから先は何がどうなったか、記憶がぶっ飛んだに違いねえ。そこで素早く後ろに廻って、大木金太郎も真っ青の原爆頭突きだ。この間なんと数秒の早業だ。それからおもむろに……」

アゴの実演付き実況中継が始まってしまった。こうなると止まらない。

しかし、このハプニングには思いがけない落ちがつくことになった。

アゴの独演会がまだ終わらないうちに、奇妙な唸《うな》り声とともに入り口から何者かが覗き込んだ。なんとそこには、本日の主役であるハコ助が、幽霊の如き顔つきで立っているではないか。

「マスター、俺のクツ知らねえかなぁ……」

まるで落語のようなこの結末は、喧嘩沙汰など日常茶飯事で、それほど話題にもならない半パたちの間でも格好の笑い話になってしまった。

アゴの仲田などは、会う奴会う奴にハコ助のクライマックスの表情を真似《まね》て、

「マスター、俺のクツ知らねえかなぁ……」を何回繰り返したことだろう。

こんな半パの世界においても、今回のハコ助のような醜態を晒してしまうと、当分大きな顔なんかできっこない。早速翌日から強烈なオチョクリの嵐がハコ助の背中に浴びせられた。

「ヨォ兄貴！　いいクツ履いてるなあ。さすが飛ぶ鳥も焼き鳥になって落っこってくるてぇハコ助さんだ。イタリア製だろう？　でもちょっと臭《くせ》えなぁー」といった調子である。

皆からガキどもと呼ばれている若手の駒田と小橋のダメコンビでさえ、ハコ助をアベさん呼ばわりする始末である。人一倍見栄坊のハコ助にとって、無念ここに極まれり、であった。

「……、痛えなぁ。殴られた箇所は三日くらい経った頃が一番痛えってぇけど、本当に痛えや……」

数日後、ハコ助は自室の洗面所の鏡を覗き込んで、憎々しげに独り言を吐き出した。無惨にブチ腫れた顔は昨日とほとんど変わっていない。

鏡の中の自分と思えない顔を見ていると、改めてアズルに対する怒りと、自分に対する情けなさがこみ上げてきた。

しかし、まさか奴がいきなり殴りかかってくるとは思わなかった。自分だって与太を飛ばすにあたって、もしかしたら殴られる、ということはどっかで予測していたはずである。

今日のこの日のため、というわけではないが、ハコ助は日課のように先手必勝の喧嘩の稽古をしていた。その反復練習とは……。

相手が自分の胸ぐらを掴んできた時を想定して、膝蹴りを金的にブチ込み、ひるんだ相手の鼻っ柱に頭突きをブチかます、という一連の動作を、無意識に繰り出せるほど練習していたにもかかわらず、いざ実戦となったらこのザマである。何もできないまま数秒でノックアウトされてしまったのだ。

考えてみれば、大体あの手の喧嘩慣れしている輩は、相手の胸ぐらを掴んで「この野郎、ぶっ殺すぞ！」などと呑気《のんき》な口上を切ったりはしないのだ。奴が例の変てこりんな目つきをした瞬間から、こちらも戦闘態勢に入っていなければいけなかった。今になって反省会をしたところで仕方ないのだが、その辺がまだまだ自分は甘ちゃんなのだろう。

しかし今回の結果で、ハコ助は暴力でアズルに立ち向かうことは無駄な努力である、ということを改めて認識させられてしまった。

所詮奴はプロの喧嘩屋であり、自分が少しくらいボクシングや空手を齧《かじ》って立ち向かっても、屁の突っ張りにしかならないだろう。アズルに関しては、もっと他の手段で抹殺方法を考えなければならない。

出世の妨げ、という言葉が一時流行したが、近年のハコ助にとってアズルの存在はまさにそれであった。

奴にぶっ飛ばされたのはこれが二度目だった。前回は、奴が自分のことを面白がってハコ助と呼び始めた頃だった。そしてその情けない通り名は、本名の上野という名を消し去り、いっぱしになった今でも変わっていない。

自分は確かに以前はソバ屋の出前持ちだった。それは消すことのできない事実だから仕方がない。

一人前の遊び人に憧れて、アゴの仲田やカネコの主人の鶴ちゃんについて歩いた時期もあった。それも認める。しかし、誰にだって小僧の時代はある。だから不本意ではあるが、彼らには多少の敬意は表しているし、自分に対しての先輩面した態度も今は何とか我慢している。

しかし、アズルがこの界隈に流れてきた頃には、既に自分はソバ屋を卒業していたはずだ。したがって、奴に自分のオカモチ姿を見られたことはないはずである。それなのに奴の自分を見る目つきは、この数年間全く変わっていない。

——何をやらせてもハコ点程度のレベルでしかない、ソバ屋の兄ちゃん——なのだ。そして、奴の前では自分は見事にソバ屋の兄ちゃんに逆戻りしてしまう。これがコンプレックスというやつであるなら、何とも情けない。

確かに自分のことをハコ助呼ばわりする奴は、まだ少なくない。しかし、T会の息のかかった今の自分に、面と向かってハコ助呼ばわりできる奴は十数人しかいないはずである。他の奴らは陰では呼びつけにしているくせに、面と向かっては、ハコちゃんとか上野ちゃんである。古くて骨がある奴が少なくなってきたということもあるが、自分が確実にのし上がっている証でもあった。だから本来ならば、こんな半パ連中と悶着を起こすなど避けて通らなければいけないことなのだ。

もとより自分の目標は、半パの仲間うちで顔役になることなどではない。本物のヤクザの世界で売り出すことなのだ。

アゴの仲田やアズルがいくら列を組んで突っ張ったところで、所詮半パでしかない。あの手の懐の薄べったいノーテンキな野郎どもは、仲間同士で一〇〇〇円札の取りっこでもしながら、いつか野垂れ死ぬのがオチだ。自分はそんなレベルで人生を終わるつもりはない。奴らより数段上の世界でのし上がっていくのだ。

自分は腕っぷしは、からっきしである。だから切った張ったの時代だったら、出世は到底無理な話である。

しかし近年のヤクザ社会は急激に様変わりしてきている。以前の如く、腕と度胸の世界では、なくなってきているのだ。もはや、高倉健の網走番外地の時代は、はるか昔の夢物語でしかない。

実際、現在ハコ助のバックであるT会においても、幹部の中に大学卒の経済ヤクザが存在する。ヤクザであるからには、荒事は避けて通れないことももちろんある。そういう時のために、側近には荒事専任の者を配し、自分はせっせと金儲《もう》けに専念している。昔気質《むかしかたぎ》の年寄連中には、すこぶる評判は悪いものの、札束の威力は圧倒的であり、この経済幹部はT会の中で、それこそ飛ぶ鳥を落とす勢いで勢力を伸ばしつつある。

ハコ助の目標は、まさにその路線である。男の価値は、もはや腕や度胸ではない。銭の厚みなのだ。

そしてそのための細工は流々だ。

ハコ助は、五年ほど前にソバ屋の出前持ちから競馬のノミ屋に転身した。当時は、現在のようにさまざまな手段で馬券を投票できるシステムなどあるはずもない。直接馬券を買いに行く以外は、ノミ屋に依存するしかなかった時代である。

しかし、儲かると分かっているシノギは、それだけ競争が激しいということであり、裏の稼業だけに、仁義もへったくれもない弱肉強食の世界でもあった。

当初こそ、半パ仲間の使い走りの延長のような規模であったため、同業者からは鼻も引っかけられない存在にすぎなかった。

しかし、元来の小心者であるがゆえの真面目さが功を奏し、他の組織暴力団直営のそれにはない良心的なノミ屋として、徐々に地域に浸透していくことになる。

顧客が増え、売り上げが伸びる。しかし、同時に危険度も比例して増していくのである。

組織暴力のバックがないノミ屋は、ほとんどがこの壁を越えることができずに消滅していく。もちろんハコ助も例外ではなく、複数の組織暴力系の同業者から最初で最後の通告を受けるに至った。

——自分たちの傘下に入り、上納金を納めながら商売を続けるか、顧客名簿を差し出しておとなしく足を洗うか——の選択である。

もとより、どちらも嫌だなどと突っ張る度量などあるはずもないが、ハコ助はこの日が来るのを待ち望んでいた節があった。

元来ヤクザ志向が強かったハコ助である。この成り行きは当然予測していたことであり、先方から声がかかってきたということは、自分が彼らから目障りな存在として認められたということである。言うならば、今の自分は旬なのだ。

ハコ助は、素直に組織暴力団のT会の傘下に吸収されることに同意した。T会は近年、この地域で一大勢力にのし上がった組織である。確かにピンハネの額は法外ではあるが、もとより法の外の稼業であるから文句を言っても始まらない。

とにかく裏社会で生きる覚悟を決めた以上、彼らとつながっていないと、いっぱしの存在にはなれないのである。だから、彼らがノミ屋としての自分を飯の種にするのも大いに結構なことだ。その見返りとして、自分はバックはT会というジョーカーを手に入れることができる。

　しかし、それだけで納得してしまったら、それこそただの腰抜けである。組織が自分を利用するのなら、自分も彼らの背景を利用しつつ、彼らに気取られない部分で貯えていけばいいのである。

　この地域の稼ぎに関しては、ハコ助自身の懐が今以上に潤うことはない。いくら業績を伸ばしても、自分を通り越してT会に流れ込んでしまうだけだ。だからここでの稼ぎは、そこそこでいいのである。

　ハコ助の狙いは別にあった。

　当時、大手企業の地方転出が続出していた。地価の高騰に伴って、広大な敷地を有する工場を売却し、地価の安い地方に転出する。企業にとっても、土地に群がる不動産業界にとっても美味《おい》しすぎる話であり、ご時世でもあった。

　そして数百万という人口が都心から地方へ移動する。そういった人たちが、地方で馬券を購入するのは容易なことではない。そして従来からノミ屋を利用していた社員たちも、その縁を切って地方に行くことになる。なぜならバクチの銭は、集金でしか回収できないからである。誰だってギャンブルでスッた銭を、次の日にご丁寧に銀行振り込みするわけがない。ギャンブルの銭のやりとりは恋愛とは異なり、遠距離では成立しないのである。

　ハコ助は、既にこの地方転出企業の社員の取り込みを、現地スタッフを雇用する方針で着手しており、既に某大手電機メーカーの一か所は稼働を始めた。あとの二か所も人員配置などの段取りは済んで、工場のこけら落としを待っている状況である。

そしてこれらの計画は、いずれもT会には極秘で進めてきたものだ。これら三か所の収益は、恐らく膨大な額になるはずである。

ハコ助がT会の傘下に加わったのは、こうした伏線があった。そして何より、末端ではあるがT会の準構成員の待遇となるのだ。

ハコ助自身は、まだ正式にT会の杯《さかずき》はもらっていない。

チラチラとそういう話が出ていないこともなかったが、ハコ助自身、まだ時期尚早だと思っている。逆に、今杯をもらっても困るのである。

もし近々に他の組織と抗争にでもなったら、真っ先に鉄砲玉に仕立てられる恐れがある。

鉄砲玉イコール、死か懲役かの最悪の二択である。死ぬのも当然御免だし、五年も六年も別荘暮らしをするのも真っ平である。

大学出の経済幹部は、決定権のある親分や若頭に、現金《ゲンナマ》を掴ませることによって、鉄砲玉を回避したという。

ハコ助もそれに倣うつもりである。それには、いつでも二、三人に一〇〇万のズクを、二束ずつくらい掴ませられる経済力を身につけていなければならない。

そしてその時が来たら、正式にT会の杯を受ける。

ハコ助にとって、それこそ野望の第一歩となり得る成り行きだったのである。

ハコ助は気を取り直して再び鏡に見入った。まず顔を少し左下に俯き加減にして、右斜め上の角度を映し出す。そして斜め下から見上げるように鏡を睨めつける。同時に唇の右側を引きつらせるような笑みを浮かべる。

――これがハコ助のお気に入りのポーズだった。自分でもなかなか渋くて凄みのある表情だと思うし、町中でも意識してこのポーズを作り続けているのだが、お世辞でもそのような賛辞を受けたことはなかった。

しかし、このブチ腫れた顔では、いくら斜に構えたところでサマになるはずがなかった。そしてこの顔のおかげで、今日も周囲の嘲笑を甘んじて受けなければならないのだ。見栄坊のハコ助にとって、慣れているとはいえ辛いことである。

しかし、ソバ屋の出前持ちからここまで這《は》い上がってきたハコ助である。この程度で落ち込むタマではない。アズルへの復讐《ふくしゅう》は、自分と奴との格差がはっきりついてから、一〇〇倍から二〇〇倍にもして返してやればいいのだ。

――このくらい何だってんだ！　今のうちに言いたいことを言っとけよ。そのうちに、あいつら全員に上野さんと呼ばれる存在になってやる――

しばらくは顔を腫らせながらも、努めて普段どおりに首を傾けながら街を徘徊《はいかい》するハコ助の姿があった。

しかし、ハコ助の組織に対する認識の甘さが、後々の悲劇につながっていくことを、ハコ助自身この時点では全く気が付いていないのであった。

第三話　チャンカァの泣き笑い

どうにも腹立たしい目覚めである。締め切った雨戸の外で近所の女たちの立ち話が延々と続いている。

――クソッタレ婆ァども……所構わず立ち止まって喋ってんじゃねぇ――

目覚めの直前の浅い眠り。この僅かな時間を、スムーズにやり過ごせるかどうかで寝起きの気分の良し悪しが決まる。

日常的な騒音は、うつつの状態でも聞き流すことはできる。しかし、人間の話し声は無意識のうちにも耳と脳が、聴こう聴こう聴こうとしてしまうのである。よって不本意ながら意識は呼び起こされてしまう。

一杯飲み屋『かつ江』の女主人であるチャンカァこと加藤初江のこの日の朝は、このような悪態で始まった。

しかし三秒後には、いつもの如く自分自身を罵ることになる。

――全くなんてこった。自分こそロクでもないクソ婆ァの極致じゃないか。あ～嫌だ嫌だ――。

近頃は、なにかにつけてどいつもこいつも気に入らねえ、というような粗野で短絡的な捉え方しかできなくなってしまっている。年月と環境で人間は変わっていくものではあるが、自分の場合はあまりに情けない変わりようである。

一昔前に人生が終わってしまったかのような転落を経験し、身も心もボロボロになってこの地に流れ着いたのが、かれこれ七年ほど前である。

しかし、この五坪ほどのヤクザな店を開店した当初は、まだ自分の境遇に対しての憤懣《ふんまん》が渦巻いており、心の奥底では——こんなことではいけない、またいつの日か加藤初江として復活してみせる、という信念のようなものが、まだ充分脈打っていたように思う。

それがこの一、二年というもの、この境遇にどっぷりと浸《つ》かってしまい、堕落を堕落と思わなくなってしまっている節がある。その証とも言えるのが今日という日である。

遡って十一年前、秋も深まった祭日でもあるこの日は、初江の人生の中で最も幸せな気分で迎えた記念すべき日であった。

しかし数年後、思いもかけなかった転落が始まり、今の境遇に至ったのであるが、それでもこの地に移り住んで五年目くらいまでは、過去においての記念すべき日、という意識が重くのしかかっていたものだ。

当時はこの日を迎えると、朝から雨戸も開けずに粗末な鏡台と対峙《たいじ》する。

まず故郷の鉛色の海が現れ、続いて自分から縁を断ち切ってしまった両親や兄弟たちの顔。そして華やかだった絶頂の頃……それら過去において、自分に膨大な愛情を注いでくれた人たちに対する張り裂けんばかりの想いが、とめどない涙の渦となって襲ってきたものだ。

言うなれば、この日は初江の懺悔《ざんげ》の日であった。

しかし昨年あたりから、その健気《けなげ》な心構えも崩れてきてしまった。どうしてもそういう気になれなくなったのだ。

この日が近づいてきても、以前のようにプレッシャーも感じてこないし、涙のタンクが満杯になっているという自覚症状もなくなってきた。要するに過去や現在のことを考えて、うじうじするのが億劫《おっくう》になってしまったのである。

そして今年に至っては、記念すべき日の意識などはどこへやら、寝床の中で近所の主婦に悪態をつきながらの目覚めである。

そろそろこの界隈のボンクラどもと完全に同化する日が近いのかもしれない。そしてその方が、ずっと楽になることも充分に分かっている。しかし、心の隅に僅かに残っているわだかまりがそれを拒んでおり、双方が綱引きをすることによって生じる葛藤が、近年のイライラの原因ともなっている。

——加藤初江を完全に捨てられる日は果たして来るのであろうか——

チャンカァこと初江が、現在の五坪ほどの小汚い酒場を営み始めて、かれこれ七年になる。

戦後程なくして、生まれ故郷である津軽半島の閑村から、両親の反対を押し切って上京し、某鉛筆工場に就職したのは初江が十八歳。今から二十四年も昔の話になってしまった。

しかし、田舎から出てきたうら若き乙女にとって、工場の仕事はあまりに変哲がなさすぎたし、逆に町の喧騒は若い初江の好奇心を大いに刺激した。

一年足らずで工場を退社し、その後数回職場を変えた後に、自分から水商売の世界に身を躍らせていった。

終戦から三、四年の混乱期であった。都会には呑気な顔をしてる奴なんか一人も居やしなかった。とんがった目をした人々が、他人より一歩でも先んじようと必死の毎日であった。

そんな時期に、初江はあえて夜の世界に飛び込んでいったのである。そして当初から目標は銀座と決めていた。

当時の銀座は闇成金、新旧ヤクザ、そして経済力のある華僑《かきょう》たちによる利権の掴み取りレースの真っ最中で、それこそハチの巣を突《つつ》いたような騒ぎであった。

まだ年若い初江にとって、いくら覚悟していたとはいえ、まるで狼《おおかみ》の群れの中に放り込まれた子羊同然であった。

前足を噛まれ、後ろ足を噛まれ、時には尻や頭まで強烈な牙で食い千切られそうになったことだって一度や二度ではないし、今思い出してもおぞましいことも経験した。

しかし、この子羊は頑張って生き延びた。

厳しい津軽の海で鍛えられた漁師の娘である。耐えることには自信があったし、尻の肉を齧り取られたって、簡単には悲鳴をあげない芯の強さもあった。

若さと希望と情熱が、当時の初江を支え続けたと言える。現在の初江からは想像もつかないパワーであった。

戦後七、八年が過ぎると、街の喧騒もだいぶ落ち着き、社会は高度成長の時代に入っていくことになる。

それからしばらくは好景気が続いた。この時期が初江の人生で最も華やかな時代であったと言える。多分にラッキーな面もあったが、二十八でママと呼ばれる存在になれたし、数人の有力なパトロンもついた。もしあのまま銀座に根を下ろしていたら、かなり有名な銀座の女になっていたかもしれない。

しかし、表向きの華やかさとは逆に、初江はこの頃からホステス稼業というものに限界を感じ始めていたのである。

都会の垢に染まってはいたが、両親から受け継いだ実直な心根は、所詮僅かな時間と空間の中だけの、擬似恋愛にすぎないホステスという職業を続けていくことを拒絶し始めていたのである。

いつか、この虚空《こくう》という色彩で塗りたくられたような世界から退き、しっかりと足が地についた商売をやりたい。と思う気持ちが徐々にふくらんでいったのも当然の成り行きと言えた。

小料理屋が良い。小さい店の女将《おかみ》にでもなれたら……実際、初江は喰べることが大好きで、初ちゃんを口説きたければ、高級料理を最低十回ご馳走《ちそう》しなければその資格がない――などと馴染み客の間で冗談交じりに語られるほどであった。

一番長い関係であったパトロンが、

「初江ちゃんが三十歳になったら、銀座じゃない所に小さな料理屋をプレゼントしてあげる――」と言った約束は、少し延びてしまったが、初江が三十一歳、今から十一年前の今日実現したのである。

某商事会社の重役であったその男は、初江自身一番気に入っていたパトロンであり、――この人が健在な限りは、自身の結婚のことなど考えないようにしよう――とまで思っていたほどであった。

しかし、そのパトロンと初江の店が一周年を迎える頃、パトロンは病魔に襲われ、闘病生活に入ってしまった。

そうなると愛人の立場では、病人の周りをウロチョロすることなどできるはずがない。徐々に出る幕がなくなり、彼がそのまま会社に復帰することなく勇退してしまったので、ますます遠い関係となっていった。

男と女の絆なんてむなしいものだ。そのパトロンにしたって、残された余生を小指の先ほどの愛情もない家人の監視の下で、半ば軟禁状態で送ることになるのである。

それでもしばらくは、盆暮れに心ばかりのものを贈っていたのだが、それ以降は思いもかけなかった初江自身の転落が始まり、一切の過去の付き合いを自分から完全に遮断してしまったのであった。

転落……その頃、初江自身の私生活でのつまずきが原因で、小料理屋の経営が下降線を辿り始めた時も、決して楽観していたわけではなく、それなりの手は打ったつもりであった。

しかし、こういう落ち目の時に無情に襲ってくる不運というやつは、一つの場合は何とかしのげても、二つ重なるとかなり厳しい状況に追いつめられ、それが初江のように三つも重なってしまうと、もう再起不能に直結する致命傷となってしまう。まさにまっさかさまの状態で初江は落ち続け、どん底まで行き着くのに一年もかからなかったのである。

初江自身、落ちると言っても、まさかここまで落ちるなどとは予想もしなかったことであった。自分の仕事や社会に対する認識、友人・知人たちとの信頼関係、自分が長年築き上げてきた生活信条、それら全てが一年足らずで完全に否定されてしまったのだ。

初江にとって、華やかな二十代の頃に培われてしまったプライドの高さ、気位の高さは、こうなるとかえって始末が悪い。自身の落ちぶれを、両親はじめ友人・知人に至る全ての人々に対し、絶対知られたくない、という気持ちに凝り固まらせてしまったのである。

初江自身、そんな頑《かたく》なすぎる自分の性格に手を焼きながらも、過去を封印したまま今日まで来てしまっていた。

身も心もボロボロになった初江が、人目を忍ぶようにこの街に移り住んで、小汚い一杯飲み屋を居抜きで始めたのは、パトロンとの夢が実現してから僅か四年後のことであった。

この界隈は、東京で一番の繁華街の延長線上に位置していて、かつて初江とパトロンの店があった住宅街の香りがする街から、二駅都心に寄っただけなのだが、この街の空気は既に大都会の場末の色であった。

十人ほどしか座れないカウンターだけの店で、それでも最初の一年くらいは小料理という看板を掲げていたが、いつの間にか看板の電気も点《つ》けず、提灯《ちょうちん》も出さないようなヤクザな店に成り下がってしまった。

この三、四年はほとんど料理らしい料理など作った記憶もなく、もっぱらその辺のスーパーで調達したカマボコやらスルメやらで間に合わせている始末である。

この数年は美容院にも行かず、化粧もせず、銀座時代は衣装の海で寝起きしていたほどぎっしりあった洋服も和服も今は無く、一年中割烹着《かっぽうぎ》と黒っぽいズボンで通している体たらくである。

当初から化粧もせず、カウンターの中で仏頂面して飲んだくれていたので、「酔っ払い婆ァ」とか、「ロクでもねえ婆さん」……などと陰口を叩かれていたが、誰が呼び始めたものか、いつの間にか初江にはチャンカァという有難くない通り名が付いてしまっていた。甘んじて受け入れてはいるものの、失礼な話である。

当初は――私は腐っても鯛《たい》だ！　おまえらと一緒にするな！――と心の中で罵ったこともあったが、近頃ではそんなことすら全く気にならなくなった。彼らには、過去も何もない、ただのクソ婆ァと思われていた方が、よっぽど気が楽であったし、どう考えてもそれを否定できる現実でもない。

しかし自分の過去のこと、特に銀座時代のことだけは、彼らに知られたくなかった。もし彼らにばれてしまった日には、

「チャンカァ、昔銀座でかなり鳴らしたんだってなぁ……それにしちゃあ随分と落ちぶれちまったもんじゃねえか、なあオイ……」などと、こんな奴らの馬鹿笑いの種になるくらいなら、死んだ方がましである。

しかし、いまさら自分にグチを言ってみても仕方がない。軌道を修正する気力が、悲しいかな既に初江には失《う》せてしまっていた。

今日という日は、初江にとっては数十年来の複雑な思いが交錯する日ではあるが、常連のおめでたい奴らには、何の変哲もないただの一日である。


この日の最初の客は、痔やんこと本多であった。この男もかなり初期の頃からの常連で、この店では古株の一人である。当初は「本多ちゃん」とか「本ちゃん」とか呼ばれていたはずだったが、いつの頃からか「痔《ジィ》やん」と呼ばれるようになった。もちろん善良な市民であるはずがなく、以前から競馬のノミ屋だかダフ屋だかを営んでいたが、組織に属していないため、かなり苦戦しているようである。

所詮本物のヤクザでは身が立たず、かといってまともにもなりきれない意志薄弱人間の典型である。小柄で貧相なため、おとなしくしているとうだつの上がらないただの中年男にしか見えない。

しかし初江は、この男に対して悪い感情は持っていなかった。ワルぶってはいるが、見るからに要領が悪く、損ばかりしているタイプである。本人は三十六歳だと言っているが、あてにはならない。

まあ、四十前後には違いないだろうが……。

そもそも誰がどこの出身だろうが、年齢が何歳《いくつ》であろうが、男同士の仲間内ではどうでもいいことのようである。

このように夢も希望もなくしてしまった初江だったが、最近はちっぽけではあるが暇つぶしの種を見つけては、楽しむことを覚えた。

それは店の常連客で、少なくとも嫌いではない奴が一人の時を見計らって、彼らに身の上話まがいの会話をさせているのである。

彼らが、いかにして自堕落な生き方をするようになってしまったのか、少なからず知りたくなったからだ。初江自身、見事に堕落を体験したため、そこに若干の仲間意識が生じていたのかもしれない。しかし何ともレベルが低く、情けない仲間意識ではあるが……。

誰かが一緒だと、わざとふざけたことしか言わない彼らも、初江とサシで飲んでいると、本音らしい話をポツリポツリと喋りだすことがある。

痔やんは本名を本多良幸といい、岡山県出身である。集団就職で大阪の製本会社に入社したが長続きせず、極道の世界に身を落とすのに、さほど時間はかからなかったという。

本人の話によると、関西に居た頃は相当の羽振りだったというが、実際は怪しいものである。恐らくその要領の悪さから、冷や飯ばかり喰わされていたに違いない。

関東に流れてきたきっかけも、本人に言わせると――危《ヤバ》いヤマをふんじまって、関西に居られなく

なっちまったからだ——ということだが、口の悪いアゴの仲田たちにかかると、

「兄貴分の女にでも手を出しちまって、命からがら東京《こっち》に来てそのまま居ついちまったんだ。あいつのことだから、どうせそんなところだろう」という筋書きになってしまう。

「ねえ、ところでなんでジイヤンっていうのさ——。雰囲気が爺臭《じじくさ》いからかい?」

「ああ、こいつはね……早い話が皆に嵌《は》められたんさ。確か俺が一度田舎に帰って、また出てきた頃だったなあ……」

痔やんが目を細め、当時を思い出しながら話し始めた。

しかし、ここで邪魔が入った。ノミ屋の上野、通称ハコ助が、インチキバーテンの塚本を従えて肩を怒らせながら入ってきたのである。

痔やんとハコ助の仲の悪さは、この界隈の遊び人なら誰でも知っている。だから、なるべくならお互いに顔を合わせたくないのだが、同じ界隈で同じようなシノギをして、特定の行動半径しか持たないとなると、嫌でもあちこちでバッティングしてしまうのである。

案の定、痔やんはすぐ立ち上がると、

「じゃあチャンカァ、俺ぁ帰るよ。もし誰か来たらポンに居るって言ってくれよ」

勘定を済ませ、痔やんが店を出るまでほんの一分足らずであった。恐らく少しでも同じ空気を吸っているのが嫌なのであろう。

一方のハコ助は、痔やんの存在に気が付くと一瞬ガンを飛ばしたが、痔やんの背中を通り抜けて一

番奥の椅子に座ると、痔やんが出て行くまで背中を向けている。連れの塚本は、痔やんとハコ助の間に座り、例の落ち着きのない顔つきで痔やんの動きを見やっている。

こういう空気は、たとえ数秒でも凄く重苦しいものだ。

「あのゴキブリ野郎とここで会ったのは久しぶりだな。奴はよく来るんかい？」

痔やんが出て行ってしまうと、ハコ助が出口に向かって顎をしゃくって訊いた。

「少なくともあんたたちより、しょっちゅう来てるよ。うちでは一番の古株だからね」

初江は、このハコ助という男が大嫌いである。最近は商売の景気が良いと見えて、ますます鼻持ちならない態度になっていた。今でこそいっぱしの悪《ワル》を気取っているが、もとはソバ屋の出前持ちである。

「へえーっ、一番古い客ってこたぁチャンカァのこれってわけかい？」

親指を立てて黄色い歯をむき出してニヤついているのを見ると、無性に腹が立ってきた。初江は自分が男だったら、即ひっ叩いてやるのに、と思う。

同じノミ屋というしがらみも多分にあるのだろうが、痔やんが嫌うのも分かる気がする。

「チャンカァ、最近あんまりレース場で会わねえなあ。あっち方面は行ってねえのか？」

塚本が初江のムッとした表情を察知して話題をそらしてきた。塚本と初江は何度か京王閣でバッタリ会ったことがある。

初江自身、競輪は一番好きなスポーツではあるが、ギャンブルの対象として見ていないので、車券にしても一日中のたくって一枚も買わなかった時もあった。

それよりも、キラキラ輝く車輪、たくましい太腿《ふともも》。特にあのゴール前のモガキには、まさに全力を出し尽くしているオトコを感じて、すがすがしさとともに年がいもなく胸の高鳴りを感じることができるのだった。

日常の刺激のない生活に嫌気が差している時の競輪場通いは、とてもいいストレス解消になる。もちろん贔屓《ひいき》にしている選手も何人かいた。その選手たちが京王閣や西武園に来る時には、なるべく応援に行くようにしていたが、他の競輪場には数えるほどしか行ったことがない。あまりあちこちに出ばって行く気は起きないのである。

ただし気に入らないこともある。店の客のタコどもと、やたらバッティングすることである。まあ、彼らのほとんどが、昼間はどこかのギャンブル場にのたくっているのだから、当然といえば当然であるが……。

それにしても、昼間はレース場かパチンコ屋に通うのが日常、という彼らの生活の実態を目の当りにすると、呆《あき》れ返るのを通り越して可笑《おか》しささえこみ上げてきたものだ。

「あたしはアンタたちと違って、暑い時や寒い時まで通うほど好きじゃないからね」

インチキバーテンの塚本は、落ち着きのない目つきの大男で、この店の常連ではあるが、あまり初江に気に入られていない一人である。人間的には内向的で気が小さく、悪人ではないのだが、いかんせん常に「無一文《ナシ》」に近い状態の奴なのである。

以前初江の店で「どうしても……」と言うので、はした金だが貸してやったことがあったが、それから二か月ほどぱったりと姿を見せなくなったことがある。

いつか鳶の公ちゃんに、それで笑われたものだ。

「あいつはそういう奴なのさ。あちこちで同じようなことしてよぉ、それで世間を狭くしてやがる。逃げ隠れするほどの借金の額でもないいんだけどね。要は気が小せえんだ。しかしチャンカァが他人に銭を貸すとはねえ……。俺も覚えておこう」

しかし公ちゃんが銭をせびりに来たことはない。

チャンカァが知る限り、最近の塚本は皆から相手にされていなかった。もともと少し味噌《みそ》っかす的な存在ではあったが、それでもピー坊などはよく連れ立って遊んでやっていたものだ。

しかし、ここ一年ほどはすっかりハコ助の腰ぎんちゃくに成り下がってしまい、チビのハコ助とのコンビは巷で腰抜けブラザーズと陰口を叩かれている始末である。

その時、入り口の開き戸から、長身のオトコが店内を覗き込んだ。ヒモのピー坊である。

「あれ……痔やんは?」

「キミさんの所に行ってるって」

嫌いな二人組の来店に若干気が滅入りかけていた初江だが、ピー坊の登場で少しホッとした気分になった。

「ああそう……でも少し飲んでいくよ。朝からずっと〝ハッピー〟に居続けでさ、頭がおかしくなっちまったよ」

　ピー坊はハコ助と塚本を認めると、痔やんが居ない成り行きが納得できたようであった。

「台が替わってからの勝率はどうなんだ？　やっぱり良かぁねえんだろう？」

　塚本が早速ピー坊に声をかけた。〝ハッピー〟とは近くのパチンコ屋である。

「そりゃあ昔に比べると良かぁねえよ。だけど時代の流れってやつにもついていかねえとな。俺たちだってまだ昔を懐かしんでグチをこぼす年じゃねえよ。なあ塚ボン」

「全くだ。ピー坊と俺が文句垂れたって、昔の手動に戻るわけでもねえもんなぁ」

「今度はハンドルもなくなるって話だぜ。今日ハッピーで松が言ってた。ボタンだかダイヤルだかに変わるんだと……」

「松ってあのグズラ松かい？　あいつまたハッピーに出戻ったのか？　出たり入ったり忙しい奴だなあ。まあ雇う方も雇う方だけどさ」

　塚本が呆れた口調で天井に向かって煙草の煙を吐き出した。今日は以前のハイライトではなく、最近出まわってきた洋モクである。

「おい、ピー兄貴！　松の野郎は本当にハッピーに戻ってるのか？　あの野郎、俺ん所にだいぶコゲツキが残ってんだ。冗談じゃねえ、なめやがって！」

　今まで黙っていたハコ助が急に意気がり出した。

「俺は生まれてこのかたウソなんぞついたことがねえよ。まだ片づけの最中だろうよ。行ってみりゃいいじゃねえか。請求書とタイホ状持ってよぉ」

ピー坊はろくすっぽハコ助の方を見ずに返事をした。

「塚本、これからハッピーに乗っ込むぞ！　松の野郎にきっちりケジメつけさせなきゃなんねえ」

ハコ助が大げさに眼を三角に吊《つ》り上げて立ち上がった。

「時間外勤務ってやつかい？　面倒臭えなあ」

塚本もだるそうに立ち上がった。小柄なハコ助より頭ひとつくらいは優にでかい。

腰抜けブラザーズが肩を怒らせて出て行くのを、ピー坊は溜息まじりに見届けると、

「塚本の野郎、いつまでハコ助なんぞの尻に乗っかってやがるんだ。全く情けねえなあ……」

「似たもの同士で気が合うんじゃないの？　でもあんな奴ら、くっつこうと離れようとどうでもいいじゃん。ところで痔やんの所はすぐ行かなくてもいいんでしょう、ゆっくりしていきなよ」

今日はもう少しピー坊にいてほしい。

こんなハンパな輩の中でも、初江の一番のお気に入りはピー坊である。仲間内では「ヒモ野郎」だとか「キザ竿師」などと呼ばれているが、初江から見ればそんな彼の気取りや、安っぽい芝居っ気も、男の可愛らしさとして寛容できるのである。

キザ、ウソ、サオ、大いに結構である。決してレベルが高いとは言えないが、それらには自力で女を惹《ひ》きつけようと、日々努力しているピー坊なりの哲学が存在しているのである。女なんて金を払って抱いて、欲求不満解消の対象としか考えていない奴らより、見ようによってはよほど純粋である。

千葉県のかなり由緒ある名家の子息であるという出自は、この界隈では変わり種と言える。だから悪ぶっていても言葉の端々に、どこか育ちの良さがうかがえてしまうのである。

どこでどう間違って、このような生活に身を落としたのか分からないが、根は寂しがり屋で甘えん坊のタイプである。

「そろそろ足を洗いたいと思う……」と言うのが彼の口癖であるが、この先々足を洗って更生する、という可能性は少ないであろう。

初江自身もそうなのだが、いまさら苦しさと煩わしさが伴う再出発なんて考えられないのであった。

ピー坊も初江のそんな雰囲気を感じ取っているのか、チャンカァ、チャンカァと慕ってきてくれる。本当はそんな呼び方をされるほど年は違わないのであるが……。

「さっき話の途中であの二人が来て、痔やんが帰っちまったんだけどさぁ……ちょうど何であの人が痔やんて呼ばれる羽目になったのか、訊き始めたところだったのよお。そしたら痔やんが、『ピー坊とアズルに嵌められたんだ』と言ったところにバカどもが来ちまったんでやめたんだけれど、本当にアンタたちが何らかの理由で命名したわけ？」

「チャンカァ、そんな楽しくて貴重な昔話をただで訊き出そうってのかい？　言っとくけどビールの二本や三本じゃ嫌だぜ」

ピー坊がいたずらっぽく笑った。

「じゃあビール四本ではどお？　アタリメもつけるから」

「一〇〇本が二〇〇本だろうが、ビールじゃ嫌なこったい！」

「じゃあ何ならいいのよ」

「今度ばっちりドレスアップして、一日俺と銀座・六本木をデートするってのはどうだい？」

ピー坊がいきなり予期しないことを言ったので、初江は一瞬うろたえたが、三秒後には平静を装うことができた。

「冗談にしても嬉しいけどね。笑い話のヒロインにされるのは真っ平御免だよ。それにそこまでして他人《ひと》の渾名の由来なんか訊きたくないよ。もういいよ、本人に続きを訊くから……」

「分かったよ、ゴメンゴメン。ビール四本で手を打つよ。そのかわりチャンカァも手伝ってくれよ。一人で大瓶四本も飲んじまったら、今夜のお勤めの時やばいからね。〝チョット御免、俺ションベン……〟なんて、格好を気にするボクちゃんとしては耐えられないことだからね」

ピー坊は片目をつぶってグラスの中身を一息に干した。

「ジ、ヤ、ン、ね……あれは四年くらい前かなあ。奴がいったん足洗って田舎に引っ込んで、また出戻ってきて、そしてアズルがこの界隈に出没しだした頃だよ。確か……」

ピー坊が思い出しながらポツリポツリ話し始めた。

「痔やんが俺とアズルに嵌められたって？　……ウン、正確に言うと、俺とアズルとユル子の三人だよ。事の起こりは言わずと知れた麻雀だ。確かあの時は『ポン』だったと思うけれど……俺と痔やん、当時はまだ本多《ホン》チャンと呼んでたけれど、たまたまガン首揃《そろ》えて現金《タネ》がなかったんだよ。それで誰かにたかろうとして網張ってたら、アズルとユル子——彼女もそんな名前じゃなかったけれど——が来て、

『じゃあ一発始めるかい』

『実は二人ともタネが無い。誰が浮こうが沈もうが、次回清算じゃ駄目かなあ……』

『何だと？　二人揃ってナシだって？　図々しいなコイツら……ナシん時は大人しく小屋でせんずりでも掻いてろよ！』とか何だかんだ馬鹿言ってるうちに、ユル子がたまには現金以外の物を賭けてやるのも面白いんじゃない？　とか言い出したんだ。

『じゃあ何を賭けるんだい？　身に着けているものといったところで、アズルと本チャンは金目の物は何一つ着けてねえし、服だって浮浪者まで、あとふた息って代物だし……』

『じゃあこういうのはどうだい？　一番沈んだ奴を、皆で身ぐるみ剥いで表に放り出しちまうってのは……』

　そうしたらユル子が、

『本チャンの腐れバナナなんか見たくないよ！』

『馬鹿野郎、俺だってオメエのズロースなんざぁ見たかねえやい！』

　そんなこんなで決まったのが、

『あらかじめ本人が思いきり嫌がる渾名を決めといて、三着と四着の奴を一生その渾名で呼ぶ……』ということになったわけさ……。

チャンカァ、これは凄え賭けだと思わない？　半端な銭なんぞ賭けて、取ったの取られたの言ってるより、よほど気合が入るぜ。俺たちは名誉とかプライドなんてあまり持ってねえ、と自分で思っていても、いざひでえ呼び名で一生呼ばれることを考えると、プライドの無い奴なんていないね。浮浪者は別としてさ。

　でもあれは壮絶な勝負だったな。二分の一の確率なんだぜ。半荘一回の勝負だったんだけれど、みんな顔を真っ赤にしてね。特に痔やんなんか短期決戦は腕じゃねえ、気合と勢いだ！　なんて日本酒の中に七味唐辛子をブチ撒いて、ガブガブ飲《や》りながら気合入れてんだぜ」

「へえーっ、そのメンバーがそんなに熱くなって打つなんて、ついぞ観たことがないねえ。一度観てみたいね、そういう真剣なやつを……」

　初江も麻雀は嫌いではない。しかし本当にぎりぎりの真剣さで戦っている、という印象が、このゲームには薄いような気がしていた。命の次に大事な現金が賭かっているのだから、それぞれに真剣なのだろうが、どうも銭の取りっこということに皆が慣れ過ぎている面が如実に出てしまい、ともするとダレやすくなってしまう。

　大体ラーメン食べながら「あっ、それポン……」なんて場面を見ていると、何をか言わんや、である。だから同じギャンブルでも、競輪のモガキや何度か連れてってもらった鉄火場の手本引きなどに比べると、本格的な迫力でも数段劣るもの、と思っている。

　だからバクチでありながら、ゲームでもある。遊びでありながら、ギャンブルでもある。という中途半端な位置に存在しているのであろう。


「それでどういう結末だったの？」

「ウン、短期決戦は女やヘボでも充分に勝負になるからね。危《ヤバ》かったよ、俺も……。でも何とか運良く俺がトップで、アズルがぎりぎりの二着に粘り、三着がユル子で悲劇のヒロインとなり、戦前の予想どおり、痔やんが悲劇のヒーローの座に決定しちまったってわけさ」

「やっぱりね……。そういう星のもとに生まれついてるんだね。そうか、もしかしてユル子っていうのは、その時付いた渾名だったんじゃないの？」

「そうだよ。〝ガバ山ユル子〟、元の名は確かなんとか山ユキ子だったな……。名付け親は、誰あろうへらず口のアズルの奴だ。俺じゃねえぜ、チャンカァ。俺様は女に対してそんな失礼なことはしねえ主義だ」

「可哀想に……嫁入り前の娘によくそんな渾名を付けるよね。そのうちに化けて出られるんじゃないの？」

「可哀想なのはお互いさまだよ。それに、嫁入り前だの女だのって言ったって、あの女はその辺の男どもよりよっぽど肝っ玉が据わっているよ。ユルいだのガバガバだの言われたって、屁でもねえ顔してんだぜ。ありゃあすげえ女だったよ」

「でも嫁入り前の娘が〝ガバ山ユル子〟で、中年のオジサンが〝ジイヤン〟では、ちょっと不公平じゃないの？　大体、〝ジイヤン〟なんて何てことない渾名じゃないか。名誉を賭けて熱くなるほどのもんじゃないよ」

　ピー坊はニヤニヤしながら初江の顔を見ている。何やらいわくありげな顔つきである。

「チャンカァ、なんでジイヤンなのか分かってるかい？」

「なんでかって……あたしはジジイ臭いからだと思ってたんだけど……。そういえば随分前にハコ助が、奴はひどい切れ痔で冬はアンネをしてるほどだ、と言ってるのを聞いたことがあるけれど、まさかそれで切れ痔のジイヤンなのかい？」

「ああ、そういえばハコ助がそんなダボラを吹きまくったんで、それが原因で真っ昼間に街の真ん中で、サルカニ合戦やったことがあったなあ。例によって勝負はつかなかったけどね」

「あの二人の喧嘩はいつも引き分けというのは本当なの？」

「引き分けというか、両方負けというか、何しろ二人とも若くはねえわ根性はねえわ……手数より口数の方が多くて、見物している方が恥ずかしくなるくらいだもの。あれじゃ、その辺でカバン持って突っ張ってる中学生にも敵わねえよ。

　でもさぁ、これだけはジイヤンの名誉のために言っとくけど、切れ痔だのアンネだのってのは真っ赤なウソだぜ。そもそも、その時付いた渾名はもっとひどかったんだよ。だけどあまりに可哀想だってんで、次の日にいまのジイヤンに改名したのさ」

ピー坊は一息つくと、旨《うま》そうにビールを飲み干した。

「そのひどいのは何て言うの？　もったいつけないで教えてよ」

「えへへ、それはね……ケツの穴って渾名だったんだ。ひでえだろ？」

初江は一瞬口に含んだビールを吹き出しそうになった。あまりに直接的な表現だが、こいつはモロにおかしい。

「それはあまりに可哀想だよ。一生ケツの穴呼ばわりされたんじゃあ、いくら鈍い奴でもノイローゼになっちまうじゃない。でもさあ、本人が嫌がったって、変な話だけどケツの穴は誰にだってあるし、別に痔やんじゃなくても誰に付けたって良かったんじゃない？」

ピー坊は込み上げてくる笑いを押し殺しながら、

「チャンカァも鋭いね。もし笑い転げて納得してくれたら、この話はこれで打ち切りにしようと思ったのになあ。この先を喋っちまうのは、いくら俺でも少々気がひけるんだぜ」

「何をいまさらうじゃじゃけてんのさあ……話を途中でやめるなんてピー坊らしくないよ。早く聴かせておくれな。なんでケツの穴なの？」

チャンカァは既に身を乗り出している。

ピー坊から普段の取り繕うような雰囲気がすっかり消え去り、その辺の若者のような屈託のない笑みが満面に溢《あふ》れている。

「あいつがケツの穴みてえな顔をしてるからさ。デコボコでシワクチャで髭《ひげ》が濃くて、目と鼻と口が真ん中にクシャッと集まって……そう思わない？」

他人の容姿の欠点を笑うのは確かに気が引けるが、これが笑わずにいられるだろうか。

初江は腹の底から笑いが込み上げて、少しの間クチが利けないくらい笑い転げた。こんなにおかしくて笑うのは本当に久しぶりだ。

何しろ顔がケツの穴とはまさにドンピシャリの表現ではないか。

そしてその顔がケツの穴は、ついさっきまでそこに座っていたのである。

「チャンカァ、これは皆には絶対内緒だぜ。もし約束破ったら、犯《ヤ》っちまうからな」

ピー坊もつられて一緒に笑い転げながら念を押した。

「ああ苦しい、しかし面白いね。当分誰にも言わないよ。でもピー坊に犯られたくなったら、三〇〇人くらい集めてマイクで発表しちゃうからね。ああオカシイ……。しかし誰が考えたの？　そこまでひどい渾名を」

「アズルに決まってんじゃん、そんなひでえ渾名を考えられる奴は」

「でも痔やんだけ改名されて、ユル子さんはそのままなんて、不公平じゃないの」

「あの女は結構潔い性格なんだ。『決まりは決まり、私は情けなんてかけてほしくない。それより痔やんのケツの穴ってのは、女の私としては他人様がいらっしゃる前では、どうにも呼びにくいから改名してくれて助かったよ』なんて言いやがってね。どうだい、いい女だったよな……。でもよく考えてみると、『おい、ケツの穴はどこ行った？』『ケツの穴は、今便所でケツ出してます』なんて会話は、いくら男勝りだって女にはできねえよな」

　初江はさっきから笑い過ぎて、顔のあちこちのネジがかなりゆるんできている。

「ねえ、痔やんが〝ケツの穴〟でもう一人が〝ガバ山ユル子〟で、それじゃあピー坊は何の予定だったの？」

「俺かい？　教えてやってもいいけど、もしばらしたら犯っちまうくらいじゃ収まらねえぜ！　そのまま素っぽんぽんでリヤカーに乗っけて、市中引き廻しの刑にしてやる」

「分かったよ。絶対に言わないよ。そんなことされたら、たちまちあたしにも渾名が付いてしまうよ。トドとかブタネコとか。あたしはユル子と違って、そこまで図太くなれないからね。約束するよ、絶対内緒にしておくからさ……だけど誰が付けたか分かれば、大体の想像がつくよね」

「例えば？」

「ウーン、例えば痔やんは単純だから、あまりひねらなくて、スケコマシとかサオ屋ってところじゃない？　アズルは相手が傷つくような、それでいてかなり突飛なことを言い出すんだよね。例えばフタコスリとかミスター・ギョー虫とか……少し下品だけれど、あいつは下品の極致みたいな奴だからね」

「ミスター・ギョー虫はひでえなあ。チャンカァも相当なもんだね。それじゃあユル子が付けたとしたら？」

「そうだね、女の立場から意地悪な渾名を考えるだろうから……寄生虫とか燃えないゴミだとか、もしかしたら股グラモグリノスケなんて付けられちゃうんじゃないの？」

　初江は、自分で喋るそばから笑いが噴き上げてきて、頭までおかしくなりそうである。

「全く、チャンカァがあのときのメンバーでなくて良かったぜ。股グラモグリノスケだって？　他人のことだと思って、いくらなんでもひどすぎるじゃねえかよ？」

「あたしも結構いいセンスしてるでしょう？　でもそれで結局誰の何になったの？」

「うん、俺の場合はやたらいっぱい出やがってね、俺ってそんなに渾名を付けやすいタイプなのかなあ。それもキツイやつばっかりでさあ、今思い出しても腹が立ってくるよ。チャンカァ、日本酒にしてくれよ、シラフじゃとても口に出せねえや」

「ハイハイ……酒でもウイスキーでも何でも飲んでよ。こんな楽しい話が聴けるんなら、店の酒全部飲んじゃってもいいよ。それで何だったの？」

「いろんなのが出てきてね。チャンカァの想像とかなり近いものもあったよ。サナダ虫とかスミスリンとかピーナッツとかね……ひでえよな、他人のことだと思ってよ……」

　ピー坊は酒を一気に呷《あお》った。口調はボヤキ気味だが、笑い過ぎの顔は輪郭がなくなり、色男が台無しである。

「スミスリンて何なの？　それにピーナッツって……何かよく分からないんだけど」

「チャンカァも結構ウブなんだね。まあ、女でスミスリンを知ってる奴なんてよほどのアバズレだよな。ピーナッツってのは、短小って意味なんだよ。そしてスミスリンってのは毛ジラミの特効薬なんだ。俺も随分世話になった薬だ。正確には、スミスリンパウダーって言うんだけどね。たまんねえよな、こんな名前くっつけられたんじゃ……」

あまりのおかしさの連続に、初江は本当に後頭部と腹の筋肉が引きつって痛くなってきている。

「だけど残念だけど、スミスリンもピーナッツも落選だったのさ。今言ったのは、それぞれ傑作かもしれないけど、優勝作品に比べたら、格段に上品だったよ。まあ、幸いにも俺は、渾名の栄誉に与《あずか》らなくて済んだから良かったけれど、当事者になった場合を考えたら冷や汗もんだぜ。恐らくこの街に戻ることはなかったろうね」

「でも下品な渾名ってことは、下ネタってことでしょう？　顔がケツの穴にしても、ユル子にしても、そのものズバリの下ネタだからね。あたしはスミスリンが絶対傑作だと思うけどなあ。でもその下品の極致って一体何なの？」

「笑うな、と言っても無理かもしれないけど、この渾名で呼ばれるかもしれない奴の身になって聴いてくれよ。

〝月経《げっけ》パンツ〟って付けられそうになったんだよ。これもアズルの命名だぜ。ひでえ奴だろう？　こっちは友達だと思ってたのによぉ……」

ここに至ってついに初江の顔面は破綻してしまった。いつもより顔の幅が倍くらいにふくらんでしまっているのが自分でも分かった。ここ数年来の仏頂面を一夜で吹っ飛ばしてしまいそうであった。

こんなに笑うのは本当に久しぶりだ。

「これ以上続くと本当に危ないよ。もう涙と腹が爆発寸前だもの。いくらなんでもまだ死にたくないからね……」

死ぬのは嫌だから……と何げなく口走ってしまった初江だが、同時に後頭部を誰かに撫《な》ぜられたような気がして、一転して首筋に冷たい刺激が走った。

ほんの数時間前には、自分は死んだ方がいいかもしれないと、本気で考えていたのである。馬鹿話のはずみとはいえ、まだ死にたくない、という言葉が口をついて出てこようとは……。

自分の意志と相反した巡り合わせというのが、ここ数年来初江には、ことごとく付きまとっている。成り行きとはいえ、今夜もまたか……という感じではあった。

またぞろ、初江の反省と後悔の固まりであるふさぎ病が、一瞬顔を覗かせてしまいそうになった。

しかし、ここでつまずいてしまったら、久しぶりの楽しいひと時が台無しである。

そういえば、以前あのろくでもないアズルが、初江の店で生意気なことを言ったことがある。

「俺たちはよぉ、頭悪いんだからさ、反省とか後悔って言葉なんか知らねえ方がいいんだ。どうあがいたって性格や生活が改まるわけじゃねえんだ。無理して反省なんかすると、肝心なところを考えるアタマがねえから、途中をすっ飛ばして、やっぱり死ぬしかねえか――ってなことになっちまうんだ。馬鹿は死ななきゃなおらねえっていうじゃねえか。昔の奴はうまいこと言ったもんだよなあ。

でも逆に言うと、俺らがまめに反省してバンバン死んじまった方が、世の中のためにはなるんだろうけどね……」

　単純明快な屁理屈である。もちろん彼らと同等のレベルでものを考えることは到底できないが、思い切って彼らの世界と同化してしまったら、どんなに背中が軽くなることだろう……。

　初江は気を取り直して、弱気の虫を強引に頭の隅に追いやった。

「チャンカァ、どうした？　顔のネジが一本外れでもしたのか、ボーッとしてさあ……」

　ピー坊が怪訝そうにチャンカァの顔を覗き込んでいる。

「ごめんごめん……アゴと脳ミソのネジが一本ずつぶっ飛んで口が利けなくなっちゃった――でもさ、〝月経パンツ〟なんてあたしの時代ならともかく、今の若い娘なんかどんなものかも知らないんじゃないの？　今時よっぽど田舎の薬局か洋品屋に行かなきゃ売ってないんじゃないの？」

「そういえば、最近あの手の黒のゴムパンツって見かけねえもんな。そうか、あれは俺らのお袋の頃までの代物になっちまったのか……」

　ピー坊が感心するように言った。

「しかし言われる側にしてみれば、とんでもないよね……まるで変態じゃん――」

「変態にしても色気狂いにしても、ともかくあの時負けちまってたら、俺はこの界隈にいる限り、今日はゲッケパンツはいねえのか、なんて言われ続けるんだぜ、いま考えてもゾッとするぜ」

「顔がケツの穴とかユル子っていうのは、どっかユーモラスでおかしいけれど、ゲッケパンツというのはキツすぎるよね。しかしアズルって奴は本当にその方面では天才というか、凄い切れ味だよね。

だってその場ですぐ閃《ひらめ》いちゃうんでしょう……？　これも才能のうちかしらね。でもゲッケパンツはあまりにもひどすぎる」

「いや、チャンカァ、これが最後の一人に比べたら、全然可哀想じゃねえんだ。まだかわいいもんだよ」

「最後の一人って、あのろくでもないアズルのことかい？　あいつはとんでもない渾名を皆に付けまくったんだから、さぞ仕返しはきついだろうね。いまさら笑わない、なんて約束はできないけれど、どうしてもあの人でなしのサド野郎の渾名だけは聴いておかないと、今夜絶対眠れなくなっちゃうよ」

「いや、これはとっても笑えない渾名でさ、これに比べたらケツの穴や月経パンツの方が笑い事で済まされるからよほどましだよ。チャンカァ、何だと思う？」

　ピー坊が得意げな表情で反り返っている。

「そうだね、本人にとって笑い事じゃないというと、カワカムリとかサギ師とか。そうだ、毒掃丸なんてアズルにピッタリと思わない？」

「ドクソウガン？　そりゃあ傑作だぜ。確かに奴にピッタリの渾名だな。今度あいつに会ったら、チャンカァがそう言ってたって伝えてやるよ。でもその時の渾名は毒掃丸ではなかったんだ。残念だけど……」

「じゃあ一体何なのさ。笑えないとなると、ヒトゴロシとか凶状持ちとか……。アズルには余計なこと言わないから早く楽にしてよ。これ以上続くと、頭と腹が爆発して死んじまうよ」

「ヒトゴロシ？　凶状持ち？　全くチャンカァがあの場に居合わせなくて本当に良かったぜ。でもアズルには絶対ばらすなよ、あれで結構気にしてたんだからよお。洒落にならねえぞ……ってね」

ピー坊は重大事件の発表の時のように、もったいつけて軽く咳払《せきばら》いをして言った。

「ヨシノブちゃんの犯人、だよ……」

第四話　伊藤の一番長い日

「なあ痔やん、こういうことは苦手だってこたぁ百も承知だけどよぉ、ここは一丁引き受けてくれねえかなあ。どう見ても痔やんしかいねえんだよ。金屏風《きんぴょうぶ》を背中にできる貫禄《かんろく》の奴がよぉ……それに、たまには他人サマの役に立っても罰《バチ》は当たらねえと思うぜ」

先刻より雀荘『カネコ』では、アゴの仲田が何事かしきりに痔やんこと本多を口説いていた。二人とも珍しく真剣な顔つきである。

「だけどよぉ、仲人ってのは夫婦でやるんだろう？　俺にはカミさんなんぞいねえぞ」

痔やんが訝しげにアゴを見やった。

「そんなのは何だって構やしねえ。ピー坊の女とか、ポンのキミさんか誰かに着物でも着せて横に座らせてやるさ。痔やんは余計な心配しねえでただ座ってりゃいいんだ」

「オメエもひでえこと言いやがるなあ。ヒモの女ならまだしも、ポンの婆ァたあ何だ！　冗談じゃねえ。俺はまだ三十六だぞ。あの婆ァはもう七十じゃねえか。なんであのクソ婆ァと俺が並んで座らなきゃいけねえんだ。俺のお袋だってまだ七十前だぜ。これが余計じゃなくて何が余計だってんだ。オメエのおせっかいが一番危ねえってんだ。それによぉ、何か喋んなくちゃいけねえんだろう？　このたびはどうもおめでとうございます、とか何とかよお……」

当然の如く痔やんは断固拒否する姿勢だ。

——なんで俺がそんな貧乏クジを引かされなきゃいけねえんだ——という気持ちであろう。

「馬鹿野郎、仲人がそんなこと言うか。なあ痔やん、心配すんなよ。俺が痔やんの喋ることを式場の奴に書いてもらって、事前に渡してやっからよぉ。そして司会の俺が合図をしたら、そのまま読みゃあいいのよ。だからよぉ……」

事の起こりは二日前の雀荘『カネコ』であった。

地味な存在ではあるが、仲間内でも古株であるバーテンの伊藤が、結婚して相手の女の田舎に引っ込む、と言い出した。相手の女は素っ堅気《すかたぎ》のＯＬで、たまたま伊藤が勤める店に遊びに来ていたのを引っかけたのだが、いつのまにか抜き差しならぬ仲になってしまったのだという。

そこまでならめでたいめでたい、で済むのだが、なんと結婚式までこっちで挙げることになっちまった……と困り果てた顔で、アゴとピー坊に相談を持ち掛けてきたのだ。

バーテンの伊藤は、かれこれ十年くらいこの界隈にのたくっている古株である。隣接する繁華街の中にあるバーで働いているのだが、競輪狂い、という点以外はそれほど目立つ存在ではなかったが、このような不安定な暮らしを十年も同じ土地で続けるということは、それなりに大変なことなのだ。

十年ほど前（昭和三十六、七年頃）からの遊び人の流れを見ても、当時の顔ぶれで現在も第一線で頑張っている奴は、数えるほどになってしまっている。

総じて十年前当時、半パの人口は非常に多く、新装開店のパチンコ屋が、そういった連中だけで満杯になってしまうほどであった。

消えていった奴らのほとんどは種も付き、シノギもままならず、他の土地に流れたり、この生活に疲れて田舎に引っ込んだり……。

それが本人にとって正解か不正解か知る由もないが、この界隈のこの環境から弾かれたことには違いない。リタイアする奴がいれば、新しく流れ込んでくる奴もいて、頭数は今でもそこそこ揃っているのだが、五年十年と居座る奴はまれである。

そんな環境での十年余、である。伊藤という男はアゴや鶴ちゃんが言うところの、数少ない『カネコ』のオリジナルメンバーの一人なのであった。

雀荘『カネコ』の主人の鶴ちゃんは、万事に無気力な男であるから、伊藤の話にもまともに耳を貸そうとしないが、デブのアゴとヒモのピー坊は、おもちゃ工場に放り込まれた子供のように眼を輝かせ始めた。

普段、他人事には無関心を装ってはいるが、二人とも元来おせっかいで野次馬根性旺盛な性格である。常日頃から〝何か面白いことないか……〟とネタ探しをしているのであるが、二人を取り巻く環境では、銭の取りっこ以外のネタなんぞ滅多にあるわけがない。

しかし伊藤の身に降りかかった災難は、二人にとってまさに格好のヒマつぶしのネタであった。まして、仲間のために……という大義名分までくっついているのだ。

この大義名分のもとに、日頃は全くまとまりのないこの界隈の半パ野郎どもを、まとめて型に入れてやろう、というアゴとピー坊の思惑は、ヒマつぶしはもちろんのこと、自分たちの自己顕示欲をも満たすことになる、まさに一石二鳥のイベントになり得るネタであった。

かくしてアゴとピー坊は、伊藤の手前困惑を装いつつも、ヨーシ！　仲間のために一肌脱ごうじゃねえか、ということになったのである。

「へえーっ、そりゃおめでとう。じゃあ、伊藤ちゃんとは当分打たないことにしよう。結婚資金まで巻き上げて、嫁さんに恨まれるのは嫌だからね」

その時カネコに居合わせ、伊藤とアゴたちのやり取りを聞いていた地下鉄ソバ屋の主人で、通称和尚こと今井が横から口を出した。まるでいっぱしの遊び人のような口調である。

この立ち喰いソバ屋のぐーたら主人は、働き者の女房に店を押し付けて、自分は毎日酒とギャンブルの日々である。元どこぞの寺の住職というふれこみであったが、女房の話では、ただの住み込みの寺男だったらしい。この姑息な野郎は、自分より年季の入っている遊び人が一緒のときには、隅の方でヤニ下がっているだけなのだが、周囲に手強いのがいないと見ると、急に百戦錬磨の博徒のような口を利き始める、典型的なウロコ（中身がない格好だけの奴）であった。

「伊藤ちゃん、余計なこと言わねえ方がいいんじゃねえのか？　結婚式をするってこたぁ、結婚資金があるってことじゃねえか。ハイエナの巣窟みてえなこの店で、そんなおいしい話をバラしたら格好の獲物になっちまうぜ。友達のよしみで忠告してやるけどよぉ、結婚式なんてのは、ここら辺の連中には内緒でこっそりやった方がいいんじゃねえのか？」

カウンターで見慣れぬ顔の奴とアトサキに興じていた、同じくオリジナルメンバーの一人である塚本も、早速チャチャを入れた。塚本と伊藤は同じバーテン仲間であり、付き合いも古い。

「てめえら、鈍いな。なんで伊藤がこんな困った顔してんのか分からねえってのか？　おう、塚本！　おまえ、自分が伊藤の立場になったらどうするよ。えーっ？」

今井と塚本のまるで他人言のような口ぶりに、アゴがムッとした表情で二人を見据えながら言った。

「恐ろしいこと言うなよ。死んだ方がましだね。そんなことになったら……」

アゴの思いがけない好戦的な調子に、一瞬気圧《けお》されたような表情を見せた塚本だったが、すぐに気を取り直すと大げさに肩をすくめてみせた。

「その死ぬほどの思いをするんだよ、伊藤は……仲間として一肌脱いでやるのが仁義ってもんじゃねえか。おい、和尚に塚本！　おまえらこの場に居合わせて知らねえじゃ済まねえぞ。もし結婚式に出席しなかったら、和尚と塚本は御祝儀をケチって仲間の結婚式にも出ねえクズ野郎だって、この辺一帯の電信柱にビラを貼っつけて歩いてやるからな」

アゴの有無を言わせぬ啖呵《たんか》が飛んだ。

半パの仲間同士には、ヤクザ社会のようなはっきりとした力関係はない。しかし、それとなく風上と風下の関係は存在しているのである。

塚本にしても和尚の今井にしても、この界隈では古株に属し、半パとしてのキャリアだけは充分にあるのだが、もうひとつパッとしない存在であった。そんな二人であるから、アゴやピー坊のような中心勢力から圧力をかけられたら、渋々でも従うしかないのである。

かくしてアゴとピー坊、そしてアゴの盟友であるカネコの主人の鶴ちゃんの三人は、『伊藤健二君の結婚披露宴実行委員会』なるものを、この日発足させたのであった。

本編の主役である伊藤は、十代の頃に不始末をしでかして田舎を飛び出し、そのまま水商売に浸っちまったため、社会的に立派な先輩なんぞいやしない。

知り合いにしたって、伊藤のために骨を折ってくれるまともな紳士などいるはずもない。しかし、サクラでも何でも然《しか》るべき仲人なり主賓なり、来賓なりの頭数は揃えなければ格好がつかない。

「頼むよ。伊藤の側の来賓が足りねえんだ。一世一代の晴れ舞台で伊藤に恥をかかしたくねえんだ。おまえだって、奴とは昨日今日の付き合いじゃねえだろう……」

アゴを中心とした、『伊藤健二君の結婚披露宴実行委員会』の面々の必死の説得が、翌日からこの界隈のごろちゃら族相手に繰り広げられた。

もとより他人の幸せを喜ぶ……などという育ちの良い輩などいるはずもない。麻雀にしても、自分以外の奴がプラスになれば必然的に自分がマイナスの確率が高くなってしまうし、競馬にしても的中が多ければそれだけ配当が下がってしまうのである。当然のことながらギャンブル的な考えでは、他人の幸せは自分の不幸せ……に直結してしまうのである。

そのように、常日頃から一般社会とはかけ離れた論理のもとに暮らしている連中にとって、このようなイベントはちょっとした事件である。

なにしろ自分の親の葬式すら無視《シカト》してしまう連中である。まともな背広すら持っていない奴も一人や二人ではない。

この連中の共通点として、自分の関心のないことには、一円の銭も使いたくない、という性質が挙げられる。特に衣・食・住に関しては、無関心な奴がほとんどで、着る物といえば、夏は隠れる所が隠れてりゃいいし、冬は風邪をひかない程度に寒くなけりゃいい……くらいにしか思っていない。

食い物は旨かろうが不味《まず》かろうが、安くて腹がいっぱいになりさえすればいいのだし、寝ぐらに至っては、それこそ寝ころがるスペースさえあればそれで充分だった。

ところが、これがギャンブルとなると、どこからか銭をひねり出して、それなりの顔つきで参加してくるのである。この界隈の連中も例外ではなかった。

「公ちゃん、地下足袋は駄目だぜ。ちゃんと靴履いてこいよ。革靴だぜ。背広がなくて買うのが嫌だって奴はピー坊に借りてこい。あいつはいくらでも持ってってからよぉ」

その日もカネコでの話題は、アゴを中心とする伊藤の結婚式の話題であった。かなりの人数の目安がついたことで、司会のアゴ、会計係のピー坊、主賓の鶴ちゃんからなる『伊藤健二君の結婚式実行委員会』の面々の機嫌は、すこぶる良さそうであった。

ヒモ稼業のピー坊は、仲間うちで唯一の伊達男でもある。今度のイベントでも来賓の馬鹿どものスタイリスト的な役割も果たしていた。一八〇センチの長身で、体重も優に八十キロはあるだろう。そのピー坊のホストのような派手な背広を、何人かの銭を出し惜しんだチビやデブが着ることになった。


数日後、雀荘『カネコ』ではアゴとピー坊と鶴ちゃんの三人が、伊藤の披露宴の出席者名簿を麻雀卓に広げ、席の配置に頭を悩ませていた。

日頃は他人事で悩むことなど滅多にない連中であったが、何と言ってもオリジナルメンバーの伊藤の人生の門出であるし、ギャンブルの臭いのない正真正銘のイベントである。張り切らざるを得ない。

三人の隣の卓では、鳶の公ちゃん、地下鉄ソバ屋の和尚こと今井、焼肉屋の安山、アゴの後輩でペンキ職人のミチオの四人が一戦交えていた。こ奴らは銭のあるうちは毎晩、の常連である。

その隣の卓では、学生《セイガク》くずれのデブの小橋と、おかっぱ頭の駒田がコイコイに没頭しているし、小さなカウンターでは、外車屋の小林とダフ屋の三上がバックギャモンなる西洋スゴロクまがいの遊びに熱くなっている。

この景色であるからして、他の一般客などとても遊べる雰囲気ではない。自然と似た者同士の溜まり場になっていくしかないのである。

「あとはアズルだけだな……。あの野郎、一体どうしちまったんだ？　もうかれこれ二か月になるぜ」

アゴが名簿を見ながらぶつくさ言い始めた。

「定期的に消えるのは奴の習性さ。銭の生る木を探して旅《ビタ》に乗ったに違いねえ。でも、大抵一か月くらいで戻ってくるんだけどなあ。もしかしたら指名手配でも喰らったか」

アズルと仲の良いピー坊も首をひねった。

アズルという男――この界隈の半パ者の中でも歴戦の猛者《もさ》ではあるのだが、かといって、どうしても結婚披露宴の席になくてはならない、という存在でもない。まともな喋りや歌は、もちろんからっきし駄目であるし、特技は喧嘩とギャンブルというのでは、害になりこそすれ役に立つはずがない。

しかし、噂というものはしてみるものである。しばらくすると当のアズルが、その長身をくゆらせながら、ヌボーッと入り口に姿を現したではないか。

「おっ！　噂ってのはしてみるもんだぜ、なあピー坊。ドンピシャのタイミングじゃねえか。よお、アズル！　探してたんだぜ、二か月もよぉ……」

早速アゴがまくし立てた。

「何がドンピシャのタイミングだよ。みんなが俺のこと探し廻ってるって聞いたから、わざわざ出向いてきてやったんじゃねえか。一体何の騒ぎだい？」

アズルが口元に独特の薄笑いを浮かべながら三人に近寄ってきた。

「実はだなあ、伊藤の結婚式の出席者名簿を出さなきゃいけねえんだけれど、誰もアズルの本名を知らねえもんだから困ってたんだ。阿津留何様ってんだい？」

「何だよ、結構マジなんだなあ。俺はてっきり洒落《しゃれ》かと思ってたよ。だけどよぉ、このメンバーが、ガン首揃えて他人様のために骨を折るなんざぁ、前代未聞じゃねえのか？　この時期に雪なんか降らせねえでくれよ」

アズルは空いている椅子にどっかりと腰を下ろすと、煙草を取り出した。

「何とでも言えよ。もう何十人て奴らに、雨だ雪だ地震だって言われてるんだからな。それより名前は？」

ピー坊が肩をすくめて訊いた。

「ユキオだよ、阿津留ユキオ……」

「何かウソっぽいなあ。どういう字だよ。まさか降る雪ってんじゃないだろうな」

「ウソなもんかい。本人が言ってるんだから間違いねえよ。幸せな夫って書いて幸夫だ。どうだい、いい名前だろう。それとも阿津留マジメの助、とでも言わなきゃ納得してくれねえってのか？」

悪巧《わるだく》みがうまくいった時の悪ガキのような表情で、アズルが三人を見渡した。

幸夫なんて名前はもちろん出鱈目《でたらめ》であろう。それどころか、阿津留という名字だって怪しいものである。誰も彼の身分証明書を見たわけでもないし、住民票があるわけでもない。彼らにとっては、自らの身分を証明するものなど必要としなかったし、そんなものクソ喰らえ、といった暮らしぶりであったのだ。

「まあ、どうでもいいや。戸籍調べじゃねえんだからな。大体よぉ、主役の伊藤からして、十年も偽名を使って俺たちを騙《だま》してやがったんだぜ。伊藤健二ってのは、奴の本名じゃなかったんだ。だけどよぉ、まさかてめえの結婚式を挙げるのに偽名のままじゃあまずいだろう？　それで本名を白状しやがったってわけなんだけどよぉ、その本名ってのがとんでもねえ代物なんだ。なんたって、桑原春樹君、てなもんだ。あの出っ歯面が春樹だとよ。どう見たって三太郎か馬之助って面だ。それにしても、自分の結婚式で本名がバレるってのも間抜けな話じゃねえか。なあ……」

アゴが呆れたような口調で言った。

「伊藤の春樹ってのも笑えるけどよぉ、これを見てみろよ。名前だけならなんとご立派な奴が多いこと……下手な漫才聴くよりよっぽど面白えよ。正義って書いてマサヨシとか、努だとか英雄だとか、グズラの松に至っては学だぜ、マナブ……ハッハッハ」

ピー坊が名簿を見ながら腹を押さえて笑った。

「そういうピー坊だって、武石モリヒトってんだろう？　他人のことを笑える名前じゃねえぜ。まるで天皇陛下の名前みてえじゃねえか。なあ、アズル……」

アゴの仲田がピー坊を冷やかしたが、アゴ自身も仲田正という立派な名前を親から授かっているのである。

「全くだ。どれどれ、俺にも薄らノーテンキ部屋の番付を見せてくれよ。フーン、なになに？　媒酌人が本多良幸・則子夫妻？　おいおい、マジに痔やんにやらせる気かい？」

アズルは名簿を手に取ると、大げさにしかめっ面をしてみせた。

「やっとその気にさせたよ。一度覚悟を決めたらグダグダ言わねえ奴だからな。いくら落ち目だからって、一昔前まではれっきとした渡世人だったんだから、義理人情にはあったかいぜ」

アゴが人差し指で頬に疵《きず》をつける仕草をした。

「義理人情ねえ……。ところで、その〝ノリコ〟たぁ誰だい？　奴はこのかた三十年くらい女っ気はねえはずだぜ」

「ノリノリだよ。ヴェニスの……」

鶴ちゃんが、いたずらっぽい目つきでピー坊に向かって顎をしゃくってみせた。

「ピー坊の飯の種《オンナ》じゃねえか。こりゃあいいや。痔やんより頭ひとつデカイぜ。ノミの夫婦ってのは聞いたことあるけど、ノミ屋の痔やんと、のっぽのノリノリが伊藤……じゃなかった、その何やら春樹の結婚式でノミの夫婦を演じるわけか？」

アズルは笑いを堪《こら》えながら続けた。

「仲人のノミの夫婦の旦那の方は、新宿で競馬のノミ屋を営んでおりまして、のっぽの女房は吉原でトルコ嬢をしております……とでも紹介するってのか？　もし本当なら、俺はご祝儀の他に入場料を払ってでも出席させてもらうぜ。こりゃあ面白え」

アズルの体は既にくの字だ。

「そうか、肩書きか……」

　ピー坊は、隣のアゴと鶴ちゃんの二人に向かってつぶやいた。それぞれの肩書きのことは考えていなかったのだ。

「いくらなんでもノミ屋じゃまずい。何とか商事の社長で構わねんだろう？　あとで適当に考えとくよ」

　アゴは、さほど気にしている様子ではない。

「適当商事ってのはどうだい？　いくらなんでもそりゃねえか。そうだ！　ノミ屋なんだから、丸飲み商事とか本多ドリンク産業とかにしちまいなよ。分かりやすくていいじゃねえか」

　すっかり外野席で観戦気分のアズルは、勝手な与太を飛ばしていたが、再び名簿に目をやると、怪訝そうな表情で、

「おい、女が居るじゃねえか。この加藤初江ってのは誰だ？　春樹君の親戚か何かかい？」

「チャンカァの本名だよ。俺も知らなかったぜ」

　チャンカァとは、この界隈で小汚い酒場を営んでいる飲んだくれの中年女である。当初は『一〇〇万円もらっても嫌なこった』と、にべもなかったが、ピー坊が一週間がかりで拝み倒した逸材（?）である。

「へえー、じゃあこの新井キミってのはポンの婆ァか。おい、このやたら難しい名前は誰だい？　ウル、ウル……?」

「さきの陸軍大将、宇留賀公義《ウルガキミヨシ》殿のことだろう? 驚くなよ、誰あろう我らの後ろに控えまする、公ちゃん殿のことなんだ。よお公ちゃん、アズルが貴方《あなた》様のお名前に納得がいかねえっておっしゃってるぜ」

アゴが茶目っ気たっぷりに隣の卓の公ちゃんを振り返った。アズルは既に椅子からずり落ちそうになりながら笑い転げている。

「馬鹿野郎! 自分で気に入って付けたわけじゃねえや。おいアズル、おまえちょっと笑い過ぎじゃねえのか!」

公ちゃんこと宇留賀公義殿が、ヤサグレ風情のアズル目がけてショートホープの空箱を投げつけた。その行為に、店内の数人の表情に一瞬緊張の色が走った。しかし、こんなことで喧嘩になるほど二人の仲は悪くない。

「いやあ、ごめんごめん。申し訳なかった大将殿。でも空箱とは大将殿にしてはセコいんじゃねえか? せめて五本くらい入ってるやつを投げてほしかったな」

アズルはまだ笑いが止まっていない。

「てめえら! 言いてえこと言ってやがると、結婚式で酔っ払ったふりしてテーブルひっくり返しちまうからな。それでもいいってのか? なあ、今井弘海さん」

公ちゃんが隣の和尚こと、今井に鉾先《ほこさき》を切り返した。

「全くですよ。そうなりゃあ、アタシもフンドシ踊りで場内を一周してあげますよ。婆ァの尻《ケツ》からパイプが出たぞ～♪　ってね。ねえ、安山周二君」

　これまた隣の安山に本名で声をかけた。どうも一枚の紙切れが原因で本名遊びが流行《はや》ってしまったようだ。

「俺は芸がねえからなあ。しいて言えばポコチンには少し自信があるから、放尿ショーでも演《や》るかなあ。金髪のカツラでもかぶってさあ。ところで漆原道男ちゃんはどうすんのさ？」

　玉ネギみたいな顔をした安山が、今度は下荘のミチオに話を振った。

　秋田生まれのミチオは訛りがひどく、おまけに口の中でモゴモゴ喋る典型的な内向的東北人である。日常の会話は、ほとんど聞き取れないくらいの情けなさであるが、ポンやロンの声だけは、やたらにはっきり発音する男だった。このときも顔は力なく笑っているが、例によってモゴモゴ何か文句を言っている口ぶりである。どうも「なんで俺なんかが結婚式なんかに出なきゃいけねえんだ……」とか何とか言ったようである。

「主賓であられます鶴田定吉様は、何か能書きを考えたのかい？　肩書きは雀荘の主人だから、さしずめ鶴田建設株式会社ってところかな。同情するぜ」とアズル。

「しょうがねえやな。俺も覚悟決めたよ。伊藤健二改め、桑原春樹君のために歌の一曲も歌ってやるべえ」

　鶴ちゃんは既にその気である。当時は人前で歌うということは、まだかなり勇気のいることであった。

「ところで、この小林清明君もスピーチをやるらしいぜ。こいつは俺たちよりよほどサマになるはずだよ。どうだい、特別の主賓とヒラの主賓と交代しねえか？」

鶴ちゃんが、何やら訳の分からないことを言い出した。小林はその端正なマスクに笑みを浮かべながら、

「なんでこんな本名遊びが流行っちまったんだよ。アゴのその紙切れが原因でしょう？　もうやめようよ……どうにもきまりが悪い」

きまりが悪いはずである。みんな小学校の頃に名前を呼ばれて返事をした程度の記憶と、それ以降は警察の厄介になった時くらいであるから、どうにもむずがゆいし、後ろめたさを感じてしまう奴も少なくない。

「全くだ。今度本名を呼んだ奴は皆でひっ叩いていいことにしよう」

今回の本名騒ぎで一番被害を被っている公ちゃんの大声が店内に響いた。

「ちょっと待ってくれよ。この俺の周りに座る予定の、風戸正介とか坂井健一とか、こいつらは一体どこのどなた様だい？」

座席表を見ながらアズルが首をかしげた。

「風戸ってのはオカマのサブちゃんのことで、坂井健一ってのはアホ健のことだよ。アゴの後輩の……」

ピー坊がいたずらっぽい目をして答えた。

「おいおい待てよ……じゃあ俺は、爺ぃオカマのサブちゃんと、アホの健坊に挟まれて飲んだり喰ったり、お愛想の拍手をしたりするんかい？　冗談じゃねえぞ！　おまけに対面の席の山田勉二郎ってのは、南口の腹巻きだろう？　俺は奴らとは並んで小便するのも嫌だね。いくら頭数が足りねえからって、もうちっとましなサクラはいなかったのかよ。これじゃあ、終わるまでに完全にバカ菌が移っちまう。ええ？　大幹事さんよぉ」

いつもの如くアズルのへらず口の連発が始まろうとするのを、ピー坊が遮った。

「アズルよぉ、そんなことより決定的にまずい問題があるんだよ。びっくりしないでよ。実は披露宴当日の食事が、フランス料理のフルコースなんだって……」

ピー坊がとんでもないことを言い出した。

店内に気まずい沈黙が訪れた。それぞれが手近にいる奴の顔色をうかがっている。一呼吸してからアゴがボソッと口を開いた。

「そうなんだよ。伊藤も最後まで人騒がせな奴だよな。まともに座ってるだけだって心配な奴らに、よりによってフランス料理だとよ……ナイフとフォークだぜ」

それぞれの面々は、相変わらず周囲の奴の顔色をうかがっていたが、ピー坊がその中でも品の悪さではピカイチの安山に鉾先を向けた。

「安は大丈夫かい？　ナイフとフォークは……」

「あっ、てめえ……なんで俺に訊くんだよ。もしかしたら俺が一番危ねえと思ってるのか？　馬鹿にすんなよ。三平食堂のBランチはナイフとフォークだ」

焼肉屋くずれで、限りなく愚連隊に近い雰囲気の安山が、周囲の視線を打ち消すように大げさに両手でナイフとフォークを扱う仕草をした。

「その辺の食堂のハンバーグと一緒にするな、馬鹿！　でんでん虫や平目が丸ごと出てくるんだぞ。それよりミチオはどうなんだよ、フランス方面は？」

今度はアゴの仲田が、この中で危ない本命のミチオを振り返った。

「……」

下を向いて何も答えないミチオに、

「やっぱり駄目か？」

「……」

これらのやりとりを見ていたアズルが、呆れた表情で頭を振りながら、

「よお、大幹事さんたち、決まっちまったもんは仕方ねえじゃねえか。喰い方が分からねえからって、一口も手を付けるな、とも言えねえだろう。まして人一倍喰い意地が張ってる連中だ。あれこれアゴが仕切ったとしてもボロは出ちまうよ。まあ、嫁さんの身内にバレて伊藤が気まずい思いをしたとしても、それは不可抗力ってもんだ。

アゴたちの頑張りは大したもんだと思うけどよぉ、何十人もの半パどもを型に嵌めるなんて土台無理な話さ。あとは運を天に任せるしかねえんだ。だからあんまり無い知恵を絞らない方がいいと思う

ぜ。所詮、ガラじゃねえんだからさ。まあ……てなわけで、オイラはこの辺で失敬するぜ。じゃあな！　皆の衆、ごきげんよう」

アズルはひとしきり講釈を垂れると、肩をすくめて夜の巷に繰り出して行ってしまった。

店内には再びいつものざわめきが戻ったが、当日の大幹事の三人は、途方に暮れた表情で天井の空間を見つめているのであった。

しかし、困った困ったと言いながらも時間はどんどん過ぎて、あっという間に当日がやってきてしまった。数十人の半パが列を組んでの『元伊藤の一番長い日』である。

受付には新婦の友人らしい晴着の若い娘と、新郎側では一番まともな見てくれの小林が立った。この辺までは何ら問題はない。

しかし、いくら背広を着てネクタイをぶら下げていても、人間というものは、その人となりを醸し出す、たたずまいというものが歴然と存在するのである。披露宴開始の時点で、既に新婦側の若い娘たちの間には盛んに忍び笑いが起こっていた。

仲人という大役を仰せつかった痔やんは、居心地の悪そうな顔をしながらも、何とか役目を果たしつつあった。

司会のアゴも、前日までは——女は愛嬌《あいきょう》、司会は度胸だい。何てこたぁねえ——などと強がってはいたが、いざ本番の冒頭の口上では声が裏返ってしまったほどの体たらくであった。しかし時間とともに、何とか持ち前の図々しさを取り戻しつつあった。

それにしても、肝心の新郎の元伊藤のあがりようは、はたから見て可哀想なほどであった。生まれてこの方、これほどの注目を集めたことなどなかったし、人殺しでもしない限り今後もありっこない。緊張のあまり、ただひたすらその出っ歯を見せまいとして口をつぐんでいるのだが、ちょっと突いただけで後ろにひっくり返ってしまうほどの極限状態であった。

一方で、怪しげなたたずまいの新郎側来賓のタコどもは、最初こそボロを出すまいと緊張して押し黙っていたが、酒が注がれ喰い物が並べられると、あちこちで糸が切れ始めた。

危ないから料理には手を付けるな、と釘《くぎ》を刺されてはいるが、「宴会に呼ばれて飯を喰ってどこが悪い」というのが偽らざる本心である。

そして酒が二口ほど入ってしまうと——喰い物に国境はねえやい！　ご祝儀払って飯を喰ってどこが悪い。クジラの丸焼きだろうが牛の丸焼きだろうが、何でも来やがれ——大方のタコどもは、気が変わるのに三分もかからなかったようである。

幸いなことに新郎側と新婦側の席が、かなりはっきりと分かれていたために、大事には至らなかったものの、新郎側の席の周辺はほとんど予想したとおりの展開になりつつあった。

「こりゃあ一体何だ？」

「そりゃあフランスの味噌汁だ」

「へえー、俺は日本人でよかったよ。馬の小便みてえな味じゃねえか」

「この中で溺れてるブヨブヨのカエルのタマゴみてえのは何だ？」

「そんなの知るか。黙って喰え！」

そのうちにあちこちで、

「オイ！　箸くれ」

「ライスはねえのか」

と始まり、後半フィンガーボールが用意されると、

「こりゃ何のつもりだ？」

「水が入ってるから灰皿じゃねえのか？」

「灰皿はここにあるじゃねえか」

「じゃあタンツボだろう」

「馬鹿野郎！　こんな席でタンツボなんか出すわけがねえ！」

全く何をか言わんや、である。しかし何だかんだ言いながら、ここまでは酔って騒ぐ者もなく、宴も次第に終わりに近づきつつあった。

――何とか無事に終わりそうじゃねえか――

司会のアゴをはじめ、この日のために骨を折った連中が気を抜いた直後、馬鹿丸出しをやってしまった奴が出た。

その場面の引き金となったのは、皮肉なことに新婦側の二人のバカ女たちであった。

派手な格好《なり》をして、やたらと赤い気炎をあげていたその二人組は、宴の最初から飛び抜けて目立っていた。

誰かが歌を披露すると言えば、やんやの奇声を張り上げ、たかがデザートでアイスクリームが供されたというだけで、馬鹿な飼い犬のように大げさにはしゃぐ始末だ。

どっかの風俗のネエちゃんたちか……？　当初司会のアゴとしてみれば、結婚式なのだから女性客が華やかなのは大いに結構であるし、他の参加者の注意が、少しでも怪しげな我が同胞たちから離れることになれば、それに越したことはなかったのである。

しかし、このバカ女二人が余興も終わりの頃になって、露骨にコビを売る態度で司会のアゴのそばににじり寄ってきた。なんと、自分たちに一曲歌わせろ、と言うのである。

アゴの自慢の第六感にチラッと嫌な予感が走った。麻雀で危険牌を掴んできた時の、あの感じである。

しかし、無下に断って大げさに騒がれても具合が悪い。それに、まさかストリップが始まるようなことにはなるまい。

アゴは渋々ながらも承諾してしまった。そして、皮肉にもそれがバカ丸出し火山の爆発の導火線となってしまったのである。

この目立ちたがり屋の女どもは、一昔前に流行ったザ・ピーナッツの曲を会場のエレクトーンをバックに、見事にハモってみせた。そしてそのあげくに、

「新郎側の方たちも二人のために何か歌ってください。お願いします」と呼びかけてしまったのだ。

――全く、余計なこと言いやがって――

ここまで危なっかしいながらも、何とか馬鹿どものカジを取ってきた司会のアゴは、思わず舌打ちした。これ以上予定に入っていないことを組み込むのは、流れに逆らうようで気が進まなかった。

しかし、女どもの言い分にも一理ある。確かに今日の披露宴は圧倒的に新郎側の旗色が悪い。

この日の新郎側の余興らしきものは、主賓である鶴ちゃんが初っぱなに披露した『ここに幸あり』だけである。

しかし、芸ができる奴が居ないわけではない。

アゴや鶴ちゃんの二十年来の先輩格である、爺ぃオカマのサブちゃんは、小唄や日本舞踊はもとより、美空ひばりや森進一の物真似に至るまで、何でも来い――の芸達者である。

しかし今日のサブちゃんの衣裳《いしょう》ときたら、演歌歌手も顔負けの派手な着流しスタイルで、ご丁寧に薄化粧までしている。

――一体何を考えて他人の結婚式に来てやがるんだ――

アゴは恨めしげにサブちゃんを見やったが、当のサブちゃんは、アゴの心境などどこ吹く風で、上機嫌で周囲の連中とはしゃいでいる。

それに――いいぞオカマ！　とか、――オカマのチンチン踊りを演れ！　などと、オカマオカマの大連呼が起こることは必至である。

所詮いくら芸達者であろうと、ちゃんとした場には出せない代物でしかないのだ。

そうなると、他にめぼしい奴を指名しなければならない。ぶっつけ本番で歌や芸ができる度胸のある奴というと……アゴが気が進まないながらも、我が同胞の面々を改めて見渡した時である。

後ろからアゴの背中を突っつく奴がいた。アゴが何げなく振り向くと、なんとガキどもの片割れであるデブの小橋が、オカマのサブちゃんの手を引いて立っているではないか。アゴの背筋に悪寒が走った。

二人ともすっかり出来上がっちまっている表情である。小橋の酒グセの悪さはこの界隈では知らぬ者はいない。

小橋は、ピー坊から借りたど派手な青紫の三つ揃いを着ているのだが、上着は膝まで垂れ下がり、ズボンときたら、裾を幾重にも折り返し、安全ピンで留めている始末だ。片やサブちゃんの衣裳は、三波春夫顔負けのど派手な着流しスタイルである。

二人の姿に場内がどっと沸いた。

しかし当の本人たちはそんなことはどこ吹く風で、まず小橋が司会のアゴが使っているマイクをひったくると、

「夜の銀座に今日も流れるネオン川、その光に誘われて今日も男から男へ蝶《ちょう》のように飛び交う――そうよ私は噂のオ・ン・ナ――我らがアイドル、オカマのサブちゃんの大登場です。みなさん、盛大な拍手をおねがいしまーす」

場内がにわかに騒然としてきた。今までおとなしかった新郎側の半パたちが一気に活気づいてきたのだ。

「いいぞ、大統領」

「小橋！　おまえも十八番やれ！」

「オカマ万歳」

司会のアゴが最も危惧していた事態になってきた。

まさかマイクで静粛に静粛に——と怒鳴るわけにもいかず、アゴは同志であるピー坊と鶴ちゃんに身振りで、何とか皆を抑えろ——と訴えた。

しかし、彼らにそこまでの器量を求めるのは無理であった。ピー坊はアゴの訴えに大げさに肩をすくめてみせただけにとどまり、鶴ちゃんに至っては皆と一緒に大声で野次を飛ばしている始末である。

ならばアズルはどうだ。アゴは、すがる思いでアズルの席に目をやったのだが、なんとアズルは自分の手近に座っている奴を、片っ端から「オマエも前に出て一緒にやれ！」とばかりに尻を蹴飛ばしているではないか。

一人困惑の形相のアゴの目の前で、前川清になりきった爺ぃオカマのサブちゃんの熱唱が始まった。

そしてその横では、なんと大トラの小橋が場末のストリップ嬢よろしく、恍惚《こうこつ》の表情でしなを作りながら、上着を脱ぎ始めているではないか。こいつの暴走は放っておくととんでもないことになる。

アゴはためらうことなく小橋のエリ首をひっ掴もうとしたが、時既に遅し……であった。

小橋の相棒の駒田、焼肉屋の安山、アゴの後輩のアホ健、ウロコ和尚の今井、といった連中が、次々にサブちゃんを囲むような格好で、リーダーの小橋に合わせて踊り出してしまっていた。

なんと披露宴の席で、爺ぃオカマの演歌に合わせて妙ちきりんな男たちのストリップ大会が始まってしまったのだ。

——とうとうここまで来ちまったか——

ここ数か月の自分の努力がこのザマである。

バカ女どもに唄わせなければ……。小橋だけは今日の席には呼ぶべきではなかった……。反省と恨み節が、アゴの腹の底に沸き上がってきた。

しかし、半パどものなんて楽しそうなことよ。普段の彼らからは想像できないような無邪気な明るさである。

——これはこれでいいのかもしれねえ。あんまり堅苦しくやるより楽しい方がいいじゃねえか。どうせバカなんだし——。

アゴが腹の底の怒りを自分なりにどうにか静めて、ぼんやりとサブちゃんの背中を眺めていた時である。

場内に悲鳴がとどろいた。

なんと、首のネクタイと靴下以外は、全て脱いじまったスッポンポンの小橋が新郎新婦の席に乱入し、新婦の鼻っ先で、尻の穴をおっ広げてみせているではないか。

新郎の伊藤が、哀願するような必死の視線をアゴに送ってよこした。

――この酔っ払い野郎！　伊藤の門出と、俺のここ数か月の努力をまとめて踏みにじりやがって……もう我慢できねえ！――

ついに怒り心頭に発したアゴが、司会という立場も忘れ、ひな壇の小橋に突撃した。

しかし、同じデブでも若い小橋の方が数段動きが素早く、アゴの手をすり抜け、今度は新婦側の席の間を逃げ廻り始めた。

漫画のこまわり君そっくりな小橋が、スッポンポンで逃げ廻り、その後ろを顔を真っ赤にした大デブのアゴが追い回す。

誰がこのような展開を予想したであろうか。

新郎側の来賓どもは皆、本日の主役である伊藤の存在などすっかり忘れちまっていたし、『伊藤健二君の結婚披露宴実行委員会』の面々である、ピー坊や鶴ちゃんも、この期に及んでは騒がにゃ損々……とばかり、自らバカの仲間入りを果たしてしまっていた。

そしてただ一人、結果的には完全なピエロと化してしまった司会のアゴだけが、今日の式をぶちこわした張本人の小橋を追いかけながら、数日前アズルが、アゴの耳元で囁《ささや》いた言葉を思い出していた。

――土台、無理な話さ。あんまり無い知恵を絞っても無駄ってもんだぜ――。

第五話　インチキバーテンの死

「いい気持ちだなあ。今日も絶好のレース日和じゃねえか、なあピー坊」

「全くだ。こんな天気のいい日に東京にくすぶってる奴の面が見たいね」

　アゴの仲田とヒモのピー坊のデブデカコンビは、今日も連れ立って小田原競輪に出張ってきていた。

三日連チャンの出勤である。

　普段つるんで遠征することなどほとんどないのだが、この即席コンビは一昨日の朝、徹マン明けの勢いで仲良く小田原競輪まで出向き、二人揃って近年まれにみるウカリかたをしたのである。

　こうなると単純な奴らの常で、

「俺とおまえはツルんで小田原方面に来ると、かなりいい線いくんじゃねえかい？　この際当分レッツ組むとするかや。なあに、明後日で小田原が終わったって、すぐ平塚があらあな。同じ静岡県だから大して変わりはねえだろう」

　アゴは久しぶりの遠征で大勝利を収めたものだから、すこぶる上機嫌であった。

「おい、小田原は静岡だけど、平塚はまだ神奈川じゃねえのか？」

「そんなもん何県だって構やあしねえ。なにしろ同じ電車に乗ってくるんだし、東京から見りゃあ同じ方角だい！」

勝手に静岡県にされた小田原市こそ迷惑だが、彼らにとって小田原が神奈川だろうが秋田だろうが、どうでもいいことなのである。県が違ってもギャンブル場の入場規制があるわけではないし、新聞が安いわけでもない。——俺たちバカには関係ねえ——である。

その勢いでその晩は東京に戻らず、そのまま箱根でローカル色の濃い酒池肉林を思う存分楽しんだのであった。

そして柳の下のどじょうを狙った昨日も、アゴはぼちぼちだったが、ピー坊は、またまた前日を上回る大勝利を飾ってしまった。

今夜一晩社長と呼んであがみ奉りますから、私にもつるませてください……という調子で武石社長と仲田専務は、またまた田舎式ドンチャン騒ぎを、昨晩は熱海に場所を移して開催したのであった。

こうなると二人の頭の中には、三日前までの生活のことなどかけらも残っていない。

ピー坊などは、あれほどこまめに気を配っていた飯の種の情婦に電話の一本もしていない浮かれようであった。

東海道に居る限りは、女の機嫌なんぞ取らなくたってバクチ一本で喰っていけらい、といった勢いである。

「しかし社長、こうして熱海まで来ちまったら、明日は小田原より静岡か浜名湖の方が近いんじゃねえですかい？」

　昨夜の宴の後で並んでマッサージを受けながら、アゴ専務が隣のピー社長にお伺いを立てた。

「いや、明日の最終日までは小田原に居座ろうと思う。そしてもし明日もいいようだったら、俺はこっちに永住を決め込んでもいいぜ」

「そいつはいいや。俺もこの辺りは気に入ってんだ。たぶん方角がいいに違いねえ。それに何たって空気がうまいときてやがる。どうだい、東海道アゴピー一家を名乗ってよお、その辺荒らし回るってのも面白えじゃねえか」

「よせやい！　年寄りはどうも発想がダサいなあ。何がアゴピー一家だよ、勘弁してくれよな。二人の頭文字をとって、エーピー商事とかさあ……。南関東から東海道の全てのギャンブル場のノミ屋をやるんだよ。儲かるぜ、こいつは……」

　アゴはおよそ二十年、ピー坊にしても十二、三年、浮き草のような体勢で世間をのたくってきている。

　ギャンブルにしても、好調だと思い込んで調子に乗っていると、その倍くらいの不調の波をかぶることくらい、数え切れないほどの経験で分かっているはずなのであるが、そこはやはり馬鹿は死ななきゃなおらない、であろう。

　もっとも、このようにいとも簡単に舞い上がったり、舞い落ちたりするような軽い輩でなければ、いい年をしてフーテンは務まらないのである。

「どうだいピー坊、車券の前に運だめしで、最初に誰とバッティングするか賭けようじゃねえか」

翌日、三連勝を目論んでやってきた二人であるが、早速アゴがピー坊に場外戦を仕掛けてきた。

「上等だ！　だけど昨日や一昨日《おととい》会った奴でもありかい？」

「天皇賞じゃあるめえし、何でもありだよ。オールカマーってやつだ」

「ヨシ！　俺は松浦のマナブちゃんだ。一昨日会った時、明日か明後日《あさって》も来るって言ってたからな。それで昨日会ってねえってことは、今日は来るってこった」

「うん、いい線だな。奴が本命かもしれねえ。だけどあのグズラ、一昨日ベコベコにへっこんで早々と帰っちまったじゃねえか。もしかして、方角が悪いとか言って逆方向の大宮か川口辺りにすっ飛んでるかもしれねえぜ。

　あと小田原くんだりまで追っかけてくる競輪狂いというと、安山……藤本……矢島……岡澤……伊藤は田舎に帰っちまったし、この二日間で会った奴は、一昨日のグズラの松浦と岡ちゃんだけか……。昨日は誰も来やがらねえし、あとめぼしいところは、前原、ペンサンゾー……どうだいピー坊、一《ツェー》万と二《デー》万のハンデ戦で、ペンサンゾーの単勝でどうだや……？」

「オーケー、もう俺がもらったようなもんさ。兄ちゃんも読みが浅いというか、情報不足だねえ。ペンサンゾーの野郎は、最近チャリンコよりボートの方が出席率がいいんだぜ。俺の勘だと、今日の奴《やっこ》さんは江戸川方面だ。確か今日オールスターだろうがよ。もし何なら、今この場で五〇〇〇円《ゲーセン》でチャラにしてやってもいいんだぜ」

ピー坊は既に勝った気でいる。

「バカ野郎！　テメエで言い出しっぺで尻尾巻けるかよ。ヨーシ！　一万《ツェー》はご祝儀だい。そのかわり松の野郎、出っ歯さらしてニヤニヤしててみやがれ、ひっ叩いてやる――」

しかしこの日は昼になっても誰にも出くわさなかった。

「ひょっとして今日は誰も来てねえんじゃねえか？」

アゴがつまらなそうな顔で言った。

「そういうこともあり得るな。なんたって静岡くんだりだもの。遠足気分じゃなきゃ来れねえ距離だ。へたすりゃ電車乗ってる時間の方が長えんだもの。俺たちみたいにうかって、手近な酒付き女付きの宿に泊まれりゃ別だけどさ……。それより今日の俺は、まだ片目も開いてねえよ。こいつは気合入れていかねえと、今日はちょっと寒いぜ」

この日のピー坊は出足が悪かった。

「へっ、このままいくと、今日は俺が社長の番みてえだぜ。二日も続けてピー坊に社長ヅラされてたまるかい。ところで明日はどこにすっ飛ぶとするかなあ。小田原が今日で終わりだから、えーと……」

「浜名湖競艇が二日目と、伊東が初日だよ。平塚はまだだ」

「ヨーシ！　今日トータルで浮いた方が、明日の仕事先と今夜の寝ぐらを決めるってのはどうだい？」

「それは構わねえけどさ、一宮だとか長良川なんて言い出さねえでくれよな。あんまり遠方は嫌だぜ。ここんとこ連チャンでニワトリと一緒に起きてるんだからさ。明日は少しゆっくりしようじゃねえか」

「夜のうちにすっ飛んじまえば楽なんだよ。ヨシ！　俺が社長ん時は、今夜中に浜松だ。あそこはどっか面白え所あったっけ？」

「お風呂くらいあるだろう。あとはウナギだな。ウナギ喰って、お風呂で若い娘と遊んで……田舎の年増芸者もたまには悪くねえけどさ、二日も続いちゃくどいぜ」

ピー坊が大げさにうんざりした表情で言った。

相変わらずの調子でバカなことを言い合っていると、アゴの背中を叩いた奴がいた。

「父《と》っつぁん、珍しいとこで会うじゃねえか。こんな所まで追っかけてくるほど、チャリンコ好きだったのかよ」

町内会の古谷であった。組織暴力団M会の幹部で、ダフ屋の顔役でもある越智のコシギンチャクで、女にたかったり、ヤクザの使いっ走りをしていたかと思うと、タクシーの運チャンをしていたり、キャバレーの調理場でインチキ料理を作っていたり……。

要するに半パであり、世の中の何の役にも立っていない街のダニである。しかしこのダニも意外にしぶとく、アゴたちのホームグラウンド界隈に居ついて、既に十年近い。

「何だ、あんたか。こりゃあ参ったなあ……。実はピー坊と二人で誰とバッティングするか賭けてたんだよ。俺が不利だったんで、こりゃあ助かったかな。アッハッハ……」

古谷の出現で、番外勝負は引き分けである。賭け金は大したことはないが、負けないに越したことはない。

「何だ、色男も一緒かい。あっ、そうか、じゃあ塚本の追悼レースってわけか……。奴さんも相当好きだったらしいからな」

古谷が黄色い歯をむき出して、一瞬変なことを口走った。

アゴとピー坊は、少しの間キツネにつままれたような顔をしていたが、

「おい、古谷ちゃん。いま塚本のツイトウ何とかって言ったな。どういうことだ？　死んじまったってのか、奴が……？」

ピー坊の眼が真剣《マジ》になってきた。

「何だ、知らねえのかよ。ウソだろう？　もう三日くらい前だぜ。おまわりが大挙して聞き込みに来てよぉ、大変な騒ぎだったんだぜ。詳しくは知らねえけど、だいぶ前らしいぜ、おっ死《ち》んだのは」

「本当に全然知らねえよ。俺たちは三日間もこっち方面に居続けなんだ。向こうには電話一本してねえもの。なあピー坊」

アゴのまん丸い顔からも、いつもの笑みが消えた。

「それでなんで死んだんだ？　交通事故か？　病気か？　まさか殺されたんじゃねえだろうな？」

ピー坊は、その鼻息で小柄な古谷を吹き飛ばしそうな勢いだ。

「俺も詳しくは知らねえけどよぉ、自殺だか殺されたんだか、よく分からねえみてえだぜ。芝浦の方で死んだらしいんだけどよぉ、一回訊いたけど忘れちまったたい。でもかなり保険がかかってたみてえでさ、受取人が誰かって、もっぱら街中の噂だよ」

小柄な古谷は、大柄の二人に圧迫されて窮屈そうな表情になっている。

「なんで奴がそんな所に行かなくちゃいけねえんだ？　奴の田舎はそんなとこじゃねえぜ」

ピー坊はだんだん熱くなってきていた。少なくともアゴの仲田や、目の前の古谷より塚本とは親しかった。

最近は付き合っていなかったが、決して仲は悪くないのである。生来の気の弱さから、何となく輪の外にはみ出てしまう塚本と一番よく遊んでやったのがピー坊だった。

「何回言わせるんだい！　詳しくは知らねえって言ってんだろう！　知りたきゃ帰りゃあいいじゃねえか。何日もこんなど田舎にのたくってねえでよぉ……馬鹿野郎！」

いきなり古谷が怒りだした。二人に好戦的な目つきと捨てぜりふを残すと、肩を怒らせながら穴場の方に歩いて行ってしまった。

思いがけず交互にきつい調子で問い詰められたので、頭にきちまったようだ。

こういう手合いは——どちらが格が上か——ということに非常にこだわるのである。まがりなりにも、ヤクザ組織のシノギも手伝っているという自負もあるのだろう。年が下だからといって、ただのフーテン野郎にナメられてたまるか、という気持ちは強い。

「どうするよ兄ちゃん、俺はいったん帰るぜ」

ピー坊の腹は既に決まっていた。

「ちょっと待てよ。誰かに電話一本入れて様子を訊いてみようぜ。もうちょっと確かな奴によぉ。それからでも遅くはねえよ」

「鶴ちゃんがいいだろう。俺がかける」

ピー坊が公衆電話から雀荘『カネコ』に電話をしたが応答がなかった。

「どうせパチンコだろうぜ。店を空っぽにしてよぉ。そうか、今日は土曜日だぜ。塚本と最近つるんでて、今電話に出る奴といえば、あの馬鹿しかいねえ。俺がお喋りハコ助に訊いてやろう」

今度はアゴが、ノミ屋のハコ助の電話番号を廻した。

「……。……」

「何だ、誰も出ねえとはどういうこったい。あいつまた番号変えたのか？」

「いや、そんな話は聞いてねえなあ。もしかしたら、塚本の件で取り込んでるのかもしれねえ。ノミ屋で思い出したよ……痔やんに訊いてみればいいんだ。俺が電話してみる」

ピー坊が受話器をひったくった。三人目でやっと通じた。

「……ハイ、毎度……」

「痔やんかい？　俺だよ、ピー坊だ。今小田原にいるんだけどさあ、こっちで古谷に会って変なことを聞いたんだけど、塚本がどうかしちまったってのは本当かい？」

「どうかしたなんてもんじゃねえよ。オメエ一体なに呑気こいて小田原なんぞにいるんだよ。本当に何も知らねえのか？　死んじまったよ……。芝浦だかお台場だかで死体が発見されたそうだ。警察は、あまりはっきり言わねえけど、どうも自殺に見せかけた殺人《コロシ》らしいぜ。

それとよぉ、おまえのこともやたらしつこく訊いてたぜ。何でも、塚本の手帳の最初におまえの名前が書いてあったらしくてよぉ。ひょっとして、ピー坊が疑われてんじゃねえかって、皆で言ってたところなんだよ。まあ、これは冗談だけれど、都合の悪いことにおまえは行方不明だしよ……。だけどなんでそんなとこにいるんだよ。また新しい女でも見つけて温泉旅行としゃれこんでんのか？」

「いや、三日前からアゴとつるんでチャンリコ狂いでさ、もう三日も居続けなんだよ。結構いい目が出てるからさあ、当分東海道沿岸を縄張りにしようって話してたんだけれど、こうなりゃいったん帰るよ。──それで葬式とか、そういうのはどうなんだ？」

「何だ、アゴも一緒かよ。どうりで二人揃って見えなかったはずだぜ。葬式？　そんなの知らねえよ。それより早く帰ってこいよ。なにしろハコ助の野郎が重要参考人の一人だってんで、マークされてるらしくてよぉ、商売どころじゃねえらしいんだ。それで奴の客まで俺んとこに廻ってきてっから、今日は忙しいんだよ。

じゃあ電話切るぜ。一台しかねえんだから、長っ話は勘弁してくれよ。あっ、それから土産はチョウチンよりカマボコの方がいいな。頼むぜ、じゃあな」

痔やんは一人で勝手に喋るだけ喋ると、あっという間に電話を切ってしまった。

ピー坊の脳裏を、この三日間放りっぱなしにしていた飯の種のミオ子の存在がよぎった。恐らく二人の部屋《ヤサ》にも、おまわりたちが押しかけてゴタゴタしてるに違いないだろう。

ミオ子は根は優しい女だが、猛烈にヒステリーで狂いだしたら止まらない。三日も放っておかれたうえに、無遠慮な輩たちに無礼な質問を受け、恐らく爆発寸前に違いない。

「どうしたってんだ？　情けない面してよぉ。塚本は本当に死んじまったのか？」

「ああ。芝浦の海で死体が上がったらしい。自殺に見せかけた殺しかもしれねえって話だ。なんでも、ハコ助が重要参考人で調べられてるらしい。それによぉ、警察は俺のことも捜してるって噂だ。なんと塚本の手帳の一番先に俺の名前が書いてあったらしい。全く迷惑な話だよなあ。まさか疑われてるわけはねえだろうけど……。

そんなことより、ミオ子の所にも刑事が押しかけたに違いねえ。何が危《ヤバ》いったって、俺にとってはミオ子のヒステリーが一番危《ヤバ》い……気が重いぜ」

帰りの小田急ロマンスカーの車中では、古谷との立ち話と痔やんの短い情報だけで、二人の野次馬が勝手に自分たちの推理を戦わせていた。

「ピー坊、こいつは絶対殺しだぜ。だって塚本が自殺するなんてタマかよ。しかし、なんで芝浦なんだろうなあ」

「俺も自殺はねえと思うけどさあ、だけど殺されるってタマでもねえぜ。あんな気が弱くて、人の顔色見ながらオドオド生きてる奴だぜ。人に殺されるほど憎まれることなんかできっこねえし、まして身の危険があるほど危ない事件《ヤマ》に関わる度胸なんか、これっぽっちもあるもんか。自殺するタマでもねえけど、殺したり殺されたりするタマでもねえ」

「じゃあ、何かい？　芝浦くんだりまで行って岸壁の上から海を見てたら、急に目眩《めまい》がして海に落っこちた、とでも言うのかい？　大体芝浦ってのは何なんだ。あの辺に奴のお袋でも住んでるのか？　もしかしたら、ピー坊、おまえ何か知ってるんじゃねえか？　ええ、重要参考人さんよぉ……」

アゴは仲間の一人が死んだというのに、悲しそうなところは微塵もない。

「兄ちゃんまで変なこと言うなよ。それに奴の田舎は群馬だか栃木だか、なにしろ思いっきり山ん中だ。芝浦なんか何の関係もねえ」

「ハコ助が警察からマークされてるってのは、どういうことなんだ？　確かに最近よくつるんでたけれど、奴にしたって殺《ヤ》ったり殺られたりのタマじゃねえぜ。死人のフトコロをまさぐるのは得意だろうけどな」

「兄ちゃん、そう言うけどさ、最近のハコ助は随分変わったぜ。特にT会の奴らが絡んでるとすれば、ハコ助だって何か知ってるはずだよ。それに保険屋がどうとかって、古谷も言ってたじゃない」

「保険というと、生命保険か――？」

「決まってんじゃねえか、人が死んで火災保険のわけねえだろう」

「受取人は誰なんだろうな。そいつが一番怪しいってことになる」

アゴがもっともらしい顔つきで、腕を組んだ。

「少なくとも、俺たちじゃあねえから心配することはねえや。とにかく帰ってみねえと埒《らち》が明かないよ。それよりミオ子に電話しとかねえと……。帰ったら、途端に灰皿かなんか飛んできたらたまらんぜ。ところでこの電車は電話付いてんのかな」

のべつまくなしウイスキーや弁当を売りに来る若い制服の娘に訊いてみると、後ろの車両にあるという。

「おい、この電車は気が利いてるなあ。酒も煙草もオーケーだし、きれいなネエちゃんが、ひっきりなしに御用聞きに来てくれるしよぉ。武蔵野線や南部線もこうだったら、もっと客も増えるだろうに……なあピー坊」

ピー坊はアゴの話を無視して電話をかけに立った。

「すいません、お姉さん。ウイスキーじゃなくて酒はないの?」

アゴが通りかかったウェイトレスにチョッカイをかけた。

「申し訳ございません。アルコールはビールとウイスキーだけです」

「じゃあ、このミニチュアを十本と煮込みを二つくれよ」

「そういうものは扱ってません。それにウイスキーもなくなったら、すぐにお持ちしますので一本ずつお願いします」

「そんな堅《かて》えこと言うなよ、ネエちゃん。可愛い顔して……俺は仲田ってんだ。これからちょくちょく利用させてもらうからよろしく頼むぜ。おネエちゃん名前なんてえの?」

ピー坊がいつの間にか戻ってきて、ウェイトレスの後ろに立っている。

「お嬢さん、ゴメンネ。こいつのダボラに付き合ってると、バカ菌がすっかり移っちまうからさ。こういう時は失礼しますってな感じで、さっさと消えちまうんだよ。さあ、早く行きな」

ピー坊が娘の肩と腰を軽く押し出した。するとウェイトレスは、ビクッと身震いしたかと思うと、電車の中とは思えない速さで次の車両に消えて行った。

「かなわねえなあ。こういう場所で柄の悪さを出すなよ。俺まで変な目で見られちまってるじゃねえか」

「馬鹿野郎、おまえがサラリーマンの勤め帰りに見えるかよ。どう見たって、ギャンブル場帰りだぜ。それより飯の種のご機嫌はどうだったい？」

「もちろんいいわけはねえや。それよりもヤバいことに、俺が結構マークされてるらしいんだ。それと警察の奴ら、兄ちゃんのことも根掘り葉掘り聞き廻ってたみたいだぜ。地元の交友関係を洗って、さしあたって居なかった奴は怪しい奴だ、ってことだ。こんなひでえ話があるかい？　安物の時代劇じゃあるめえし……。

それと新しい情報だけど、塚本の遺書があったらしいんだ。それでも警察は他殺のセンで調べてるらしい。それよりミオ子に大声でわめかれて参ったよ。一体どの面下げて帰りゃいいんだ」

ピー坊が弱り果てた顔で言った。

「なんで俺の名前まで出てくるんだよ。俺は塚本なんぞと、何だかんだ言われるほどの仲良しでも仇《かたき》同士でもねえんだぜ。ただ泊まりがけで競輪行ってただけじゃねえか。なんてこったい……。こりゃあもしかしたら、東海道方面はよほど方角が悪いってことなのか？　だとしたら俺はこっち方面には金輪際近寄らねえからな。大体この辺は肥溜め臭くていけねえ。ピー坊、もう東海道には誘うなよ」

　アゴが、さっきまでの思い入れはどこへやら、の調子でこの地方の悪態をつき始めた。

　一方のピー坊も、今になって三日間もケロッと忘れ去っていた同居人に恐れおののいて頭を抱えている始末である。女性の社会的地位の向上を唱えている連中や、方位学の先生などにはとても見せられないザマだ。

「これから遠出する時は、書き置きを残してこなくちゃだめだな。――私どもは、どこぞのギャンブル場に泊まりがけで出掛けます。留守の間、万が一事件が起きましても絶対関係ありませんので疑わないでください――とでも部屋のドアに貼り付けて出てくれれば文句はねえだろう」

「しかしピー坊、ヤサにまっすぐ帰るのか？　俺は家に帰った途端に、柄の悪い刑事のお出迎えなんて嫌だからよぉ、鶴ちゃんかキミさんの所に避難するぜ」

「ウン。ミオ子も俺から電話があったら、すぐ連絡するように警察に言われてるらしい。だから兄ちゃんと二人でシオンに直行するから、警察にもシオンで待ってるように伝えろって言っといたよ。ヤサに押しかけられるのは嫌だし、この状況で雀荘ってのはまずかろうよ」

　三日ぶりに都会の喧噪《けんそう》に舞い戻った二人が、がん首揃えて中年のアイドル、ジョンジャの働く『喫茶シオン』に入っていくと、既に二人の刑事らしい男が待ち構えていた。こいつらは可笑しいほど職業が分かる。二人とも見たことがない若い刑事だ。

当然の如くアゴの仲田は、片割れの長身の刑事に促されて、店外に連れ出されていった。

残った刑事は、腫れぼったい目と山アラシのように固そうな髪をした、典型的な田舎ヅラ野郎だ。

「武石さんですね？　警視庁三田署の高柳と申します。ちょっとお時間を頂きたいのですが、ここでは何ですから外でお話を伺えますか？」

人目を気にしたのか、この刑事は外で話をするつもりでいるようだ。

冗談じゃねえぞ。こんなむさい奴と公園のベンチでなんぞ刑事ごっこなんかできるか。

「刑事さんよぉ、悪いけど俺はここのコーヒーも飲みてえし、もし人目が気になるんなら大丈夫だよ。誰も来ねえから」

ピー坊はカウンターのジョンジャに目配せすると、

「ジョンジャ、悪いけどちょっとの間、客入れねえでくれねえか」

「うん分かった」

飲み込みの早いジョンジャは、素早く準備中の札を入り口のドアにかけた。

午後ということもあり他に客はいなかったし、ジョンジャの父親の車《チャー》さんが、いつもの如くカウンターの隅に突っ伏して眠りこけているだけである。

「刑事さん、高柳さんだっけ？　名刺くれるかな。最近のお巡りさんは皆名刺くらい持ってんだろ？」

「これはどうも失礼しました。改めて……高柳です」

刑事は名刺入れから一枚引き抜くと、両手でピー坊に差し出した。

「三田署刑事課……刑事課が出張ってきたってこたぁ、殺人てことだね？」

——そうか、死体が上がったのが芝浦だから三田署か。そのうち殺人だと断定されれば、ここの所轄、もしT会が絡んでいるとなると㊉、もしかしたら捜査一課まで出張ってくるかもしれねえな。そうなりゃあ、かなり大事だな——

「いえ、まだそう決まったわけではありません」

こいつらはいつもこうだ。このまま尋問を受けてたら、全くの訊かれ損である。少しでもこの刑事から情報を引っ張り出したいもんだ。

「刑事さん、俺は訊かれることには、知ってることだったらちゃんと答えるし、協力もするよ。でもさあ、いまの俺は何も状況が判《わか》ってねえんだよ。突然塚本が死んだって聞いて、おまけに俺の女から警察が俺に話が訊きたいってんで、小田原くんだりからぶっ飛んで帰ってきたんだよ。だから今現在分かっていることだけでいいから、ちゃんと教えてくれねえかなあ」

ピー坊は、表情に誠意を込めて高柳という刑事を見つめた。

「そうですね、現時点では自殺、事故、殺人事件の全ての可能性がありますので、それらを念頭に置いての捜査ということです」

「遺書があったとか、保険が掛かってた、とかいう話は本当なのかい？」

「遺書は本人の直筆のものかどうかもまだ判明していませんので、何とも言えないですね。保険うんぬんは私たちには何とも言えません。なにしろ情報が少なすぎるので……ですから武石さんにも何か思い当たることでもあったら教えていただきたいのです。

早速ですが、小田原競輪に行っていたそうで」

「ああ、ずっと向こうで……。今日仲間の一人に会って、塚本の件を訊いてびっくりして帰ってきたんだよ」

「仲間とは誰ですか？」

「古谷という奴でね。俺らと似たような生活をしているので、あちこちでよく会うんだよ。麻雀屋とかギャンブル場などでね。仲間というほど親しくはねえけど、まあ顔見知りというところかな」

「そこでその古谷さんから、塚本さんの件を知ったわけですね？　武石さんと塚本さんは、かなり親しかったそうですが？」

「刑事さん、さっきも言ったけど、俺と塚本なんてそんなに親しくねえですよ。少なくとも俺の方は奴が死んだからといって、ぶっ飛んで帰ってくるほどの付き合いじゃねえ。ただ、俺の同居人に電話を入れたら、刑事さんがいろいろ訊きたいことがある、というから帰ってきただけだ。この街にいなかった、というだけで疑われたんじゃかなわねえからな。あんまり役には立たねえと思うけど、隠すほどのこともねえから何でも訊いてくださいよ」

ピー坊は煙草に火を点《つ》けると、今度は値踏みするような眼で刑事の顔から足下までを見下ろした。

常々思っているのだが、テレビや映画で観るアメリカの刑事たちの格好いいことといったら……それに比べて日本の刑事のみすぼらしいことといったら……。

ピー坊は思わず笑い出しそうになったが、煙を天井に噴き上げる仕草で、何とかごまかした。

「最初にお断りしておきますが、武石さんに容疑がかかっているわけでは決してありません。二、三日留守にしていた、というだけで疑うほど日本の警察の次元は低くありません。ただ、何でも訊かなければならない責任がありますので、よろしくお願いします。

——今回の小田原競輪には、いつ行かれたんですか？」

随分丁重な刑事である。この方面の㊮関係の刑事を何人か知っているが、そいつらとはおよそ感じが違う。新任だろうか……。

「えーと、今日で三日目だから、一昨日の朝からだね」

「今の仲田さんと一緒にですか？」

「うん、ずっと一緒だった」

「小田原までわざわざ行くということは、かなりお好きなんですね、二人とも……」

「たまたまですよ。普段はあまり遠出はしないんだけどね。何となくたまには遠征してみようかって話になって……」

「では小田原競輪は初めてですか？」

「いや、大阪から手前のギャンブル場は、ほとんど一度は行ってますよ。小田原も昔はしょっちゅう行ってた」

「では一昨日の朝から一度もこちらには帰ってこなかったんですか？」

「うん、ずっと向こうに居続けだった。電話もしなかったくらいだ」

「どこに泊まってたんですか？」

「えーと、最初の晩は箱根の旅館で、昨夜《ゆうべ》は熱海だったね」

「旅館の名前は覚えてますか？」

「うん、領収書を持ってるからね。見せようか？」

ピー坊は尻のポケットをまさぐって、紙切れを二枚取り出すと、刑事に手渡した。

「こういう証拠の品を持ち帰って同居人に見せないと、信用してもらえないんでね。こう見えても結構辛い稼業なんだ」

刑事は手帳に旅館名を書き写しながら、

「同居人というのは、あのスタイルのいい女性ですね？」

「そうだよ。かなり根性きつい女でね、怒らせると手に負えないんだよ」

「武石さんは現在無職、ということですが？」

いまさら無職もへったくれもない。この近辺の管轄の刑事には、小ばくちの現行犯や傷害などで何度も世話になっている身であった。彼らならピー坊があと一〇〇年生きたとしても、まともな職などに就くことなどありっこない、と確信しているはずなのだが。

「現在も何も、十年前から仕事らしい仕事なんかしてないね。アルバイトくらいはあるけどね。まあ、この先も予定はないね」

「うらやましい話ですね。それで古谷という男に会わなかったら、まだ向こうにいるつもりだったんですか？」

「ああ。今晩は浜松に泊まって、明日は浜名湖のボートにでも行こう、と仲田と話してたところだった。それがどういうわけか、こんなことになっちまって……」

「随分羽振りがいいんですね？」

「珍しく調子が良かったんでね。もし悪かったら一日で帰ってきてるよ」

「今日、古谷さんに会ったのは何時頃ですか？」

「十二時頃だな。確か……」

ピー坊は痔やんに電話を入れたことは、もちろん伏せておいた。週に二日しか働かない奴の商売の邪魔はさせたくないし、タイミングが悪ければ御用になってしまう。

その点ピー坊は、現在何一つ危ないシノギはしていない。女にたかっているからといって、逮捕されたというのは聞いたことがない。

「最後に塚本さんと会ったのは、いつ、どこで、ですか？」

高柳と名乗った若い刑事は、だんだん東北弁丸出しになってきた。

「はっきり覚えてないけど、一か月くらい前かなあ。ハッピーというパチンコ屋でも会ったし、立川でもバッタリ会ったね。でも、どっちが先か後か、はっきり覚えてねえな」

「立川というと？　何かあったんですか？」

「競輪だよ。他の用事であんな所行くわけねえじゃん。確か初日だったよ。でも塚本は三連チャンで行ったんじゃねえかな。三日間通うのがプロだ、というのが奴の口癖だったからね。俺は大井でハイセイコーが走るってんで、確か次の日は大井に行っちまったんだ」

「一か月くらい前の立川競輪の初日ですね。その時、塚本さんは誰かと一緒でしたか？」

刑事は手帳にメモを取りながら、ますます訛りがひどくなっている。いまどきの若い奴にしては珍しいことだ。

「確か一人だったと思うけど。レース場に行く時は大抵一人で行く奴だったからね。ただ、レース場ではやたら顔見知りに会うからね。一緒に行ったんじゃねえけど、一緒になっちまった、ということはしょっちゅうだ」

立川で塚本とバッティングした時は矢島が一緒だったはずだが、そんな余計なことは言う必要はない。知っていることは全部話す、とは言ったが正直に話すとは言ってねえや……。

些細《ささい》なことであれ、他人の名前を出すのは仁義に反しているし、どうせ矢島なんて関係ないに決まっている。

「ハッピーづーパチンコ屋の時は？」

「たぶん一人だったと思うけれど。でも仮に誰かと一緒だったにしても、隣同士仲良く座って打ってるわけねえだろう？　立ち話をしたわけでもねえし、ただ顔が合ったんで、何となくヤアとかオウ、程度だよ。男同士なんてそんなもんだろう？」

「それ以上の会話は無かったづーんだね。競輪場では何か話されただが？」

ピー坊は入り口に立っていたジョンジャに向かって、コーヒーのおかわりを催促した。

「競輪狂いが、競輪場で政治の話なんかすると思うかい？　レースの話に決まってるじゃん。何レースの誰は寒いとか熱いとか……。はっきり覚えてないけど、そういう類いの話に間違いないね」

「その時、塚本さんの様子に何か変わったというか、普段と違った感じはありませんでしたか？」

「いや、何も気が付かなかったよ。そりゃあ、一か月後に死ぬ予定だって分かってたら、それなりに注意して見ただろうけどね。いつもどおりの間延びした面《ツラ》だった」

「では一か月前に限らず、この半年くらいの間に、塚本さんに何か相談されたこととか、彼が武石さんにグチをこぼした、というようなことがあっただが？　何でもいいんです。それこそ誰かとうまくいってねぁーどが、喧嘩をしたどが、借金をしたどが……」

「うーん。刑事さん、もう大体この辺で遊んでる奴らにも同じようなこと訊いてるんだろう？　そいつらが知ってることくらいしか、俺も知らないですよ。最近はろくすっぽ口も利いてなかったもの」

「最近、特に金銭面で困っていたような様子はあっだが？」

「一年中困ってんじゃないの？　だけど借金で首くくるほど突っ走る奴じゃないと思うけど。臆病というか、せこいというか、そういう奴だから」

「ところで武石さんが塚本さんに、かなり現金を貸している、という噂がありますが……？」

ピー坊は塚本に、これといった大きな貸し借りはないが、誰彼構わず借金癖のある塚本の素行を調査した、この東北弁の下手なカマかけかもしれない。

「何十年前の情報ですか、それは……？　小金のやりとりならだいぶ前にあったけれど、最近は全くないね」

「以前の貸し借りの金額は、いつ頃でどのくらいだが？」

「そうだなあ……この五年くらいの間に四回か五回くらいだね。大抵三万とか五万とか。その程度ですよ」

「返済してもらっだが？」

「うん」

「あなたが借りたことは？」

ピー坊は口に含んだコーヒーを、思わず吹き出しそうになった。塚本が誰かに銭を貸す、なんて発想はこの界隈の誰に聞かせても吹き出すに決まっている。

「世の中ひっくり返ったって、そんなことはあり得ないね。俺も奴に借金するなんて、死んでも嫌だし。だいいち奴に、他人に銭を貸す甲斐性《かいしょう》なんてあるわけねえよ」

「あなたはさきほど、塚本さんとはそれほど親しくないとおっしゃってましたけど、親しくない人に頻繁に現金を貸したりするもんなんだが？」

ピー坊は無性にビールが飲みたくなってきた。

そろそろ飽きてきたのである。しかし、どこぞのバカが酔っ払って暴れてからというもの、この店はアルコールを置かなくなってしまっていた。

「刑事さんだって以前よく遊んでた友達と、これといった理由もないけど、最近ほとんど遊んでもないし、気にもしてないっていう経験が、しょっちゅうあるでしょ？　それと同じだよ。

大体俺らの付き合いってのは、友達とか友人とか、そういう観念は全然ねえんだ。一緒にツルむのも遊ぶのも、何となくというか、ただの気まぐれというか、しょうがねえというか……。少なくとも親しいなんて感情は全くねえんですよ。特に塚本とは、この一年くらい全然付き合いがなくなっちまった」

「塚本さんは返済の約束は守る方だが。例えば利子とか期限とか……」

「三万や五万で利子もへったくれもないでしょう。俺は金貸しじゃないし。それに利子は取らないけど、奴はたまに洋モクとかブランデーとか俺にくれるんだよ。この前借金返すのが遅れちまったから、なんて言ってね……」

「塚本さんは返済期限は守る方だが？」

「守らないですね。時々ふっといなくなっちまうんだ。他人に銭借りっ放しでね……」

塚本の銭借り魔としての知名度は、この界隈でも有名であったし、あちこちから小ガネを借りまくって姿を消す、なんてこともたびたびあった。最近は誰も奴に銭を貸さなくなったが、奴自身ハコ助の腰ぎんちゃくになったことで、そっち方面の忙しさからは解放されていたようであった。

しかし、ここでそんなことを言っても意味がない。過去において塚本に銭を貸した奴は誰々だ、などと突っ込まれても面倒臭いし、それでなくともこの尋問は長くなりそうである。訊かれたことだけに、「はい」か「いいえ」くらいにしておかないときりがない。

「塚本さんが時々いなくなる、とおっしゃいましたが、その理由とか行き先とかご存じねーか？」

都会が急に嫌になるとか、借金してる奴と顔を合わせるのが辛いとか、塚本自身からそういう理由を聞いたことはあったが、面倒臭いからとぼけることにした。

「さあ、分からねえなあ。田舎にでも帰ってたんじゃねえの？」

「田舎だが？　武石さんは塚本さんの田舎をご存じなんだね？」

東北野郎の反応が、あきらかに田舎の一言で変わった。日本の警察だから塚本の田舎くらい突き止めているだろうが、恐らくここら辺の連中で塚本の田舎を知っている奴は誰もいなかったのだろう。かといって、ピー助も正確に知っているわけではない。

「まさか……当てずっぽうで言ってみただけだよ。なんでも群馬だか栃木だかって話は本人から聞いたことはあったけれど、それ以外は知らないなあ」

「塚本さんの両親とか兄弟の話など、お聞きになったごどがありますか？」

「それ以上は知らないって言ったじゃねえか。そもそも奴の身の上話なんて、銭もらったって聞きたかねえよ」

本当に知らないのだから答えようがない。それとも奴の田舎に何か重要な手がかりでもあるというのか。

「武石さんは、塚本さんの赤羽橋のマンションには何度か行かれたそうですが、一番最近はいつ頃でしたが?」

アカバネバシとは一体なんだ? ピー坊は一瞬何の話だか分からず、眼をパチクリさせていたが、どうせこの東北野郎の下手なカマかけに違いない、と解釈することにした。

「刑事さん、塚本のヤサは赤羽なんかじゃねえよ。落合の火葬場の近くでさ、マンションどころか便所だって共同ってえくらいのボロアパートだよ。引っ越したって話は聞いてないから、あのままじゃねえの? 俺が行ったのはもう三年くらい前かなあ。一回行っただけなんだけど、小便臭くてね。二度とあんな所はご免だね」

何がマンションだ馬鹿野郎! 今でこそピー坊自身は飯の種《オンナ》の恩恵に浴してマンション住まいに昇格したが、仲間の大半はまだドヤに毛が生えたような場所で寝起きしている奴がほとんどであった。

東北野郎もヤサの件はさっさと諦めたようで、質問の鉾先を変えてきた。

「塚本さんの女性関係はどうでしたが?」

「女ですか。これは困った質問だなあ。はっきり言って奴は女には全く縁がなかった。決して見てくれは悪くないんだけれど」

「特定の女性との付き合いというのはどうでしたが?」

「俺の知る限りでは無いね。まあ商売が水商売だから、たまには取って喰う、くらいはあったと思うけどね」

「最近、塚本さんが女性と一緒のところを見がげだごどはありますか？　特にそういう関係でなくとも構わないんですが」

「いや、それすらないね。可哀想だけどさ」

　実際奴は全くモテなかった。もっとも一回寝たくらいで、すぐ銭をたかられたんでは、女だって寄りつかなくなるのも当然だ。でもそんな悪口を言っても仕方がない。

　刑事も女のことは早々と納得したようであった。塚本に限って女絡みなんてことは絶対にあり得ない。

　アゴの仲田と出て行った刑事が戻ってきて、入り口のテーブルに腰を下ろした。ピー坊の恨めしそうな視線が、その刑事に注がれた。東北野郎は、ピー坊のそんな気持ちを敏感に感じ取ったようだ。

「すいません。もう少し付ぎ合ってけさいん。あなたは塚本さんの友人で、上野という男を知ってますね？　彼について少しお訊ぎしたいんですが……」

　いよいよ来やがった。やっぱりハコ助が……。ピー坊の気持ちの中に、直接ハコ助に問い詰めたい疑問とも怒りともつかないものが、急に込み上げてきた。

　ハコ助こと上野は、今でこそ肩で風を切って歩いているが、以前は口が達者なだけのソバ屋の店員にすぎなかった。いっぱしの遊び人に見られたい一心で、アゴやピー坊の後をくっついて盛り場を徘徊していたのは、ほんの六、七年前のことであった。いくらのぼせきっているとはいえ、ピー坊たちに唾を吐くことなどできやしない。

しかし東北野郎は、ピー坊のそんな表情を即座に読み取ったらしく、先回りして待ち伏せたような質問をぶつけてきた。

「誤解をされては困りますが、上野さんに疑惑がかかっている、つーわげでは決してありません。ただ最近の塚本さんと一番親しくて、しかも商売柄、暴力団関係との付き合いがあることも調査済みです。その辺も踏まえてお答えしていただぎでえんですが」

「でも刑事さん、俺は上野とは全然親しくねえから期待しねえでくださいよ」

「上野さんと塚本さんは、以前はそれほど親しくねがっだそうですが？」

「そうだね。大体上野と親しい奴なんてあまりいねえよ。どちらかといえば嫌われ者だからね」

「それが急に親しくなったのは、何か理由があるんだべが」

「さあね。これは俺の推測だけど、最近上野は景気がいいでしょう？　だからそのおこぼれに与ろうとして塚本がくっついて、上野もその気になって兄貴分気取ってた……という感じだと思うよ」

「二人の関係は、上野さんの方が兄貴分だったんだが？」

「銭があることをひけらかしたくてしょうがねえ奴と、銭を持ってる奴を見るとすぐ尻尾を振る奴がくっつけば、どっちが立場が上か下かなんて子供だって分かるだろうよ」

「上野さんは競馬関係の仕事の他に、何か手広く商売をやってるんだべがね？」

ハコ助の商売を競馬関係、という言葉で濁しているところをみると、当局はまだ証拠不足で、ノミ屋稼業のハコ助の尻尾を押さえられないのであろう。もし掴んでいたなら、とっくに別件で逮捕して塚本の件も締め上げているはずである。

「さあね。やってるかもしれないけれど、俺は知らねえし、興味もないですよ。どっちにしたってロクなことはしてねえだろう」

「保険の勧誘などの仕事をしている、という話は聞いたごどありませんか？」

そら来た――。やっと核心に近づいてきやがった。

ピー坊は内心わくわくしながらも、顔はあくまでとぼけていた。こうなったら逆に、この東北野郎から、皆が知らない情報でも仕入れられたらめっけもんである。どうせこっちは何も知らねえんだから……。

「保険のカンユー？　その……生命保険とか火災保険とかいうやつかい？」

「そうです」

「刑事さん、笑わせないでほしいね。ハコ助が、いや、上野がそんなカタギの保険会社の仕事なんかできるわけがないじゃないですか。大体あの仕事は、婆ァの仕事だろう？　男もやっていいんかい？」

「そうですか。全然ご存じないんですね。それでは、上野さんが付き合っている寺川とか山神という男はご存じですね？」

案の定、やばい奴らの名前が出てきやがった。これはピー坊やアゴの予想したとおり、T会絡みの可能性もあるということだ。警察があえて名前を出したからには、何かしら関係がある公算が強い。

「知らない、と言ったところで信用してくれねえでしょう。顔と名前は知ってるけど、ただそれだけだよ。俺たちは、ああいうヤクザ者は嫌いだし、近づきたくもないからね。向こうも俺たちみたいな半パは完全に無視してるし、同じ街にいて、あちこちでよく会うけど、目も合わさなければ口を利くこともない。しょせん向こうは野良犬で、こっちは野良猫ってとこだね。世界が違うんですよ」

「でも武石さんは彼らと麻雀をやったごどがあるそうですが……?」

「誰がほざいたか知らねえけど、何かの間違いじゃねえの? 同じ雀荘で隣の卓だった、なんてことはしょっちゅうあったけどね」

以前はピー坊も彼らと雀卓を囲んだり、寺川の顔で鉄火場などに出入りをしたりしていたが、今はほとんど付き合いがなくなっていた。

彼らは自分が追い風に乗っている状態のときは、非常な好漢を気取っているのだが、少しでも向かい風に吹かれると、周囲の奴に手当たり次第噛みつき始めるのだ。

ピー坊も何回か嫌な思いをしたのち、面倒な深みに嵌まらないうちに何とか彼らから遠ざかることができた。

あとになって思うと、潮時を見誤らなくてよかった、とつくづく思う。

「その時の寺川たちの麻雀のメンバーは、どういう方たちなんだが?」

「知らない顔が多かったね。同じヤクザ仲間か、そうでなければかなり遠くからカモの旦那衆《ダンベェ》を引っ張り込んでたんじゃねえかなあ。ここら辺の旦那衆は、奴らドヤクザとは打たねえもん」

「上野さんと塚本さんは、彼らとよく麻雀を打ってだらしいですが？」

「そういえば、上野はよく一緒に囲んでた。塚本はどうだったかなあ……。あいつは気が小さいんですよ。たぶんやってなかったと思うけど……」

「では、この四人が一緒にいたところは見がげだごどがありますか？　例えば飲み屋とか街の中でとか……」

「うーん、たぶんあったと思うけど……どこでどうだったか、と言われても思い出せないね」

「上野さんと、寺川、山神とはどいな関係だったんでしょう」

「さあ、俺はよく知らねえなあ。でも上野にしたら地元のヤクザにいじめられたら商売にならないから、奴らにごまをすってたってところじゃねえかなあ。上野自身もそれでデカい面ができるんなら安いもんだろう」

「それでは寺川と山神は、上野さんのバックつーことですね。上野さんは幾ばくかの上納金、あるいはミカジメ料のようなものを寺川たちに納めていた、つーことですね？」

「さあ、それほど大げさなもんですかね。何しろよく知らねえんですよ。何たって嫌いな奴らのことだから」

　ハコ助がT会に法外な銭を納めていることは、ピー坊もよく知っているが、寺川たちの悪行を具体的に供述するのは、さすがに気が引けた。警察に協力したって何の得にもならないし、今のところ寺川や山神に格別の恨みがあるわけでもない。塚本の件にしてもピー坊にとっては、まだ全然話のあらすじが見えていないのだ。

「話は少し変わりますが」

東北野郎がピー坊の目を覗き込むように、

「最近上野さんが、アズルという男にひどくぶちのめされた時に、あなたはその場におられだそうですが、その時の様子を伺いでえんでも……」

東北野郎が思いがけない名前を口にした。

——誰だ！　余計なことを喋りやがったのは……全然関係ねえことじゃねえか。仁義を知らねえ野次馬がいやがるもんだ。

「ああ。そういえば、そういうこともあったね。麻雀の席でのつまらないイザコザだ。ここら辺じゃあよくある話で、塚本とはこれっぽっちも関係ねえよ」

「アズルさんの住所は確が堀ノ内でしたね？」

何を馬鹿なこと言ってやがる。そんな見え見えのカマかけをしたって時間の無駄ってもんだ。アズルのヤサなんて、ピー坊もかなり長い付き合いになるが、まるっきり知らなかった。恐らく仲間の誰に訊いても知らないに決まっている。

「あいにくだけど、堀ノ内だか堀ノ外だか俺は知らないね。奴さんのヤサなんて誰も知らねえんじゃねえの？　そのうちヒョッコリ顔を出すよ。何たって糸が切れたタコみてえな奴だからね」

「でも、およその辺、というぐらい知ってるでしょう?」

「本当に知らねえんだよ。あいつ自身そういう話をしない奴だし、こっちも興味がねえから訊きもしないしね。アンタたちが堀ノ内だと言うんなら、ああそうですか、と答えるしかないね」

「アズルさんの本名は何とおっしゃるんですか?」

「本名?　阿津留だろうがよ。阿津留何様だか下の名前は俺も知らねえや。でもなんであいつにこだわるんだよ。何日かいねえからって、やたら人を疑うなよ」

「でもあなたがアズルさんと一番親しい、という噂ですよ。もし彼と一緒に撮った写真とか何かあったら、お借りしてえんだが……」

しつこい野郎だ。まさかアズルが関係してるなんてことは……。いや、そんなことはあり得ない。アズルと塚本なんて、そういう関係になりようがない。

「写真?　馬鹿なこと言わねえでくれよ。女子高生じゃねえってんだ。さっきから言ってるけどよぉ、俺たちの仲間の付き合いってのは、全て上辺だけの付き合いなんだ。友情とか信頼とか、そんなもんこれっぽっちも存在しねえ。だから端《はた》から見て仲が良くても、お互いに相手の寝床とか、何を喰ってるんだか、情婦《おんな》がどんな顔してるだとか、ほとんど興味もねえし、わざわざ知りたくもねえ。そいつがどこぞの御曹司であろうと、キャベツ畑から生まれたんだろうと、お互いにどうだっていいことなんだ」

下手に出てりゃあつけ上がりやがって……。ピー坊はいい加減腹が立ってきた。

「アズルがこの事件に何か関係があるってのか?」

ピー坊が仏頂面で東北野郎に訊いた。

「いえ、実はこの方だけ情報がほとんどありませんし、現時点で所在がはっきりしてないものですから。皆さんが関係ねぁーど思われてるようなごどでも、我々は調べなくてはならない義務があるんですよ」

「日本の警察は優秀だから、一人の男くらい探し出すのはワケねえだろう? 別に逃げ隠れしてるわけじゃねえんだからさあ。勝手に探してよ、としか言いようがないね」

この東北弁の刑事から、逆に情報を引っ張り出したいピー坊だったが、どっからとっかかっていいものか、皆目見当がつかない。事件の輪郭さえほとんど知らないのだから、分からないのも当然であったが。

「もう二づ三づよろしいですか?」

東北野郎がピー助の顔をうかがいながら、胸ポケットから数枚の写真を取り出した。

「この写真の男はもぢろん知ってますね?」

東北野郎が見せた写真は、前科者のそれであった。真正面からの上半身と、真横からの顔写真である。どっかで見たような気もするが、すぐには思い出せそうもない。

例によって重要な尋問をする時の刑事の常で、知ってるな! あるいは、訊いてるな! などと、相手に肯定させる手法を用い始めた。しかし尋問される側にとっては腹立たしいことこのうえない。

ピー坊は一服つけると、再びジョンジャにコーヒーのおかわりを要求した。

「これだけじゃ分からねえなぁ。名前は何て言うんだい？」

「遠藤づー男ですが……」

「エンドウねえ……見たことあるような、ないような……。こいつは何者なんだい？」

「いえ。知らなければ結構です。ほんではこの女性はどうですか？」

東北野郎が次に出してきた写真には、少し意地の悪そうな中年女が写っていた。これは普通のスナップ写真であったが、今度は間違いなく全然知らない顔だ。

「よく判らないなぁ。女はスナップ写真一枚くらいで分かるわけねえよ。名前は何ていうの？」

「本郷づー女性なんですが……」

「やっぱり知らないね。この年代の婆ァには知り合いなんていないないですよ、俺には……」

「では最後なんですが、この女性はいかがでしょう」

東北野郎が最後に取り出した写真は、何とも妙ちくりんな写真だった。顔をやたらにしかめた女だか子供だかが写っている。

急に後ろからつねられた瞬間でも撮られたのだろうか……しかしこりゃあ一体何だ？

「刑事さん、知るも知らねえも、こんなふざけてる写真見せられたって分かるわけがないじゃん。これじゃあ顔が全然分からねえもん」

刑事がわざわざ見せるくらいだから、関係者には違いないのだろうが、中年女も最後の妙な写真の主も、少なくともこの界隈には全くそぐわない人種である。

「いえ、ご存じなければいいんです。でもこの女性はふざけてるワケではないんです。ちょっとしたハンディキャップなんですよ」

ハンディキャップ？　ピー坊には、この意味がすぐには理解できなかった。競馬のハンデ戦くらいの意味しか、ピー坊は知らなかったのである。

「何て名前の娘なの？」

「いえ、ご存じなければ結構です……。それでは、もしこの写真の人だちのごどで思い当たるようなごどがあれば、連絡頂げますか。それから、亡くなった塚本さんのごどや、上野さんたちについても、何か思い出した時は教えてください。連絡先はここです」

東北野郎はメモに電話番号と、高柳・太田という名前を書き添えた。

「私が不在の時は、この太田とづー者に伝えてください。すぐ私と連絡がどれますから」

刑事が尋問は終わったとばかり立ち上がろうとする。このまま帰られてしまうと、結局ピー坊は何の情報も得られないで終わることになる。ただの尋問のされ損だ。

「刑事さん、さっき赤羽に塚本のマンションがどうのこうの言ってたけれど、あれは本当なのかい？」

「武石さんが知らねがったどは、意外でしたね」

「あいつ、誰かと一緒に住んでたってことか？」

「現在調査中です」

「刑事さん、これだけは言っとくけどさぁ、塚本は絶対自殺するようなタマじゃねえ。警察だってT会絡みの線が強いって、当たりをつけてるんだろ?」

「武石さん、私たちは推測でものを言ってはいけねぇー職業なんですよ。現在判明している事実は、塚本さんが芝浦の岸壁で水死体で発見された、つーことだけなんです。それ以外は何もはっきりしてません。ですからどんな小さな情報でも我々は欲しいんです。心当たりのことがあったら、どんなとでも結構ですから協力してください。では失礼します。ご苦労さまでした」

高柳という東北野郎は出口で会計をしつつ「先日はお手数をおがけしました」と言いながら、ジョンジャに一礼して出て行った。

何が協力してくださいだ、馬鹿野郎! 結局肝心なことは全部「捜査中」の一言で片づけやがって……誰が協力なんてするか!

どっと疲れが出てきた。コーヒーの飲み過ぎで口の中がベタベタだ。

「オーイ、ジョンジャ! おまえも何か訊かれたのか? 俺はさっき帰ってきたばっかりで、話がよく見えてねえんだけど、かいつまんで説明してくれよ」

遊び人たちに人気があるジョンジャが、人懐こい笑みを浮かべて近寄ってきた。目鼻立ちのはっきりとした半島美人の典型である。

「あたしなんかよく知らないよ。だって塚本さんなんか嫌いだったし……。いけない、死んじゃった人のことを悪く言うのはよくないね。でも自殺だったらこんなに警察が大騒ぎしないでしょ？　でもさあ、ハコ助さんやT会の人たちが絡んでるみたいな感じだよね、絶対」

ジョンジャはピー坊のケントの箱に手を伸ばすと、勝手にふかし始めた。

「ハコ助たちは最近来たかい？」

「うん、昨日ハコ助さんが一人で来たよ。それでその時の言いぐさが憎たらしいのよ。――おいジョンジャ、サツが俺のことを聴きに来ただろう。おまえまさか余計なこと喋っちゃいねえだろうな――だって。のぼせちゃってさあ……自分のこと、よほど大物のギャングくらいに思い込んでるんじゃないの？」

「煮ても焼いても喰えねえ野郎だな」

「あたしも頭きたからさあ、『二か月前にアンタがこの店の前のゴミ捨て場で生ゴミになってた、なんて余計なこと喋ってないよ――』って言ってやろうとしたけど、他にお客さんもいたから我慢しちゃったよ。悔しかったけどさ」

「ジョンジャが警察に喋ったのか？　アズルとハコ助の件……」

「ウソー！　あたしじゃないよ、あたしアズルさんのファンだもの。そんな余計なこと言うはずないじゃん。でもハコ助やT会の奴らのことは、ダニだクソだって思い切り悪口言ってやったわよ」

「ところでジョンジャも写真見せられたかい？」

「うん、見たよ。ピーちゃん誰か知ってた？」

「いや、中年婆ァと様子がおかしい子供は全然知らねえ。前科者写真の奴は何となく会ったような気もするけど……」

「うん。あたしもさあ、何となく見たような気がするのは、あの男だけなんだけどね。ウチのアポジは中年の女の人も、どっかで見かけたことがあるって言ってるんだけど、死ぬまでには思い出せないよ、きっと……」

　ジョンジャはカウンターの一番端っこで、雑誌や新聞の山に埋もれるようにうたた寝をこいている父親の方を顎でしゃくった。

　ジョンジャは父親が五十の坂を越えてからの子供だった。したがって、まだ十代のジョンジャの父親の通称教授こと車《チャー》さんは、既に七十の爺ぃになっちまっている。知らない奴が見たら、まるでお祖父ちゃんと孫娘である。

「なんだなんだ、警察は教授にも何だかんだ尋問したのか？　こりゃいいや、俺もその場に居合わせたかったぜ。たぶん腹の皮がよじくれちまったろうけどな」

「そうでもなかったよ、あの馬ボケ……。結構まともに対応してたもの」

「本当かよ。怪しいもんだな。顔に見覚えがあるって？　後になってニットウチドリに目が似てただけだ、なんて言い出すんじゃねえの？」

　車さんは戦後この界隈でも評判のごうつく親父だったらしいが、当時の働き過ぎがたたったのか、近年はすっかり疲れ果ててしまい、末娘のジョンジャにおんぶに抱っこの生活であった。

「ピーちゃん、それは言い過ぎじゃないの？　あれでもあたしの父親よ。あたしが馬鹿にしたからって、他の人には身内の悪口は言われたくないね。少し控えてよ」

「おっ、やべえやべえ。ごめんごめん。ハジマラヘッドバットが飛んでこねえうちに退散しよう。後でまた誰かと来るかもしれないよ。じゃあね……」

ピー坊は、半分以上残っているケントの箱をジョンジャのエプロンのポケットにすべらせると、『シオン』を後にした。

いいなあ、若い娘は……。ピー坊は一人でニヤつきながら、まっすぐカネコに向かった。むさ苦しい刑事とのやりとりでわだかまった物が、ジョンジャとの短い会話でスッキリ流れた感じである。

カネコには誰か仲間がいるだろう。少なくともピー坊より塚本の事件のことは知っているに違いない。しかし小田原に比べると、なんて空気が不味いんだ。


ピー坊がカネコに入って行くと、いるわいるわ……誰か、どころではない。

主人の鶴ちゃんを筆頭に、公ちゃん、小林君、オカマのサブちゃん、安山、和尚の今井、ペンサンゾー、結婚式ストリップコンビの小橋と駒田……土曜日なので稼ぎどきの痔やんと、しばらく姿を見せていないアズルを除いたレギュラーの面々が、あらかた顔を揃えていた。

しかし麻雀卓は一卓も動いていないし、かといって誰一人として何をしているものでもなかった。ただ全員でがん首揃えてボヤーッとしているだけである。

「おいおい、雀荘で麻雀やらなくて一体何やらかそうってんだい。まさか、ここで塚本の通夜でもやろうってんじゃねえだろうな」

ピー坊は一同を見渡しながら、冷蔵庫から勝手にビールを取り出すと、旨そうに飲み始めた。

「ピー坊とアゴが田舎で呑気こいてるうちによぉ、ウチは潰れちまいそうだぜ。一日に三度もおまわりが来やがるんで徹夜もできねえし、キャッシュはもちろん、花札やサイコロも出せねえし……。ホトケ様の悪口は言いたかねえけど、塚本の野郎は死んでからも皆に面倒かける奴だよなあ……」

大げさにぼやいたのは主人の鶴ちゃんだ。

「ピー坊、随分時間かかったじゃねえか。かなりほじくられたのかい？」

一足先に刑事から解放されたアゴの仲田は、既にちゃっかりコーヒーを飲んでいる。

「まあ、あんなもんじゃないの……。しかし一体どうしちまったんだい？　こんな宵の口からがん首揃えてさあ。何か企んでるのか？」

ピー坊の怪訝そうな表情を受けて、鶴ちゃんが突き出た腹をさすりながら立ち上がると、得意満面で言った。

「おうよ！　企むも企まねえも、ここに私設の『塚本和男殺人事件特別捜査本部』を設けようってんだよ。それで俺が捜査本部長ってわけだ」

「こういう役は本当は俺が適任なんだけどよぉ、俺とピー坊は出遅れちまったからしょうがねえやな」

アゴの仲田が残念そうに横から口を出した。

「出遅れも何も、いつゲートが開いたんだか、どっちに走っていいんだか、俺にはまるっきり話が見えてねえよ。いったい塚本はどうしちまったんだよ！」

ピー坊にとっては、鶴ちゃんの安っぽい口上などどうでもよかった。早く事件のあらましを知りたいのである。

「しょうがねえなあ」

鶴ちゃんは、ますます調子に乗ると、

「本部長の俺が代表して出遅れ組に説明してやろう」

と言いながら、三文役者のような表情で話し始めた。

「まず、塚本が自殺なのか殺しなのかはまだ分からねえが、何しろ死んだのは九月の終わり頃らしい。死体が芝浦沖で上がったのが十月二日だってえから、かれこれ六日前だ。それから何日かして身元が割れて、この辺で騒ぎ出したのが一昨日の話だ。そしたらよお、なんと塚本の部屋から遺書が見つかったっていうじゃねえか。ところがどっこい、向こうの捜査本部も自殺に見せかけた殺しと睨《にら》んでるんだ。当然こっちの捜査本部も、一〇〇パーセント殺しと断定してるってわけさ」

「だけどよお、塚本なんか殺したって一銭にもならねえだろうよ。保険が何とかいったって、自殺や殺人じゃ銭くれねえだろうがよ」

ピー坊は気がはやって仕方がない。

「まあ黙って聴けよ。皆も知ってのとおり、あいつは人を殺したり殺されたりの世界には絶対入っていけない奴だよな。したがって、塚本自身が危ない事件に関わってるという可能性はあり得ないってことだ。じゃあ、やっぱり自殺か？

　バカ言っちゃあいけねえよなあ。わざわざ芝浦くんだりまで行って、お父さんお母さん、先立つ不孝をお許しくださいとか何とか言って、両手を合わせて埠頭《ふとう》から飛び降りるようなタマか？　あいつが……。

　そこで登場するのが、生命保険ってやつだ。なんと、あの野郎が四〇〇〇万だか五〇〇〇万だかの保険に加入してやがったんだ。信じられるか？　あの無一文《ハイナシ》野郎がよぉ……。毎月二万も三万も払うんだぜ」

「何度も訊くけどさあ、殺されたり自分の都合で自殺なんかしたりしたって保険金なんかおりねえんだろう？」

　ピー坊が納得がいかない表情で言った。

「ところがだ。保険に入って二年以上経つと、自殺でも保険金がおりるらしいんだ。いいかい、ここがこの事件の核心だぜ。単純に考えてみれば、塚本が自殺してくれて五〇〇〇万入るとすると、その保険金の受取人が怪しいってことになるんじゃねえか」

「まさか、それがハコ助ってわけじゃねえだろうな。ええ、鶴ちゃんよお……」

　アゴの仲田もだんだん身を乗り出してきている。

「ロン！　と言いたいところだが、残念ながら違うんだ。ピー坊に兄ちゃん、警察《サツ》に写真を何枚見せられた？」

「俺は三枚だったよ。前科者と中年女と、女だか子供だか……」

ピー坊は、まだ刑事が口走ったハンディキャップの意味が分からないでいた。

「俺も前科者と中年婆ァと、クソ踏んづけて泣いてるガキみてえな、その三人だよ。一体何だよあいつらは……。全然見たこともねえ顔だ」

アゴも腑《ふ》に落ちない顔である。

「その三人の中にいるんだよ、受取人が……誰だと思う？」

こっちの本部長の鶴ちゃんが、大げさに二人の顔を覗き込んだ。

「あの前科者だろう？　あいつ、どっかで見たような気がして仕方ないんだけどな」

ピー坊も思わず身を乗り出して言った。

「でもそれじゃあ、いかにもそれっぽいじゃねえか。受取人があんまり悪党面してたらまずいだろう？　俺はあの中年女だと思うぜ。もしかしたら塚本の内縁の妻ってやつかもしれねえ。あるいは姉ちゃんだとかよぉ。そんなところじゃねえか？　ええ、鶴ちゃん本部長殿」

アゴが冷やかすような調子で言った。

「おまえたちは絶対優秀な捜査官にはなれねえな。二人とも外れだよ。塚本の保険金の受取人は、女だか子供だか、泣いてんだか笑ってんだか分からねえ……の謎の人物だ」

ピー坊とアゴが、一瞬あっけにとられたように顔を見合わせた。

「ウソだろう？　一体なんだい、あれは……もしかしたら火星人か？　もったいぶらねえで早く教えてくれよ！」

アゴがだんだん焦《じ》れてきた。

「二人とも驚くなよ……あの妙な写真の女は、塚本の妹なんだよ。おまけに身体障害者ときてる。小児マヒだそうだが、あの写真も決してふざけてるわけじゃねえ。あれで普通なんだ。年は二十二だとよ」

鶴ちゃんの講釈は、単純な二人の想像をはるかに上回ったものであった。ピー坊もアゴも、次の言葉がなかなか出てこない。一呼吸してから、やっとピー坊が口を開いた。

「……塚本のいもうと？　……あいつにそんな妹がいたなんて……誰か知ってたかい？」

「無二の親友のピー坊が知らねえんだもの、誰も知ってるわけねえじゃねえか」

鳶の公ちゃんがニヤニヤしながら皮肉った。

「アゴにピー坊よお、それだけじゃねえんだ。塚本の野郎は、一年も前から赤羽にマンション借りて、この妹の面倒を見てたってんだよ。なんでも、田舎のお袋だか伯母さんだかが死んじまって、それ以来あいつが引き取ったらしいんだ。あの野郎、結構いいところあるじゃねえか、少し見直したぜ。もう遅えけどよぉ……」

ピー坊とアゴは鶴ちゃんの話を聴きながら、そいつが刑事の言ってたアカバネか、などとブツクサ言っている。

「鶴ちゃん、何回言ったら分かるんだよ。赤羽じゃねえよ、赤羽橋だよ。アメリカとソ連くらいの違いがあるんだぜ」

ここまで黙っていた外車屋の小林が、苦笑いしながら口を挟んだ。小林は商売柄、車で東京中を走り回っている。自動車などには縁がない他の連中と違って、道路や地名には滅法詳しい。

「何だい、赤羽橋ってえのは赤羽にあるんじゃねえのか？」

アゴがすっとんきょうな声で訊いた。

「麻布十番のちょっと先だよ。分かるかなあ、麻布とか六本木とか……皆には縁がない方面だもんね。何しろあの辺にはギャンブル場がないもの」

「へえーっ、しかし参ったねえ、マンションとは……。それで小林くん、行ってみたのかよ、その赤羽橋とやらのマンションに……」

アゴはまだ半信半疑という顔である。

「いや、正確な住所も知らないし、それに場所が分かったってどうするのさ。俺が塚ボンたちの部屋にズカズカ上がり込んで、身体障害者の女の子に――お兄さん死にました。あなた五〇〇〇万円もらえます、よろしかったら僕に半分下さい――とでも言わせるの？　勘弁してよ……」

小林が端正な顔を思い切りしかめてみせた。しかしアゴはまだピンときていないという表情だ。

「鶴ちゃん、俺はまだ納得がいかねえんだけどよお、本人の遺書があって、保険の受取人が自分の妹ってことで、別に問題はねえわけだろう？　もしかしたら、妹のために……てなわけで本当に自殺したのかもしれねえじゃねえか」

「アゴも頭が悪いなあ、これが自殺であるわけがねえじゃねえか。いいか、もしアゴが塚本の立場だとしたら、赤ん坊同然の妹を残して死ぬ、なんてできるかよ。まして五〇〇〇万抱えてる赤ん坊だぜ。十も数えねえうちに、寄ってたかって引ん剥かれちまうに決まってるじゃねえか。守ってやる身内が誰もいねえんだぜ！」

「じゃあ、その妹に近づいてきた奴が怪しいってことじゃねえか。なあピー坊」

「なるほどね……大体分かってきたよ。塚本は妹のことや、保険の話を誰かに知られちまって、そいつに消されちまったという線が強いんだな？」

ピー坊が、やっと少し分かってきた、という口調で言った。

しかしみんなの反応がどうもおかしい。お互いに顔を見合わせながら、どうせこいつらはこの程度だ、というような目つきでニヤニヤしている。

私設本部長を気取る鶴ちゃんが、一服つけながら満を持したように再び立ち上がると、一気にまくし立てた。

「まあ、おまえさんたち二人の発想はその程度だよな。でもよく考えてみろよ。いくら塚本が妹思いにしてもよぉ、保険なんてものに加入するなんて、あいつが考えると思うか？

二人ともよく聴いてくれ。今回の塚本事件は、用意周到に計画された殺人事件なんだ！　そもそも塚本が保険に加入したということ自体、誰かにそそのかされたに決まってるんだ。もちろん塚本は、そんな銭はねえ、と突っぱねるだろう。しかしその犯人は、自分が立て替えて払ってやるくらい平気で言っただろう。なんたって、一か月三万円払ったって二年で七十二万だ。それで五〇〇〇万入ってくれば、ほとんど丸儲けに近いじゃねえか。

要するに塚本の弱点である身体障害者の妹をだしに使って、あなたが先に死んだら妹さんはどうなるんですか、とか持ち掛けてよぉ。塚本に、金は私が立て替えてあげるから、とかうまいこと言いくるめて保険に加入させたんだ。そして二年後に、塚本はそれらしい遺書を残して都合良く自殺をする。遺書なんか騙すか脅すかして書かせたんだろう。塚本の奴は図体のわりに意気地がねえから、指の一本もひねられたら、遺書の一〇〇枚や二〇〇枚すぐ書いたに違いねえ。その後でブッ叩いて、芝浦埠頭から海にぶん投げた、というのが真相なんだ。間違いねえ」

アゴとピー坊は茫然《ぼうぜん》として、このとんでもない話を聴いていたが、やっとピー坊が気を取り直して、

「だけどその五〇〇〇万を、どうやってぶん捕るんだよ。まさかそこまで綿密な計画を立てて、最後は小児マヒの妹の首を絞めて、強盗まがいの真似をするってのか?」

「そうだよなあ。いくら保険屋だって、障害者が一人で住んでる部屋に、キャッシュで五〇〇〇万円置いて——確かに渡しましたよ。失《な》くさないでくださいね——なんて帰ったりしねえだろうよ。保証人だとか後見人だとか、保険ってのは結構うるさいからよぉ、簡単に横取りなんかできねえようになってるはずだぜ」

アゴが珍しくもっともらしいことを言いながら、ピー坊に同調した。

「遺書や保険の内容までは俺たちもよく分からねえけど、アゴもピー坊も例の中年女の写真を見ただろう？　なんてことはねえような普通の婆ァだ。実はあの婆ァが、ちょうど一年くらい前から塚本の妹の面倒を見てるんだ。要するに付き添いとか、介護とかいうやつだ。

何度も言うけど、塚本がそこまでやると思うか？　すっかり改心して汗水垂らしてドカチンやってる、とかいうんだったら信じてやってもいいけどよぉ。何てことはねえ、死ぬ直前まで何一つ変わってねえじゃねえか。だから当然その女も共犯の可能性があるってことだ。その女を使えば、五〇〇〇万を横取りして、事情《わけ》の分からない妹を飼い殺しにして、ほとぼりが冷めた頃に適当に始末する、ということは充分可能だぜ。表向きは障害者の介護をしてる優しいおばさんだ。世間の誰が見たって、裏側の生臭い企みには気が付かねえって寸法だ」

口下手だと思っていた鶴ちゃんがこんなにも饒舌《じょうぜつ》だとは、アゴもピー坊も思いもよらなかったことである。

「じゃあ俺たちが見せられた前科者の写真は一体何者なんだ？」

「名前は違うけどよぉ、二年くらい前にT会にゲソつけてた志賀って奴がいたろう？　そいつじゃねえかって皆で話してたんだけど、まだはっきりしたことは分かってねえんだ」

アゴとピー坊は、さっきから感心して聴き役に回っていたが、二人で顔を見合わせると、ピー坊がわざとらしく咳払いをして店内の面々を一瞥《いちべつ》しながら言った。

「ところでよぉ、俺とアゴがどうも納得いかねえことが一つあるんだよ。この捜査本部の名探偵は一体何者なんだ？　警察がこんな詳しく経過を教えてくれるわけがねえし、保険屋なんて所詮素人なんだし、そんな早く調査なんかするわけがねえ。まだ四日前だろう？　この名推理の仕掛人は一体誰だい？　まさか俺たち全員で考えた、なんて与太を言うなよ。地球がひっくり返ったってそんなことはあり得ねえ」

その俺たち全員の面々は、顔を見合わせてニヤついていたが、今度は鳶の公ちゃんが可笑しくてたまらない、という調子で言った。

「いやあー！　さすがだねえ。やっぱり二人とも並みの付き合いじゃねえなあ。俺たちの脳ミソの軽さもすっかりお見通しなんだからな。確かに二人の言うとおり、俺たちだけでとてもこんな推理はできねえよ。せいぜい、さっきのピー坊たちのレベルと同じで——塚本の保険のことを知った奴の犯行——程度だったんだ。だがここで、思わぬ名探偵が身近にいらっしゃったんだよ。誰だと思う？」

「明智小五郎か？」

「いや銭形平次だ」

「それがだ。なんとなんと、三浦興信所の三浦探偵殿だ。さすが元警視庁だよ。発想というか、目の付けどころが違う」

公ちゃんが得意げな顔で答えた。

ピー坊は眉をひそめ、アゴは思わず吹き出した。

三浦興信所は、この界隈の西のはずれで細々と営業している探偵事務所であった。所長兼小使いの三浦は、元警視庁の腕利き刑事だったというふれこみであったが、もちろん誰も信用しちゃいない。常に鼻を赤くしている貧相な初老のアル中男であった。

明智小五郎のピー坊は信じられないといった顔で天井を仰ぎ、銭形平次のアゴは大声で毒づいた。

「あのアル中のインチキ探偵が？　冗談だろう？　奴がこの近所のガキに何て呼ばれてるか知ってるか？〝迷探偵シャックリムズムズ〟ってんだぜ。全く近頃のガキどもときたら、しゃれたこと言うよな」

その時ちょうどタイミングを計ったように、商売を一段落させた痔やんが、その噂の名探偵を伴って姿を現した。

「おっ！　待ってました。名探偵と岡っ引きのご登場だぜ。なかなか似合ってるじゃねえか、二人揃ってると……」

早速公ちゃんが冷やかしたが、残りのレギュラーの面々は、一様に来た来たといった期待の目で名探偵を迎える雰囲気であった。

明るいうちからこの連中がガン首揃えてのたくっていた理由は、まさにこれを待っていたのであった。

ピー坊は鶴ちゃんの名演説に対する興味が、みるみる引いていくのが分かった。なんとはなしに腹が立ってきたピー坊は、迷探偵に向かって憎まれ口を叩いた。

「これはこれは……これが噂のシャーロック・ホームズと八五郎の名コンビかい？」

「いや、どう見たって〝ジャックリムズムズ〟と〝イボ痔ゴリゴリ〟って雰囲気だぜ」

アゴも馬鹿にしたように合いの手を入れた。

チャチャを入れる二人を制するように、鶴ちゃんが早速椅子を持ってきた。

「まあ先生、こいつらの与太は気にしねえで座ってくれや。それで早速だけど、何か新しい情報は入ったかい？」

普段アル中だとかボケ探偵呼ばわりされていた親父が、一夜明けたらちゃっかり先生になっちまっている。この連中にかかったら、主体性という言葉などは全く存在しない。

急に先生になっちまった三浦は、ポケットからトリスの小瓶を取り出して一口呷り、白髪だらけの口髭を袖口で拭いた。そして何とも聞きとりにくいくぐもった声で、これまた何弁だか分からない方言混じりで話し始めた。

「今日、刑事に何か訊かれた奴はおるかの？」

三浦が一同を見渡しながら訊いた。

「昨日までいなかったピー坊とアゴが、かなり突っ込まれたらしいぜ」

鶴ちゃんが二人に代わって答えた。

三浦はアゴとピー坊の存在に初めて気が付いたような顔で、二人に向かって小さく会釈をした。

「ピーさんと仲田の旦那か……担当の名前は覚えとるかの？」

二人は呆れたように顔を見合わせると、

「俺の方は高柳という東北弁の野郎だったよ、先生」

「俺の方は井口っていうのっぽの野郎でした、大先生」

三浦は二人の皮肉など全く意に介さない様子で、

「所轄の若手か……ということは、まだ他殺と断定できる材料が揃えられてないということだ。何をグズグズしとるんかのぉ」

「先生、あの写真の前科者の正体は分かったのかい？」

公ちゃんが身を乗り出して訊いた。

「ああ、遠藤正人。元K会系の幹部じゃった。破門されて今は一匹狼だが、こやつは名うての詐欺師だで……既に過去の事件で逮捕状《キップ》も出てる」

詐欺師という言葉に、一同は一斉にざわめき立った。

「おととし頃から、この手の保険金がらみの事件が関西で続いて起きとるんじゃが、主犯と目されるこの男は、まんまと逃走しよった。いずれも事故か自殺に見せかけてる手口も同じということだ。その遠藤が最近になって東京で目撃されとる。そこへもってきて今回の塚本の事件だ」

「よお、父っつぁん！　あんたなんでそんなスラスラ事情が分かるんだよ。何か危ねえなあ。どっから仕入れたか知らねえけど、後になってあれはガセネタで、本当はただの自殺でした、なんてほざくなよ」

アゴはまだ信用できないらしく、小バカにした口調で三浦に突っかかった。

「儂《わし》はの、伊達に三十年も刑事やっとったわけじゃないのんど。上級試験受けなんだから警部補止まりじゃったが、現在のこっち方面の所轄の署長は、儂の警察学校《ガッコウ》の同期だし、㊍や強行犯の課長なんぞ皆儂の後輩連中で、身内みたいなもんじゃ」

「先生、警察はハコ助をしょっぴく予定はねえのかい？」

鶴ちゃんが三浦に煙草を勧めながら——あんまり突っかかるなよ——と言いたげに、アゴに目配せをした。

「現段階では取り調べは無理だね。せいぜい任意で話を訊く、というレベルだな。他の関わりがあると見られてる連中も同じだ。ただし遠藤に関しては、関西の二つの事件で逮捕状も出とるし、最近の足取りは当局も掴んどるみたいじゃから逮捕は時間の問題じゃろう。遠藤が捕まれば、今回の事件も一気に解決に向かうというもんじゃ。何しろ奴は既にキップが出とるんじゃから、捕まったらシラを切る理由もない。そうなれば他の奴らも芋づるじゃの……」

「ハコ助の悪運もあと僅かってわけか……だけど本当にハコ助が、その遠藤って奴とつるんで企んだことなんかい？」

本部長の鶴ちゃんが代表して聴き役になっている。

「そうじゃのう……まだはっきりしとらんで、何とも言えんのだが、まるっきり無関係ということはあり得んじゃろう。これは儂の推測じゃが、ハコ助が今回の事件に関わっていたとするならば、遠藤やT会の奴らにそそのかされて、塚本と彼らの橋渡しをしたんじゃないかと思っとる。つまりハコ助は、かなり重要な役目を果たしたことになるんじゃが、逆に言うと、遠藤たちに都合良く利用された、とも言える。

儂はハコ助がソバ屋の頃から知っとるが、自分から進んで凶悪犯罪の片棒を担ぐとは考えられんだがや……いくら悪ぶっていても、意識して人殺しができる奴と、できない奴の差は歴然だでな……儂の長年の刑事生活で培った直感というか、人を見る目はまんざらではないと思っとる。恐らくハコ助は遠藤たちに都合良く利用されてるだけだ。下手をすると、ハコ助まで口封じのために消される、というケースも考えられんこともない。まあ、これは遠藤を取り逃がした時の最悪の場合ということじゃが……」

三浦が酒臭い息を吐きながら、一同の顔を見渡した。久々に自分の存在を示すことができた猿山の長老のような仕草である。

その長老猿に対し、ゴリラのような体つきの公ちゃんが訊いた。

「でもよぉ先生、遠藤って奴はK会系なんだろう？　T会の誰とツルんだのか知らねえけど、いくら破門扱いだといってもK会とT会なんて反目じゃねえか。そいつらがレツ組むなんてあるんかい？」

「鳶の旦那、いまどきのヤー公などというものはのぉ、銭にさえなれば親の仇とでも平気で手を組むのんど。今のヤクザ世界においては、男の価値は銭の厚み、というくらいじゃ。情けない話じゃがのぉ……」

「ところで先生よぉ、さっき殺しができる奴とできねえ奴の見分けがつくって言ったけどよぉ……例えばの話で、ここにいる俺たちの中で、殺しができそうな奴っていると思うかい？」

状況判断のできないどうしようもない馬鹿というのが、どこにでも一人や二人いるものであるが、二重丸がつくほどの馬鹿な口を利いた奴がここにもいた。キツネ顔のペンサンゾーである。

三浦も一瞬呆れたようにペンサンゾーの顔を見ていたが、先生と呼ばれたのでは答えないわけにはいかない。

「そんなこと儂に言わせるんかい……そうよのぉ……この中にはおらんわい。強いて探せば、ここにはおらんが、儂のことをぬらりひょんとか呼んでおる、あの口の悪い兄《あん》ちゃんくらいかのぉ。奴さんはそういう香りがしないでもない。まあ、こんな余計なことを言うと、差し障りがあるかもしれんで……年寄りのほんの戯れ言だと受け取ってくれろ」

後ろの方で野次馬的な小さなざわめきが起こったが、すぐにピー坊の怒号がそれらを遮った。

「テメエこの野郎！　差し障りがあるって分かってんなら、こんな時に滅多なこと言うんじゃねえよ！」

ピー坊が珍しく血相を変えて三浦に詰め寄った。

「まともなオマワリなら、こんなくだらねえ当てずっぽう言うわけがねえ。信じらんねえな、このクソ爺ぃ――人が一人殺されてるんだぜ、時と場合を考えてものを言えよ！」

普段しょぼくれている初老のアル中男が、何やら急に偉そうな口を利いていることと、皆の面白半分の態度にカチンときたのである。おまけにアズルの存在を変な意味で暗示されたのでは、もう我慢がならなかった。

「ピー坊、何をそんなに熱くなってんだよ。これはいつもの軽い冗談なんだ。なあ先生？」

鶴ちゃんが慌ててフォローしたが、ピー坊の憤懣やるかたない表情は収まりそうもない。こんな爺ぃに掻き回されてたまるか！

実際今回の事件に関しては、ピー坊以外のほとんど全員が野次馬気分で見ているのだ。塚本の死を、皆とは少し違う感情で受け止めているピー坊が、この場に冷静な気分でいられるはずがなかった。

「皆は面白がってるけどよぉ、仲間が一人死んでるんだぜ！　こんなくだらねえ探偵ごっこやってるより、葬式の算段でもしてやるのが筋じゃねえのかい？　だいいち、考えてもみろよ。いくら元の仲間だろうが、警察幹部が捜査情報を外部に漏らすわけがねえんだ。しかもまだ捜査本部《ちょうば》すら立ち上がってねえんだぜ。それがどうだ？　海千山千のメンバーがガン首揃えて、こんな爺ぃのダボラに振り廻されやがって……冗談じゃねえ！　全く腹が立つったらありゃしねえ」

ピー坊は一秒たりともこの場にいたくない、という速さで外に飛び出して行った。その後を、やはりアル中探偵団には参加したくないアゴの仲田が続いた。

「ピー坊、待ってくれよ！　これからハコ助をシメるんだろう？　俺も行くぜ」

アゴがピー坊に追いつくと、ピー坊の気持ちを先回りするかのように煽《あお》った。

「別にシメる気なんかねえけどさぁ、直接あの野郎に訊くのが一番手っ取り早いじゃねえか。あんなアル中を先生呼ばわりしてたって埒が明かねえだろう」

「全くだ。何が私設捜査本部だ、馬鹿野郎！『アル中の与太話を聴く会』とでも改名しろってんだ――」

誰があんなアル中爺ぃを引っ張り込みやがったんだ。痔やんかサブちゃんか……いずれにしても、当分カネコには足を向けたくない二人であった。

「ところで肝心のハコ助はどこに居やがるのかなあ。兄ちゃん、奴の今の家知《やさ》ってるかい？」

「青梅街道の方に引っ越したって話は聞いたけど、詳しくは知らねえな。だけど奴はこんな時、テメエの家で落ち着いてるほど肝っ玉は据わってねえよ。気が小せえ奴に限って、こういう時ほどチョロチョロしたがるからな。夜になってその辺グルグル廻ってれば、今夜中に奴と出っくわすだろうぜ」

「そうだな。大人しくもしてられねえし、かといって遠出する勇気もねえってタイプだもんな」

その夜、ピー坊とアゴの二人は目を血走らせて盛り場をほっつき歩いたが、これといった情報もなく、ハコ助探しは徒労に終わった。

翌日も二人は突き止めたハコ助の家を振り出しに、一日中街をうろつき廻ったが、ハコ助はおろか、最近ハコ助にまとわりついていたティーンエイジャーの不良たちの姿も、きれいさっぱり消えちまっていた。

「こうなったらT会の奴らに直接あたってみるかい？」

お世辞にも辛抱強いとは言えないアゴは、そろそろ焦れてきた様子であった。

「寺川や山神にかい？　気がすすまねえなぁ。特に最近の山神は危《やば》いぜ。たぶんシャブ喰ってんだろう。目つきが普通じゃねえもん。狂犬病の犬にチョッカイ出すみてえなもんだ」

「そうか、やっぱりハコ助が穴から這い出すのを待つしかねえか。ゴールが見えねえことには仕掛けようがねえしなあ」

ピー坊とアゴはカネコには戻らず、雀荘『ポン』に足を向けた。事件のカタがつくまでカネコには顔を出さないと決めている二人は、ポンを当分の寄生場所に決め込んでいるのだった。


しかし翌日の昼下がり、アゴとピー坊がポンでゴロチャラしていると、思いがけない連絡が入ってきた。

電話の主は、喫茶店『シオン』のジョンジャであった。かなり焦っている様子である。

「ピーちゃん、なんで鶴ちゃんの所にいないのよ。探しちゃったじゃない。早く来てよ、大変なんだよ」

「何だ、どうしたんだよジョンジャ、店に郷ひろみでも来たのか？」

「そんなんじゃないよ馬鹿！　さっきハコ助がT会の奴らと来てて、順ちゃんがメチャメチャに殴られちゃって、かなり危い状態なんだよ。でも誰もいないし、あたしどうしていいか分かんなくてさあ……とりあえず早く来てよ」

気丈なジョンジャが、かなり取り乱している。

「何？　ペンサンゾーがハコ助に……？　分かった、それより救急車は呼んだのか？　呼んでねえ？　何グズグズしてんだ。すぐ電話しろよ！　ついでに警察も呼んじまえ。俺もすぐ行くから」

ピー坊は受話器を置くと、アゴを振り返り、

「兄ちゃん、行くぜ!!　ハコ助とT会が、ジョンジャの店でペンサンゾーをぶちのめしたらしい」

言い終わらないうちに、既にピー坊は外に飛び出していた。アゴの巨体が転がるように後に続く。

「なんでペンサンゾーがやられなきゃいけねえんだ？　あいつなんか何も関係ねえだろうがよ……」

走るのが苦手なアゴが苦しそうに吠《ほ》えた。

「そんなの俺が知るか。行きゃあ分かるこった」

二人がジョンジャの店に飛び込むと同時に、制服の警官も駆けつけてきた。

ペンサンゾーは確かにひどい殴《や》られ方だった。しかし意識はあるようで、ピー坊とアゴを見ると、血だらけの顔を歪《ゆが》めて呻き声とも唸り声ともつかない声を発した。

一分もしないうちに救急車が到着し、ペンサンゾーは担架で病院に直行した。あの殴られ方では、三日や四日では出てこられないであろう。

「頭と内臓をやられてなきゃいいけどなあ」

アゴがポツリと言った。

制服警官が、店のチンケな救急箱を抱えているジョンジャに現場の状況を訊き始めた。ジョンジャが助けを求めるようにピー坊とアゴの方を見た。

「見たとおりに全部話せ。それからこの前ここに来た私服に連絡取ってもらえ」

ピー坊が大声で助け舟を出した。ジョンジャが事のあらましを話し始めた。

最初に来ていたのはハコ助の方で、後からふらりと来たペンサンゾーが、一人でいるハコ助を見ると同じテーブルに座り込み、しつこく塚本のことを訊き始めたのだという。

頭にきたハコ助が電話でT会の山神を呼び、山神が店に入ってくるなり、ペンサンゾーをぶちのめした、ということらしい。

「例の私服たちが来ないうちに退散しようぜ、面倒臭えからよお……」

アゴがピー坊を促したが、ピー坊としてはジョンジャの哀願するような表情を無視して消えちまうわけにはいかない。

「お宅さんたち、関係者じゃなければ外に出ていただけますか。検証が始まりますので……」

制服警官に促され、二人は出口の脇にあるビールケースを椅子代わりにして腰を下ろした。

「俺は残るよ。ジョンジャを放って行くのは気が引けるからさ。何たって警察より早く俺に知らせてくれたんだ。ジョンジャが解放されるまでいてやるのが情ってもんだ。兄ちゃんは嫌なら消えていいよ」

ピー坊が煙草に火を点けながらアゴに言った。

「おまえが残るんなら俺も残るぜ。何せ今の俺たちは村八分状態だからな。いまさらどこ行ったって遊び相手がいねえ、ときたもんだ。しかしよぉ、ペンサンゾーの奴も災難だったなあ」

「ハコ助が一人だったんで、ペンサンゾーが中年探偵団を気取って余計なチョッカイを出しちまったんだろう。どうも奴は一言多いというか……奴も口が災いして寿命を縮めるクチだな」

「私設捜査本部の最初の犠牲者ってわけだ。しかしよぉピー坊、俺たちがハコ助を追い込まなくて良かったなあ。下手すりゃあ俺たちが救急車の世話になるところだったぜ」

「だから俺が言ったろう。最近の山神は尋常じゃねえって……でもこれでカネコ私設捜査本部の探偵団もビビって大人しくなるだろうぜ。何たって団長はアル中だし、団員ときたら漢字もろくすっぽ読めねえ馬鹿の集まりだ。所詮年寄り……じゃねえ、中年の冷や水ってやつだ」

ピー坊がザマアミロという口調で毒づいた。

「さしずめ『能天気が列組んで』ってザマじゃねえか。なあピー坊」

アゴが嬉しそうに相槌を打った。

間もなく見覚えがある私服たちが到着すると、ジョンジャは再び同じ説明を繰り返さねばならなかった。

先日ピー坊に尋問した東北野郎も現れ、ピー坊たちの姿を認めると怪訝そうな顔をして近寄ってきた。

「現場には店の方しかいらっしゃらなかった、との報告だったんですが……」

「ジョンジャが知らせてくれたんだ。あの娘は俺の妹分なんでね。放ってはおけねえでしょう」

「なるほど……そういう関係だったんですね。しかし羨ましいもんですね」

東北野郎が意味ありげにピー坊の顔をまじまじと見つめた。下卑た目つきだ。

「刑事さんよぉ。俺は妹みてえなもんだ、と言ったんだぜ。あんたの田舎じゃ兄妹でもそういう関係になっちまうってのか？　あの娘の名誉のためにも言っとくけどな、妹分といったら妹分なんだ。くだらねえ勘違いしねえでくれよ。俺たちが邪魔だってんならヨソで待っててもいいんだぜ」

「いえ、中に入らなければ構いませんよ。それはそうと、例のアズルさんからは何か連絡はありましたでしょうか？」

東北野郎は、思いがけないピー坊の好戦的な態度に、明らかに当惑した様子であった。

「知らねえよ！　あんたの田舎の方にでも遊びに行ってんじゃねえのか。リンゴでも喰いによぉ……」

ピー坊とアゴは捨てゼリフを残してシオンを離れた。


「ゴメンねピーちゃん、あの刑事に何か嫌味言われたでしょう」

ピー坊とアゴは夕方になって再びシオンに戻ってきたのだ。

いつもは気丈なジョンジャだが、まだ顔に先ほどのショックの余韻が残っている。

「あんなのは何てことはねえよ。それよりペンサンゾーはどんな具合だ？　教授が病院に行ってんだろう？」

「うん、さっき電話があったよ。念のために精密検査をしてるんだけれど、そんなに心配はないみたいよ。意識もはっきりしてるって話だし……」

「そうか、まあ良かったというか……良いわけがねえか、半殺しにされてて……こういう時は何て言うんだっけ？」

アゴがピー坊に訊いた。

「不幸中の幸い、でしょ？　何年日本人やってんのよ」

ピー坊の代わりにジョンジャが笑いながら答えた。

ペンサンゾーは本名をカン・サンソーという韓国人である。ジョンジャの言う順ちゃんは彼の日本名の遠山順司からきている。だが大方の連中が、彼の名前が遠山であることすら忘れてしまっている。

いつの頃からか、アズルがふざけて呼び始めたペンサンゾーという通り名が定着してしまったのだ。

教授ことジョンジャの父親の車《チャー》さんが同郷のよしみで甘やかしているので、自分の家のような顔をしてシオンに出入りしていたのだった。

ペンサンゾーに限らず、焼肉屋くずれの安山、パチンコ屋のグズラこと松浦、ガキどもの片ワレの駒田、『ポン』のオーナーのキミ婆ァさん……朝鮮半島人は数え出したらきりがないが、この界隈の半パ連中にしてみれば、朝鮮半島も青森も鹿児島も似たようなもんだ、の一言で片付けられてしまうのである。

要するに懐に小金を持っていて、言葉さえ通じれば、何でもありの世界なのだ。

「ところでペンサンゾーとハコ助は、どんな話からもやり始めたんだい？」

ピー坊がジョンジャに訊いた。

「塚本ちゃんのことよ。初めのうちは小さい声でボソボソ喋ってたんだけれど、そのうちにハコ助が——テメエなんかに何だかんだほじくられる覚えはねえや——とか怒鳴り始めてさあ、それからどっかに電話をしたと思ったら、すぐにあの山神が入ってきて、あっという間にあのザマよ。ハコ助が、ここじゃヤバいとか後ろでオタオタしてたけど……あの山神って奴、クスリでもやってんじゃないの？　青い顔して酔っ払いみたいな目つきだったよ。

それにしても順ちゃんは、なんであんなにしつこく迫ってたのかしら。塚本ちゃんなんて親友《マブダチ》でも何でもないのに……」

「自分のことを私立探偵だって思い込んじまってるのさ。奴は単純だからな」

「それ、どういうこと？」

「鶴ちゃんの所で中年探偵団を結成したんだよ。三浦のアル中爺ぃが親玉で、カネコのレギュラーのほとんどが団員てわけだ」

ピー坊が吐き出すように言った。

「本当？　もしそうだとしたら、まるっきり馬鹿丸出しってことじゃん。まさかピーちゃんとアゴ兄ちゃんも、その馬鹿の仲間なの？」

「ジョンジャ、勘違いするなよ。俺とアゴと行方不明のアズルは潔白だ。でも残念ながらそれ以外はほとんど全員だけどね」

ピー坊が肩をすくめて両手を広げてみせた。

「でもよぉ、犠牲者が出ちまったんで、中年探偵団もこれで解散だろうな。しかし何だなぁピー坊、T会とハコ助にとっても今日の事件は、とんだ勇み足ってところじゃねえか？　警察に良い口実を作ってやったようなもんだからな。今ジョンジャが馬鹿丸出しって言ったけどよぉ、これがきっかけで事件が解決しちまったら、ペンサンゾーの特攻も、まんざら痩せ馬の先っ走りとは言えねえかもしれねえぜ。こういうのを何つったっけ？　ドジったおかげで得をした、じゃねえや……」

「兄ちゃん、決して頭いい方じゃねえんだから、そんなに無理すんなよ。えーと、天と地がひっくり返ってありがとう、じゃなかった……えぇい、どうでもいいよ、そんなの。俺に訊くなよ、諺《ことわざ》学校じゃねえんだ」

「災い転じて福となす――でしょ。情けないなあ、二人ともいい年してさあ」

やっとジョンジャの顔にいつもの生意気な笑顔が戻ってきた。

「へえーっ、ジョンジャ結構頭いいんだ……お面もまんざらじゃねえし、これでもう少し乳が腫れてりゃ完璧だったのになあ」

アゴが大げさに両手で自分の胸を押さえてみせた。

「ふざけたこと言ってんじゃないわよ。こんなの常識よ、ジョウシキ。それにあたしの胸がどうだろうと、アゴ兄ちゃんには一切関係ないんだから放っといてよ。大きなお世話！」

しかしT会の対応も素早かった。事件直後に、ハコ助と山神は姿を消した。恐らく二人は着の身着のままの状態で、T会の手で身柄をどこかに移されてしまったのだろう。そして翌日には山神の破門の書状が裏社会に廻された。まさにトカゲの尻尾切りが始まった。

正式な盃《さかずき》をもらっていないハコ助に至っては、トカゲの尻尾までにすらいかない、金魚のフン程度の扱いである。

そして遅ればせながら、この二日後に正式に塚本殺しの帳場（特別捜査本部）が立ち上がった。

そうなると進展は早い。まず主犯格の遠藤とパートナーの本郷某《なにがし》が潜伏先の熱海で捕まった。そこからは芋づる式でT会にも手入れが入り、公式発表では幹部の寺川以下、塚本殺害の実行犯の組員二名が逮捕起訴された。

そして逃走中のハコ助は、なんと島根県の益田市で拘留されたという。相方の山神は依然消息不明という発表であった。

「さすがに本物の特別捜査本部は凄えなあ。立ち上がって三、四日で事件解決じゃねえか。どこぞの私設捜査本部とは大違いだぜ。なあ鶴ちゃん」

ペンサンゾーの事件以来、晴れて大手を振って本拠地のカネコに復帰したアゴが、早速ふんぞり返って鶴ちゃんに悪態をついていた。

「分かったよ、分かったよ。もうその話は勘弁してくれよ。だけど何度も言うけどよぉ、俺たちは危険な真似なんかするつもりは、これっぽっちもなかったんだからよぉ。ペンサンゾーの野郎が勝手に先走っちまっただけなんだよ。まあ、ちょっと悪ノリしてたのは間違いねえけどな」

「そういうのを何て言うか知ってるか？　豚もおだてりゃ木に登るってんだ。そしてその結果が、年寄りの冷や水ってんだ。昔の奴はうまいこと言うぜ。なあピー坊」

これまた反私設捜査本部の同志だったピー坊に上機嫌で声をかけた。

「兄ちゃん、どうしたんだよ。急に学問にうるさくなったんじゃねえか。どういう風の吹き回しだい？」

「おうよ、こちとら伊達に四十年近く人間やってるんじゃねえんだ。その辺の小娘にやり込められてたまるかい」


それから何事もなく一週間が過ぎた。にわか探偵たちの事件に対する興味もだいぶ薄らいできた頃に、思いがけないところからその情報はもたらされた。

例によっていつもの如く、アゴとピー坊がジョンジャの店で油を売っていると、どこかで見た男がジャケットにポロシャツというういでたちで現れた。

「今しがたカネコにお邪魔しましたが、こぢらでねえがということでしたので」

へつらうような笑いを浮かべながら、二人の隣のテーブルに腰を下ろした。

ピー坊とアゴは男の喋り方を聞いた途端に、男の正体を思い出した。例の東北弁の刑事ではないか。

「何だ何だ今日は……刑事もそんな格好をしてると、ただの兄《あん》ちゃんだな。それにしても、その靴下は何のつもりだ？」

ピー坊が馬鹿にしたような目で東北野郎の足元を見つめた。ベージュのジャケット、黄色っぽいポロシャツにこげ茶のズボンを穿《は》いているのだが、なぜか真っ赤な靴下を履いている。

「今日、自分は公休日なもので。実は今日お伺いしたのは、お二人にお話ししたいことがありまして、お忙しいとごろ誠に恐縮ですが、少し時間を拝借したいと思いまして」

相変わらずのへりくだった口調だが、今日の東北野郎はなぜかやけに気安い雰囲気を漂わせている。しかし、お忙しいところ誠に恐縮ですが……などという挨拶は、少なくとも十年遡っても記憶にない二人である。ピー坊などは思わず身震いしそうになったほどだ。

「お忙しいかどうか見りゃ分かるじゃねえか。まさかその格好で、俺たちを逮捕しに来たってわけじゃねえだろうな」

アゴが面倒臭そうに答えた。

「まさかそんな……」

冗談の通じないこの刑事は、慌てて手を振って否定した。

「その……実は今日お伺いしたのは、例の事件の被疑者である上野勇夫、皆さんの言うハコ助のことなんですが、二週間ほど前に島根県の益田警察管区で出頭したのはご存じですね？」

ハコ助が出頭……？　ピー坊とアゴはお互いに顔を見合わせた。

「奴が島根県で逮捕されたのは知ってるよ。だけど出頭ってことは、自首したってことか？」

　ピー坊の顔が真剣味を帯びてきた。しかしアゴの反応は、この刑事をいじってやろう、というものだった。

「でもよぉ、刑事さん。なんでアンタがわざわざ俺らにそんな情報を教えてくれるんだよ。アンタたちは自分からそういうこと言っちゃいけねぇんだろう？　それともナニか？　ハコ助の野郎が俺とピー坊のことを共犯だとか何だとか、ダボラを吹きやがったのか？」

　ふてぶてしいことでは定評のあるアゴは、この若い刑事を既にナメ始めていた。

「お二人どもよく聴いてください。まずご指摘の捜査情報うんぬんですが、行方不明の山神を除く被疑者全員は、既に逮捕拘留されていて公式発表もなされています。したがって発表済みの事件経緯の説明は、何ら差し障りはありませんのでご心配なく。

　それでですね、私が今日ここに来ているのは、決して腹に一物とか何かを探るとか、そういうことでは断じてありません。それに私は今日非番なんです。したがって公務から離れて、私個人として上野の意志を伝えに来たんです。ですからあなた方も、余計な邪推はしないで聴いていただきたいんですが」

　さすがの東北野郎も、アゴの口の利き方に少しムッとした表情になった。

「刑事さん、高柳さんだっけ？　分かったよ。余計なチャチャ入れねえから、俺たちにも分かるように簡単に説明してくれよ」

ピー坊が冷静な声で二人をとりなした。

「順を追って話しますと、上野がなんで島根県で出頭したのかづーと、先日の遠山さんの事件直後に、上野と山神は寺川の指示で着の身着のままで遁走《とんそう》したのです。その遁走先が、寺川の兄弟分が一家を構えている島根県の益田市づーわけなんです。寺川にとっても、この二人の馬鹿な行動は計算外だったのでしょう。この益田行きも寺川の窮余の策だったと思われます。

んでもこういう状況になると、もう行ぎづぐところは決まってしまいます。近代ヤクザの常で、トカゲの尻尾切りが始まりました。身を寄せていた逗留《とうりゅう》先で、相棒の山神が突然消えですまったのです。そしてこの期に及んで上野もやっと気付いたと言います。次は自分だ、と思い詰めた上野は藁《わら》にもすがる思いで最寄りの交番に駆げ込んだ、づーわけなんです。そして上野の供述も、主犯の遠藤の供述と一致していたため、T会の寺川たちの逮捕につながったのです」

気を取り直した東北野郎は、延々と物語を語るような調子で話し始めた。こうなると東北弁もまんざらではない感じがする。

「ハコ助は本当に塚本殺しの片棒を担いでたのか？」

ピー坊とアゴは思わず身を乗り出して訊いた。

「まだ捜査中の点も幾つか残っておりますが、上野は全面自供という形をとっておりますので、彼の証言は、ほぼ間違いねぁーど思われます。彼の自供によると、上野自身、塚本の死は全く予想でぎねがっだこどで、それこそ寝耳に水だったそうです。

実際上野は、主犯で実行犯と目されている遠藤とは一面識もないそうですし、塚本がどういう手順で殺されたのかも知らされてねがったようです。要するに上野は、今回の事件に関しては塚本が死んでから真相を知ったわげなんです。しかし立場的に、もう後戻りできない状況になってすまっており、組織の指示どおり動くすかねがったそうです」

「そうだよなあ……自分から出頭して組織の悪巧みを全部ぶちまけるか、完全に組織に飲み込まれるか、そのどっちかしか方法がねえわけだからな……」

ピー坊が神妙な顔で言った。

「真ん中がなくて右か左のどちらか、ってことだったんだな。でもそこまでハマッちまったら右に行くのは無理ってもんだ。嫌々でも渋々でも左について行くしかねえだろう。だってよぉ、塚本を保険に引っ張り込んだのは、ハコ助に間違いねえんだろう？」

アゴも同調するように言った。

「それは本人も認めています。しかし今言ったように、上野も塚本も、まさか生命保険にこういうからくりがあるということなど、知る由もねがったというごどです。事実、上野自身も、塚本より以前に保険に加入させられています。

これは最近明らがになった事実ですが、数年前から関西のある組織で、組の若衆というか、ジュンコウと呼ばれる準構成員たちに対して、生命保険に加入することを義務付げたそうです。一寸先は闇、という稼業だがら、残された母親や自分の墓の費用のため……とか何どが理由をつげてね……。そしてそいつらの中で、組の役に立ちそうもなくて身内が年老いだ母親だけ、という奴が該当者というごどで、事故死になったり、自殺になったりして消えていっだんです。要するに、彼らの命そのものが組織の資金源になっていた、というごどです。しかし、上野たちもこの仕組みにもっと早く気が付いていれば、塚本がターゲットになったごどは、容易に分かったはずなんですけどね。

ちなみに塚本が一年ほど前から妹さんを引き取ってますが、それに伴って赤羽橋のマンションとか、付き添いの女性とか、諸々の費用や手続きは、ほどんど遠藤と寺川の指示で行われだそうです。そのうえ塚本の月々の保険料まで、寺川が負担していだそうです。通常保険料は自己負担になっていて、上野自身も毎月自分で納めていたというごどです。本来ならその時点で気付くべきだった……と上野は反省の供述をしていますが、寺川の『俺にも体の不自由な弟がいた』という言葉にまんまと乗せられてしまったそうです。今となっては悔やんでみても始まりませんが……」

東北野郎はここで一息つくと、ポケットから煙草を取り出して一本口にくわえた。見たこともない洋モクの箱だ。二人の視線を感じた刑事は、箱のフタを開けて二人に勧めた。

アゴは当然のように手を伸ばして一本引き抜いたが、ピー坊は黙って首を振ると、自分のケントに火を点けた。

貧乏刑事のくせに、洋モクなんて……。奴らはハイライトが似合ってるんだ。ましてこんな田舎臭い若造が、洋モクと赤い靴下とは、一体最近の警察はどうなってるんだ。ピー坊は何げなくそんなことを考えていた。

「だけどよお、ジュンコウだろうが何だろうが、そんなグレてる奴らがすんなり保険なんかに入れるもんなのかい？」

アゴがうまそうに洋モクを吹かしながら訊いた。

「その辺は組織の悪知恵と言いますか、あらかじめカタギを装った幽霊会社をいぐつか設立しておいて、その会社の社員つーごどで保険会社を丸め込んでたんです。ですから上野も塚本もそれ以外の人だぢも、表向きはその幽霊会社の社員というごどになっているはずです。それ以外にも、幽霊会社の用途は大変なものです。最近のヤクザ組織は、そういった企業に関する知恵袋的な存在の人間を、必ず抱えてますからね」

「なるほどね。だけどまだよく分からねえところが、幾つかあるんだけどなあ……」

再びアゴが真顔で東北野郎の顔を覗き込んだ。

「どうぞ……現時点で発表されているごどでしたら……」

「そうよなあ、今あんた、気になること言ったよなあ。塚本や上野だけでなく、とね。もしかしたら、他にも俺たちが知ってる奴で保険に入らされた奴らがいるってのか？」

アゴの疑問はもっともであった。ピー坊もそれが気になってはいたが、どうせなら全部喋らせてから訊いてみよう、と考えていた矢先であった。

「それについては公式発表されていませんので、お答えできません。恐らく裁判が終わって全罪状が決定するまで、発表されないと思います。

実はですね、先日上野の身柄を益田まで私を含めた三人で引き取りに行ったんです。その車中で上野から――拘束されてしまう前に是非地元に立ち寄って、皆さんに事実を話して謝罪したい――との強い要望があったんです。しかしいくらなんでも、その要望は叶《かな》えるわげにはいきません。でも彼は、今すぐにでも自分の釈明を地元の皆さんに伝えなければ、然るべき償いをしてから自分の帰る場所がなくなってしまう、と非常に心配しているようなんです。

そこで上野に、地元の誰に釈明したいのかと訊いたどごろ、仲田さん、武石さん、鶴田さんの名前が出てぎだんです。それでまあ、決して容疑者のたわ言にほだされた、つーわげではないんですが――一寸の虫にも五分の魂――という諺もあるごどですし、犯罪者だからといって、彼らの全てを拒否してしまう仕打ちには、私自身常々疑問を持っていたもんですから。

……といった成り行きで、今日は私個人のよもやま話として、三人の方々に訊いていただきたく参上した次第なんです。今しがたカネコにも顔を出したんですが、他にお客さんもいらっしゃったし、鶴田さんも忙しそうだったので、話はできませんでした。あとでお二人から鶴田さんにもお伝えください。あくまで、よもやま話というごどで……」

しかし、日頃から他人の話などじっくり聴くことのないアゴが、そろそろ焦れてきた様子で、

「なんだか回りくどくて、分かったような分からねえような……要するにハコ助がいつか戻ってきた時に、仲間はずれにしねえでくれ、ということを言いてえんだろう?」

アゴが、まどろっこしくてしょうがねえ、という表情で言った。

「全くそのどおりです。そう願えれば、私も来た甲斐があるというものです」

「しかしこんな汚ねえ金儲け、俺は初めてだぜ。これは寺川が考えたのか？」

アゴが感心したような顔で訊いた。

「いえ、これは遠藤が数年前からこの辺の顔役である寺川に持ち掛け、寺川がこれを受けて、ヤクザ志願の若者や、意気がってる半パたちを対象にして網を広げだんです。ジュンコウというエサをぶら下げて……。逆に言うど、上野がそのターゲットになったかもしれないし、どちらにしても使い捨ての対象なんですよ。全く理不尽な話です」

「しかし塚本がT会の世話になってるなんて、全然気が付かなかったぜ。なあピー坊」

「本人は気が進まなかったに違いないけど、奴は銭を融通してくれるって話を蹴とばす甲斐性なんてねえし、甘い香りに誘われてズルズルってとこじゃねえかな。しかし怪しいとかおかしいとか、思わなかったのかなあ。塚本だってハコ助だって、昨日今日突っ張り始めたガキじゃあるめえし、旨い話にはトゲがあるってことくらい、分かってそうなもんだけどなあ」

ピー坊が突き放したような口調で答えた。

「分かっちゃいるけどやめられない……なんて歌もあったじゃねえか。それにそんな賢い奴だったら、とっくに足洗ってるぜ。ところでハコ助は、どのくらい喰らい込むんだい？」

アゴがテーブルの上に置かれたままになっている刑事の洋モクを、当たり前のように吸い続けながら訊いた。

「まだ何とも言えませんね。裁判は当分先になるでしょうから。しかしですね、仮に上野の証言が一〇〇パーセント真実で、裁判でそれが立証されれば、それほど重い刑にはならないと思いますが」

「二、三年てとこかい？」とアゴ。

「殺人に直接関与していないとなれば、過去の例からすると一年以上五年以内っーどころですか……しかしこればっかりは、あくまで裁判でどのような見解が下されるがによりますので、軽々しく推測はできません」

「ちょっと待てよ！　裁判がどうのこうの言ってるけど、ハコ助の奴はもう起訴されたのか？」

ピー坊が訝しげな目で刑事を見た。

「いえ、正確にはまだ拘留の段階です。しかしですね、送検された容疑者が不起訴処分になるケースはまれですし、まして今回のような殺人が絡んだ凶悪犯罪に関しては、まず一〇〇パーセント起訴されるど思います。ただし、先ほども申し上げましたように、裁判でどのような見解が示されるかは、私の予想のつかないところでございまして……」

高柳という刑事は、ピー坊の態度が徐々に硬化していくのが分かったらしく、一段と馬鹿丁寧な口調になってきた。

「分かってるよ。俺たちが軽はずみに、ハコ助は一年だとか二年だとか、言いふらさなきゃいいんだろう？　心配すんなよ。アンタの立場もこちとら分かってるからよぉ」

アゴがわざと得意げな表情で、ちょっと気まずい雰囲気になった二人の間に割って入った。

「恐縮です」

「いちいち恐縮なんかするなよ。しかし考えてみれば、アンタは偉いよなあ。自分の立場が悪くなるかもしれねえってのに、ハコ助如きに肩入れしてよぉ、テレビに出てくる熱血刑事みてえじゃねえか。いや、もっと図々しくなれば、あのアメリカ映画の何てったっけ？　この前ピー坊と観に行ったじゃねえか。ほら……昔テレビで『フェーバーさん、牛泥棒ですよ』なんて言ってた若造が、すっかり貫禄付けちまった奴だよ」

しばし聞き役に廻っていたので、止まっていたアゴの調子が徐々に回転し始めていた。

「もう忘れちまったか。頭悪いなぁ。ダーティハリーだろう?」とピー坊。

「おう、それそれ……アンタも今の気持ちを忘れねえでよ、天下御免のハリーさんみてえな市民の味方の刑事になってくれよ」

「そんな……参りましたね」

東北野郎は、映画の中で寅さんに褒められている奴のように、複雑な表情で照れた。

「刑事さんよぉ、アンタはハコ助が戻ってきた時のためにって言ったけどよぉ、ハコ助は今回の件でT会にミソつけちまったんだから、舞い戻ってきたって、今の稼業なんかできるはずねえじゃねえか。いっそのことどっかヨソに流れた方が良かぁねえかい……それに奴は、なんで俺たちを指名したのか分かんねえけど、俺自身は何とも複雑な気持ちだね。一〇〇万回あやまっても塚本は生き返っちゃこねえんだし、いくらのっぴきならない事情があったとしても、俺は奴を素直に許せる気になれないね」

ピー坊はどうしても納得がいかない表情である。

――一寸の虫にも五分の魂だと？――

――常々疑問を持っていただと？――

全くなんて甘ちゃん野郎なんだ。ピー坊は半ば呆れた顔で若い刑事を見やった。

最近の一般社会においても、中学や高校で過度に不良学生に肩入れしている教師がいるが、学校を卒業して社会人になった時点で改心する奴もいれば、そのままグレッ放しになる奴もいる。要はその本人の資質の問題であり、第三者の擁護など本人には何の影響もないのである。

まして、今回の事件《ヤマ》は組織暴力絡みなのである。大体において、ハコ助の立場で自ら出頭して組織暴力団の悪事を全面暴露した時点で、彼のこの界隈への復帰なんてありっこないのだ。仮にハコ助が舞い戻ってきても、その日のうちに全身不随でその辺に転がっているのは、火を見るよりも明らかなことだ。

この期に及んで未練タラタラのハコ助も情けないなら、そのハコ助の泣きを真に受けて、伝令役を買って出たこの刑事はなんて甘ちゃんなんだ。不良は不良、犯罪者は犯罪者なのである。情けなんてかけたって、やぶへびにしかならないのだ。

アゴの仲田は、興味津々という顔で聴いているが、ピー坊にしてみれば、できれば聴きたくなかった情報である。相棒のアゴのように簡単に太っ腹を見せることなど到底できやしない。

「そうよなぁ。そういえば、そういうの何つったっけ？　ざるから飛び出た釣銭は絶対戻らねえ……とか、なあピー坊」

「俺に訊くより、そっちの大学出の旦那に訊けよ――」

「覆水盆に返らず……だど思いますけど。ちなみに私は大学出ではありませんが」

「そうそう、それだよ。でもなぁピー坊、T会にケンツクを喰らわしたハコ助が、本当にこの界隈に戻ってくるってんなら、凄え度胸がいることじゃねえか。何しろ幹部の寺川を警察に売った奴だ。T会にとってはそれこそ、飛び込んだらそこは蜘蛛《くも》の巣だった……じゃなくて、こういうのは何だっけ？」

「勝手に死ぬまでやってろよ」

「飛んで火に入る夏の虫……だど思いますが」

東北野郎が半ば呆れながら、助け舟を出してくれた。

「おう、それだそれだ。要するにハコ助は並みの覚悟じゃねえってことだ。俺たちが壁になることはできねえけど、その根性は買ってやろうじゃねえか。一寸の虫にも五分の魂、ってやつだ。なあピー坊、そんなつまんねえ顔しねえでよぉ、ハコ助が自力でT会と縁を切ることができたら、また元どおり遊んでやろうや……」

アゴの言葉にピー坊は無言で肩をすくめる仕草を返した。

「……というわけで、あんたがハコ助との男の約束を全うしたようにだなぁ、俺もピー坊も、もちろん鶴田のオジサンも、あんたの心意気ってやつをバッチリ受け止めてやるぜ。もしハコ助に伝言できるなら、――俺たち半パ連合全員、くれぐれも生命保険には気を付ける――と伝えてくれよ」

アゴは久々に男気を前面に出すことができて、得意満面の表情である。

「恐縮です。そう言っていただけると、私も来た甲斐があったつーものです。今の仲田さんの言葉を、必ず上野に伝わるようにします。今日は私のよもやま話に付き合っていただいてありがとうございました」

東北野郎は礼を言って立ち上がった。

「いいってことよ。それとよぉ、今後のために一つ教えといてやるけど、俺たち相手にそういう言葉は使わねえ方がいいぜ。俺とピー坊だから通じたようなもんで、他の連中だったらたぶん半分も通じてねえぜ。……まあこれからも、よもやま話がしたくなったらいつでも来いや。そんな恐縮恐縮言ってねえでさ。なあピー坊」

「俺からも一つ忠告しといてやるぜ」

ピー坊が改めて東北野郎の頭のてっぺんからつま先まで見下ろして言った。

「アンタは、一生紺の背広で通した方が良かねえかい？　そういうカラフルな格好をすると色男が台無しだぜ」

東北弁の恐縮刑事は、やたら人懐っこい笑顔を振りまいて出て行った。

「なんだか一〇〇倍くらい疲れたなあ。あれっぽっちの話を聴くのによぉ……なあピー坊」

「あいつは殺人犯にも同じ喋り方するのかなあ。お忙しいところ赤い靴下で恐縮でござった候《そうろう》……とか」

「全くだ」


その夜カネコでは、恐縮刑事のよもやま話の報告会が、およそ十五名程度のレギュラーメンバーを集めて行われた。山神に半殺しにされたペンサンゾーまで懲りずに顔を出している。

「それじゃあハコ助は、一年で出てくるってのか?」

痔やんが不服そうな顔で口を尖らせた。常日頃からハコ助とは犬猿の仲であり、商売敵でもある痔やんにとっては、できれば一生ハコ助の顔など見たくないという心境なのだろう。

「恐縮刑事は三、四年の予想だが、もしかしたら来年あたりこの辺でチョロチョロしてるかもしれねえぜ。ただし、T会が放っとかねえだろうけどな」

例によってアゴは、東北野郎との約束などケロッと忘れて言いたい放題である。

「でもよぉ、ハコ助自身は塚本の殺しに全然関わってねえんだろう? それに一歩間違ってればハコ助が殺されてたかもしれねえんだろう? いわばハコ助だって被害者みてえなもんじゃねえか。そうだとしたら、執行猶予くらいで済むんじゃねえのか?」

鳶の公ちゃんが怪訝そうな表情でアゴとピー坊に訊いた。

「おう! さすが公ちゃんだね。なかなか鋭い意見だけど、それはハコ助が初犯だったら大いにあり得る話だ。ところがどっこい奴はノミ行為で過去に一度引っ張られてるからな。今回ばかりは、お上のお情けは頂戴できねえってわけなんだ」

「しかし近頃のヤクザモンは、とんでもねえことを考えつくもんだなあ。その辺のハネッ返りの若い奴らを引っ張り込んで、使える奴は鉄砲玉かなんかに育てて、使えねえ奴は山か海に連れてって、ご苦労さん……とか言って、後ろから押っぺしてやりゃあ何千万て儲かるってんだろう？　笑いが止まらねえよな……」

公ちゃんが感心した表情で言った。

「組織側は、粋がって飛び込んでくるチンピラを丸抱えにしといて、機を見てこの手を使えば資金源にはなるし、ごくつぶしの整理にもなるってもんだ。それこそ一石二鳥ってやつだな。さすが近代ヤクザだ。ハコ助みてえなジュンコウ志願者は、奴らの格好のカモだったたってわけだ」

二週間足らずの命だった、元私設本部長の鶴ちゃんも納得した表情だ。

「ところでよぉ、塚本の五〇〇〇万はどうなってるんだ」

痔やんが、もう一つの焦点である保険金について皆を代表して訊いた。

「それはまだ何とも言えねえ。何しろ保険金に関しては、保険会社の判断になるんだから、警察にだって分からねえだろうよ。まあ、いずれにしろ決着がつき次第、本物の捜査本部から俺とピー坊に連絡が入ることになってるから、そしたら皆さんにご報告できると思うぜ。何しろこっちの情報源は、どこぞのアル中探偵と違って本物の捜査本部が恐《おそ》れながら……と恐縮しながら報告しに来てくれるんだからな。なぁピー坊」

アゴの仲田の顎が絶好調になってきている。

「いくら何でも組織暴力の犯罪が絡んでりゃあ、保険金なんかもらえるもんかい。俺だったらもらえねえ方に一万《ヤリマン》賭けてもいいぜ」

鳶の公ちゃんが、皆を見廻して言った。

「ちょっと待てよ。それじゃあ、塚本は犬死にってことじゃあねえか。例の妹はどうなっちまうんだよ」

このメンバーの中では、一番まともな小林が口を尖らせた。

「殺され損のくたびれもうけ、ってやつだな。だけど所詮身から出た錆《さび》ってやつだろう？　そのハンデ何とかって病気の妹も、ロクでもねえ兄貴を持ったのが運のツキってやつさ」

地下鉄蕎麦《そば》の和尚こと今井が容赦ない口調で毒づいた。

その途端、ピー坊の巨体が小柄な今井に突進した。

「身から出た錆だと‼　ロクでもねえ兄貴だと‼　テメエに塚本のことが言えるのか、馬鹿野郎‼」

ピー坊は今井の胸グラを掴み、全体重をかけて今井の背中を壁に激突させた。

「グォッ！」

今井の顔が見事に歪んだ。

「ウリャー‼」

間髪を入れず、反動を利用したピー坊の気合一閃《いっせん》の背負い投げが炸裂《さくれつ》した。今井の体が回転しないまま、鉄人28号が空を飛ぶような格好で反対側の壁に頭から突っ込んだ。体重差がなければ、こんな投げ方はできやしない。なおも詰め寄ろうとしたピー坊と今井の間に、鳶の公ちゃんと小林が素早く割って入った。

「ピー坊、気持ちは分かるけど、大人と子供の勝負はこれ以上見たくねえぜ」

公ちゃんが、冷蔵庫のような真四角な体で立ちはだかった。

「ピーちゃん、ヘビー級がフライ級を本気で相手にするのは犯罪だぜ。今この顔も頭もハンディキャップ野郎に謝らせるから勘弁してやってよ。おい！　いつまで寝てんだ」

小林が俯《うつぶ》せで倒れ込んでいる今井を、強引に引きずり起こした。

見事なダイビングを披露した今井が、バツの悪そうな顔でなにか口ごもり始めたが、それを遮ったのはアゴの巨大な腹だった。

「とんだ余興が入っちまったけどよぉ、まあピー坊の怒るのも無理はねえや。確かに塚本は今井の言うようにロクでもない奴だったかもしれねえ。だけど仲間であることには違いねえだろう。そこでだ……前から考えてたんだけどよぉ、仲間がこういう殺され方をしたってのは、何とも情けねえ話だ。かといって、ここにいる奴全員で、これからT会に殴り込みをかける、というわけにもいかねえだろう。

そこでこういうことを考えついた。塚本もさぞ無念だったろうけど、何たって一番不憫《ふびん》なのは、一人ぽっちになっちまったハンディキャップの塚本の妹だ。そこでその妹のために、俺たちで少しでもカンパをしてやろうじゃねえか。香典なんてのは俺たちの柄じゃねえから、カンパでいいんだ。とりあえず、今ここにいる奴だけでも、気持ちでいいから参加してもらいてえ。ただし、気持ちと言ったって、中学生じゃねえんだから五〇〇円とか、一八〇〇円とかは認めねえ。最低五〇〇〇《中枚太子》円からで、その上積みが気持ちってやつだ。

今手持ちがねえという情けねえ奴は、痔やんにトイチで借りてくれ。痔やんは最近ハコ助の真似をして、金貸しも始めたらしいからな。ということで、善は急げだ。おい！　鶴ちゃん、何かザルか箱か適当な入れ物貸してくれよ」

なんとアゴの仲田が、まるで映画の寅さんのような流暢《りゅうちょう》な長口上を披露したのである。そしてその効果は絶大で、普段は他人のために身銭を切ることなど考えもしない奴らが、さしたる不平も言わず、ポケットをまさぐり始めたのである。

数人の情けない奴らも、痔やんの前に列を作った。

塚本の香典ならぬ妹のカンパのために用意されたのは、鶴ちゃんの銭湯用の洗面器だった。

まず言い出しっぺのアゴの仲田が、皆に見せつけるかの如く、万札《大枚太子》三枚をサクサクと気前よく放り込んだ。続いてピー坊は懐からヘビ革の財布を取り出すと、なんと大枚太子五枚を洗面器に放り込んだ。これには一同が一瞬目を見張った。続いて痔やんが三万、公ちゃんが三万、小林が三万、鶴ちゃんが三万、オカマのサブちゃんが三万、その後も一人の漏れもなく、塚本の妹のためのカンパは、それなりに格好のついた金額となった。

このような展開の中では、さすがにこれから麻雀やろうぜ、と言い出す者もなく、それぞれ夜の街に散っていったが、アゴをはじめ、ピー坊、痔やん、公ちゃん、小林、爺ぃオカマのサブちゃん、そして主人の鶴ちゃんの主だったメンバーたちは、申し合わせたように残っている。

「しかし近頃のドヤクザどものえげつなさと言ったら、油断もスキもねえというか、任侠道《にんきょうどう》なんて言葉はとっくに海の底ってやつかい？」

元関西系の組織に属していた痔やんが、呆れたような表情で言った。

「だけど考えてみれば、こんな見事な駒の使い捨てってのは、今までなかったぜ。だってよぉ、その辺で意気がってる奴らを集めてきて、骨のある奴は鉄砲玉かなんかに仕立てて組のために行ってらっしゃい、と送り出して、どうにも役に立たねえような奴は、保険に入らせて二年経ったら海か山に連れてって背中を押っぺしてやりゃあ、何千万て金が転がり込んでくるんだぜ。馬鹿とハサミは使いようって言うけど、こんなひでえこと考えた奴は、懲役五〇〇年でもまだ短いくらいだよなぁ」

鳶の公ちゃんは、もともとヤクザ志向は全くない男である。

「塚本はどうか知らねえが、ハコ助は準構成員《ジュンコウ》になっとけば、いずれ幅を利かせられるってんで、意気込んで飛び込んじまったんだろうぜ。金看板の裏側に、こんな物騒な罠《わな》があるとは知らずによぉ。組織側から見れば、まさにカワズ飛び込む水の音、てなもんだ。なあ痔やん」

アゴの仲田は、先ほどの長口上で全員を型に嵌めたことで、ますます上機嫌である。

「アゴの博識に水を差すようで悪いけどよぉ、今のは何かおかしくねえか?」

相槌を求められた痔やんが首を捻ったが、アゴは委細構わず、

「しかしピー坊火山の久々の噴火には参ったね。でも考えてみりゃあ、ここんとこかなりイライラしてたもんな。それにしても今井の投げられっぷりは、凄かったなぁ。何しろ水平に五メートルは吹っ飛んだぜ」

「全くだ。しかし女の機嫌ばっかり取ってて、荒事なんてすっかり忘れちまってると思ってたけど、なんのなんの、重量級の柔道の迫力はアズルも真っ青てなもんだ」

止めに入った公ちゃんも、なぜか嬉しそうだ。

「俺だってできれば、仲間内で荒事なんか起こしたくなかったさ。だけどデキが良かろうが悪かろうが、仲間は仲間なんだ。それを皆の前でロクでもねえ奴呼ばわりしやがって……それも仏様に対してだぜ」

ピー坊は未だ憤懣やるかたないといった表情である。

「当分今井のアダ名を和尚から寺男《てらおとこ》に改名しちゃあどうだい。塚本の一周忌が過ぎるまでよぉ……」

痔やんが、悪戯っぽい表情を浮かべた。

「そうだそうだ。ついでにその辺に勝手に塚本の墓をおっ建てて、その寺男に墓守をさせるってのはどうだい?」

小林も面白がって痔やんに同調した。

「まあ、今度の事件ではいろいろなことがあったけどよぉ、最後になって塚本の香典らしきものも集めることができたし、最後の最後でやっと塚本も少しは報われたって感じだよな」

鶴ちゃんが珍しくしみじみとした口調で皆の顔を見廻した。鶴ちゃんなりに今回の事件を総括したつもりなのだろう。

しかし今日の主役は俺だ、とばかりにアゴが立ち上がった。そんな短い言葉で終わりにするない、という心意気である。

「そもそも今度の事件はよぉ、出世を夢見たハコ助と塚本がT会の蟻《あり》地獄に嵌まっちまった、ってことから始まったんだ。そしてそれをさらにややこしくしちまったのが、豚もおだてりゃ木に登る、を地で行ったアル中探偵と、鶴ちゃん率いる中年探偵団だ。そのあげくに痩せ馬の先っ走りで、ペンサンゾーが半殺しの目に遭った。

恐縮刑事の情報によれば、そろそろ裁判も始まるそうだし、保険金はたぶん駄目だろうけど、塚本の妹には不肖俺たち、カネコグループのカンパの金が届く。五〇〇〇万には及びもつかねえけど、俺たち半パの心意気としては充分だ。これこそ一寸の虫にも五分の魂ってなもんだ。

そして最後にピー坊火山の爆発、というおまけまでついた。これは仲間に対する思いやりの問題だ。馬鹿が阿呆《あほう》を笑っちゃあいけねえよな。今井の寺男にはいい薬になったろうぜ。こういうのをなんて言うか知ってるか?」

アゴの表情は、まるで周囲に説教を垂れている寅さんそのものである。

「鼻クソが肥溜めに落っこってゴメンナサイってやつだ。昔の奴は本当に上手いことを言ったよなぁ。なあピー坊」

第六話　わらばん紙紀行

アズル——この男は危《ヤバ》い。

この店の常連ではあるが、初江はこの男の素性を全く知らないと言っていい。初江だけでなく、この界隈の彼と親しそうにしている男たちの中にも、彼の過去の経歴や生い立ちを知っている者は、恐らく皆無であろう。

大陸引き揚げ者というのは、本人の否定がないのでどうやら間違いないようだが。

当初から他の能天気な連中とは、まるで違う雰囲気を漂わせていた。

初見の時初江は、瞬時に時代劇に登場してくるヤクザの用心棒の剣術使いを連想してしまったほどだ。

そのアズルが今日の口開けの客である。

この界隈に出没するようになって、まだ四、五年くらいであろうか。しかしいつの間にか、この辺の与太者たちが一目置く存在にのし上がっていた。

へらず口のアズル、などと呼ぶ奴がいるように、普段は馬鹿な軽口ばかり叩いている。特に親しみと冷やかしを取り混ぜたような、ジョークとも皮肉ともとれる独特な言い廻しは、なまじっかな頭の回転ではできない芸当である。ハコ助、痔やん、ペンサンゾーなど、仲間たちの滑稽な渾名も彼の命名であるらしい。

かなりの長身瘦躯《そうく》であり、初江は見たことがないが、腕っぷしの方もかなりなものらしい。かの有名な、ゴミ置き場に裸足で放り出された運が悪い奴も少なくない。

この店のほとんどの常連客に対して、初江はその人間性や性格を、かなり正確に把握している、という自負があった。大半の連中は悪ぶってはいるものの、実に単純で小心者である。

しかしこの男に関しては、何を考えているのか皆目見当もつかなかった。この男は誰かと一緒の時と一人の時では、全く雰囲気が違う。仲間と一緒の時は、得意のへらず口で常に話の中心にいるのだが、一人の時のアズルはおよそ無口で大人しい。初江がそれとなく世間話をしかけても、まず乗ってくることはなかった。

一人の時は必ず文庫本らしきものを読みながら、ビールか日本酒を飲む。そもそも本を読むということ自体、ここらの連中では考えられないことである。スポーツ新聞とギャンブル新聞しか、活字というものが存在しない、と信じている連中ばかりなのだから。

いつか何の本を読んでいるのか訊いたことがあったが、軽くいなされてしまった。しかし、今日は実にいいタイミングでの来店である。この時間であれば当分邪魔は入りそうにない。今日は少しこやつに、ダメ元覚悟で喋らせてみようか……。

「ねえアズル、たまにはお喋りしながら酒を飲まない？　こんなクソ婆ァ相手じゃ面白くないだろうけど……」

初江は思いきって切り出してみた。

下からジロッと見上げるような、彼独特の目つきで見返したアズルは、意味不明の薄笑いを浮かべた。

「何ですか、急に改まって……まさかこの俺に愛の告白でもしようってんですか？」

――そうなんだ。アズルは私にはなぜか、常に敬語交じりの言葉遣いで接してくるのだ。彼はニヒルな外見とは裏腹に、照れと諦めと妥協と、そう、弱々しく微笑《ほほえ》む、という表現がピッタリの表情を時折見せる。今もその表情になった。一人の時はまるで借りてきた猫のようだ。少なくとも、ギャンブルに没頭している時のアズルとは別人の感があった。

「いきなり変なことを訊くけどさぁ、アズルは中近東の血が混じってるんじゃないのかい？」

初江は以前から気になっていた疑問をぶつけてみた。

「行ったことあるんですか？」

ほとんど表情を変えずにアズルが訊き返してきた。

『外国はおろか九州にも行ったことがないよ』などとオチャラケようと思ったが、この男には恐らく通じないであろう。

特徴のある目つきは、初江の目の奥を覗き込み――下手なウソ言ったって俺は何でも知ってるんだぜ――と言っているかのようだ。

確かに油断のならない男であるが、ここで話したことを仲間内で笑い話の対象にするタイプではない。これがアゴの仲田や痔やん、ピー坊などは悪気はないにしろ、あることないこと与太話の種にするに決まっている。他の全てのことより、笑いを優先させてしまうのが彼らの日常なのだ。

他人の、まして男同士の顔の造作には何の関心も持たない連中であるから、さして話題にはならないが、まずその顔立ちからして純粋な日本人ではないだろう。

初江はその当時としては、珍しい海外旅行の経験が豊かな女であった。もちろん二十代、三十代の頃にパトロンに連れて行ってもらったのだが。

アメリカ、ヨーロッパ、東南アジア、中近東……めぼしい所は、ひととおり廻ってきたつもりだ。もちろん今となってそんなことは、おくびにも出す気はないが。

だが、この手合いの顔がウジャウジャいる国に、確かに滞在した記憶がある。

極端な三白眼、長い睫毛《まつげ》、濃い眉毛、長い鼻とカールした髪を持ち、下顎は二つに割れている。アメリカやヨーロッパではない。中近東にとても近い感じもするが、イランやアラブ系の人たちはもっと肌が黒いし、何というか顔立ちは似ているが、顔つきや全体の雰囲気がかなり違っている。もっとピッタリな国があったはずである。

――そうだ！　いつか商事会社のパトロンとの旅で、一度だけソビエトに足を踏み入れたことがあった。

その周辺の民族の男たちは黒っぽい髪の者が多く、アズルに似た感じの男たちが、ゴロゴロいたような記憶がある。

カスピ海近辺のそれらの国々は一応ソビエト連邦なのだが、商用で何度もこの地を訪れているパトロン曰《いわ》く、

『この辺は一応ソビエト連邦ではあるけれど、ロシアではないんだ。少数民族の寄り合い所帯なんだけれど、ロシア中心のスラブ民族とは、全く気が合わないらしくてね。今でも内紛や独立気運が盛んな土地なんだよ。肌の色も顔つきも、もちろん言葉も宗教も違うから、ロシア呼ばわりされると嫌な顔をするんだよ。貧しいけれど気概のある、とても素敵な民族たちなんだ』ということであった。

ソ連と言えばロシアであり、ロシア人と言えば、色白で端正なガガーリン少佐やソ連の体操選手たちを想像してしまう初江には、この地方がとても同じソ連とは信じられなかった。

白色人種と黄色人種、西洋人と東洋人が混ざり合った……そう、トルコ人を少し西洋風にしたような風貌、と説明したらいいのだろうか。

しかし、いきなりソ連の端っこの少数民族の話を切り出しても不自然だし、それで中近東、ということになった次第である。

だが、いきなり行った経験があるのか、と切り返されて一瞬、何と返答していいのか言葉に詰まってしまった。

適当にごまかすのは簡単だが、そうすると敵もそれなりの返答しかしないに決まっている。ここは

一丁本音で接した方がいいかもしれない。海外旅行のくだりは多少抵抗があるが、銀座でのホステス稼業のことさえばれなければ、他のことはどうということはない。

「行ったことがある、と言ったたって信用してくれないでしょう？　あたしが外国なんて柄じゃないものね……」

初江は自分の話し方が、まともな中年女の言葉遣いになっているのに気が付くと、急に照れ臭くなった。

まともさんの言葉遣いといい、照れを感じることといい、今日は何か調子が狂っている。まさか上がっている、なんてことはないと思うが……落ち着かないとまずい。訊き役は、あくまで初江でなければならないのだ。

「チャンカァ、加藤さんだっけ？　お互いウソッコはやめましょうよ。俺は他の連中ほど鈍くはねえですよ。チャンカァが今でこそこんな店、と言っちゃあ失礼だけど、こんな所でこんな俺たちみたいな薄ら馬鹿どもの相手をしているけど、何となく分かるぜ。

いろんな事情があったんだろうけど、あんたは本来ならこんな場所に居る女《ひと》じゃないでしょう。もっとビシッと化粧してさあ、おしゃれしてみなよ。いい女だぜぇ……今が盛りだと思うけどな。真ん中だってバリバリの現役でしょう？　ところで加藤さんは四十くらいかい？」

初江は年を訊かれるたびに『もうすぐ五十だよ、うるさいねえ……』と答えることにしていたが、ウソッコはやめようという約束なので、正直に答えることにした。

「昭和五年よ、あたしは……今年で四十三になるのよ」

「東北生まれじゃないですか？　もしかして……」

出身地にしても誰にも話した覚えはない。

「そうだよ。青森……やっぱりばれちゃうのかなあ。訛りはないつもりなんだけど」

「昔、津軽の女としばらく一緒に暮らしたことがあるんだ。その女の話し方というか、何かの拍子にアレッと思うほど、チャンカァと同じ雰囲気の話し方をするんだ。決して訛ってるわけじゃねえ」

アズルに女がいた、というのは初耳である。とは言ってもどうせ性欲の処理と小遣い銭をせびる対象にしていただけであろう。この男は女に熱くなるタイプではない。

もっとも、こういう半グレの暮らしをしている奴らのほとんどが、愛だの恋だのとはおよそ無縁である。女を生活《めし》の糧《たね》にしているのは結構いるのだが。

「アズルに女が居たなんて意外ね。商売女しか相手にしないのかと思ってたのに……どのくらい一緒に住んでたの？」

「俺がこの辺に来るずっと前だよ。まだ十代の頃だったなあ。一か月くらいその女のアパートに転がり込んでたんだけど、我慢強いというか、引っ叩かれようが、小遣いをせびられようが、文句一つ言わねえで我慢してるんだ。ある時なんか、競輪行く資金が無《ね》えんで、その女の大事にしてる着物を根こそぎ質屋《グニヤ》にぶっ込んじまったこともあったよ。もちろん女の留守の時だったけどね。それでも後で文句どころか、着物のキの字も口に出さねえんだ。そのうち寝てる間に殺されちまうんじゃねえか、とか考えたりしちゃってね。薄気味悪くなって一か月でとんずらってわけですよ……」

「へえ、でも一か月で逃げて正解だと思うよ。あたしは青森市内だけど、津軽の女っていうのはね、物凄く芯が強いんだよ。もしアズルがその娘にそのままたかってたら、そのうち、この男《ひと》を殺して私も死ぬ、ということになってたかもしれないよ、本当に。そういうところは津軽の女は半端じゃないんだから……」

実は青森市内というのは真っ赤なウソで、初江も津軽の出身であった。しかしここで話を合わせて、鉛色の海しかない故郷の話をしてもしょうがないし、下手をすると自分の身の上話にまで及ぶ恐れもある。

「ところで私は青森だけど、アズルはさっきの話じゃないけど、中近東の血が混じってなぁい——？」

「さっきの続きじゃないけど、行ったことあるんですか？」

どうにもこうにも、今日のは手強い相手である。やはりさっき考えたように、自分から多少心を開かなくてはいけないのかもしれない。

「うん。中近東はイラン、イラク、トルコってところね。クウェートとかイスラエルとか、小さい国には行ってないけれど」

「へぇー、凄いね。でも中近東は……ってくらいだから、ヨーロッパやアメリカも行ってるのかい？」

アズルはそれほど驚いた様子もない。

「そうね。ひととおりは行ったつもりだけど、アフリカとか中南米だとか、ややこしい所は行ってないけれど……」

「チャンカァくらいの年齢で、それだけあちこち行ってるのは、大したもんだ。――それで何か？　トルコかイラン辺りで、俺みたいな顔した奴がウジャウジャいた、とでもいうのか？」

「そう。でも正確にはイランやトルコでもなくて、一番イランに近いソビエト近辺に、あなたみたいな雰囲気の男が多かった気がするの。ソ連と言っても、いろいろな民族がいるでしょう？　その中のとても東洋人に近い人たちよ」

「チャンカァ、一体アンタは何者なんだい？」

　アズルの表情にも徐々に驚きの色が出てきた。

「アメリカやヨーロッパなら、最近はそれほど驚くことじゃねえけど、ソ連だって？　普通の観光客は、ソ連の……それもとんでもねえど田舎じゃねえか。そんな所に普通なら行くわけがねえ。入国だって旅行日程だってうるさいだろうしね」

　アズルが、初江の目を下からまっすぐに覗き込むような目つきで言った。

「白状しちゃうとね。あたしが若い頃に付き合ってた男《ひと》が、商事会社の結構偉い人だったのよ。その彼が仕事であちこちの国を飛び回ってた頃に、秘書という名目であたしを一緒に連れてってくれてたの。そのおかげであたしもいっぱしの外国通になれたし、ソ連の辺鄙な土地にも行くことができたのよ。だからあたし自身は凄くも何ともないんだよ」

「へえー、なるほどね。どうもお見それしました、チャンカァ様。なんかこれからは気安くチャンカァ、なんて呼べなくなりそうだぜ」

アズルは眩《まぶ》しそうな眼差しで初江を見上げた。いつもの皮肉っぽい口調ではあるが、仲間を相手にしている時の、悪巧みをしているような眼の光はない。

初江は、さっきから懸命にソ連の片田舎の共和国の名前を思い出そうとしていたが、一度消してしまった記憶は簡単には戻ってくれない。しかし、諦めようとした時に肝心なことを思い出した。

——何のことはない。膨大な量の過去の写真が存在するではないか。そしてそのアルバム群は、住居にしている階上の押し入れの奥にきちんと整理されて眠っているはずである。初江は自分の馬鹿さ加減に対して、思わず可笑しさが込み上げてきた。

華やかかりし頃の思い出には、できるだけ近づきたくないと思っていたので、この何年も手を触れてはいないが、片田舎共和国の旅の写真も当然記録されているはずだ。

今にも小躍りしたい気分であった。

「階上《うえ》に行ってくるから、ちょっと待っててね。思いついたことがあるんだよ。もし誰か来やがったら、今日は閉店だって追い返しておくれな」

チャンカァは、勇んでカウンター脇の階段を上がっていく。幸いなことに今日はまだ誰も現れない。馬鹿どもの一人でも来てしまったら、話は中断しなくてはならないし、初江の過去の写真なんか見せられるはずもない。それにアズルの気持ちも、一〇〇パーセント変わってしまうに違いない。

自分自身のことには口の重い彼が、ポツリポツリ喋り始めているのだ。こんなチャンスは二度とないかもしれない。

——今日は絶対誰も来るな——!!

押し入れの上の段の奥に、初江のライブラリーが相当のスペースを占めていた。全部で十四、五冊はあろうアルバム群の中ほどに見当を付け、そのうちの二冊を引き出した。表紙の裏側を覗いてみる。そこは目次となっており、主な旅行先と日付が記されている。

一冊目は『海外旅行編No.3　ロンドン～パリ～ローマ～マドリード』などの目次が並んでいる。これではない。二冊目の目次に目を通す。『海外旅行編No.4　トルコ～イラン～ソビエト連邦』という項目が視界に飛び込んできた。

これである。初江は柄にもなく浮き浮きしている自分に気付き、一人で照れてしまった。こういう気分の高揚は、久しぶりである。

目指すページはすぐに見つかった。日付順にトルコ、イラン、ときちんと続いており、ソビエトの項はおよそ五ページにわたって、三十点くらいの写真がファイルされていた。

一枚目は『○月○日イラン側マジョールカ駅にて、これよりソ連邦に向かう』と記されたスナップであり、土地の女の真似をして、黒っぽいショールで顔を覆った初江が写っている。

二枚目は『アゼルバイジャン共和国バクーにて、キーロフ公園でカスピ海をバックに』という説明付きの、パトロンと一緒のスナップであった。

――徐々に記憶が蘇《よみがえ》ってきた。ソ連側の国境の駅で、徹底的に荷物の中身を調べられ、着替えの下着類まで点検されるのを、怒りに震えて見ていたことなどが思い出されてきた。

「過去に何度も入国している私に、この扱いは納得がいかない。必要書類は揃っているし、あなたの国の偉い役人の知り合いもいるんだ。それに今回は、あなたたちの国の利益になるビジネスの話で来たのだ」

パトロンが英語で必死に抗議をしたが、完全に無視されていた。ソ連という国の外国人に対する態度は、役人はもちろんだがロシア人に関しては、一般市民も全体的に無礼な印象であった。

そして最初の滞在地が、カスピ海沿岸の石油の町バクーであった。

バクーでのスナップは計三枚あり、キーロフ公園での一枚と、郊外にやたら点在していた油田の柱をバックにした一枚。『海岸公園のチャイハナにて』という三枚目には、初江の他に地元と思われる三人の男たちが、初江を囲んで写っていた。いずれも黒っぽい髪を持ち、細面で精悍《せいかん》な感じを漂わせている。まさに階下のアズルの雰囲気そのものである。

それ以外にもウズベクのサマルカンドや、グルジアでの地元の人たちと一緒の写真が何点かあったが、初江はその中から最初のバクーでの三人組の男たちと一緒のスナップと、アルメニアのエレヴァンで写した、やはり複数の地元の男女が一緒に写っている一枚を選び出した。

「アルメニア、アゼルバイジャン、グルジア、ウズベク、カザフ……そうか、コーカサスから中央アジアといった所なんだ……」

初江は納得したように、独り言を言った。あまりの懐かしさに、このまましばらくアルバムに浸っていたい衝動にかられた。しかし、気を取り直すようにアルバムを閉じると、二枚のスナップを持って階下へ下りて行った。

しかし二階から勇んで下りては来たものの、いざアズルと目が合ってしまうと、急に気持ちにブレーキがかかってしまった。

アズルにこの写真を見せるということは、あれほど隠していたかった自分の過去の一部を、さらけ出してしまうことになる。そう思った途端、あろうことか、やっぱり嫌だ……絶対嫌だ！　という気持ちが猛烈に湧き上がってきてしまったのである。

一瞬のうちに一八〇度気が変わる、ということは近年の初江にとって珍しいことではない。しかし今はヤーメタ……と言える状況ではない。

動悸《どうき》が激しくなり、体中が熱くなってくるのが自分でも分かった。顔にも動揺している表情が出てしまっているに違いない。

初江はアズルの視線から逃れるように、カウンターの中にしゃがみ込んでしまった。二枚の写真は握りしめたままだ。冷蔵庫の中をまさぐっているふりをしているが、頭の中は真っ黄色である。

どうしよう……どう言い訳してこの場を逃れようか。このままずっと冷蔵庫に頭を突っ込んでいるうちに、大地震か大津波が襲ってきて、この世の全てが終わってくれたらどんなに楽だろう。

後悔の気持ちが頭のてっぺんからつま先まで、電気のように突き抜けた。

ほんの一分足らずの時間であるが、非常に気まずい沈黙が店内を支配した。

こういう時の沈黙の破り方ほど、難しいことはない。その場の空気の張り具合と、ほんの僅かのチャンスとタイミング、相手に対する心遣いを表す言葉、これらを瞬時に把握、対応できない奴は余計なことを言わずに黙っていた方が良い。

空気の張り詰め具合がピークを少し過ぎた絶妙なタイミングで、アズルがボソッと声をかけてきた。

「チャンカァ、別に無理に思い出さなくたっていいじゃねえですか。誰だって悲しいことの方が、はっきり覚えてるもんだ。わざわざ嫌な思い出を引っ張り出すことはねえよ」

アズルが思いがけない救いの言葉をかけてくれた。良いタイミングであった。初江の意識の中で、弱気の大津波がみるみる引いていくのが分かった。初江にとって、当時の思い出は決して嫌な思い出でも何でもない。どうしても近年のふがいない自分自身と比べてしまうから、悲しくなってしまうのだ。

初江はゆっくりと呼吸を整えると、ビールを一本取り出して立ち上がった。もう平常な顔つきに戻っていると自分で思う。

どたん場で思わぬ怖気《おじけ》をふるってしまい、アズルにはとんだ醜態を見せてしまったが、不思議と自分に対する腹立たしさは無かった。

初江は煙草を深々と吸い込むと、おずおずと二枚の写真をアズルに差し出した。

「もう何十年も前の写真なんで、照れ臭いんだけどね……笑わないでよ」

「え、これがチャンカァかい？　うん、なるほどそう言われてみれば、確かにチャンカァだ。しかし……いい女だなあ。たまんないね」

何ということか……初江の心臓がドキドキしているではないか。これじゃあまるで思春期の少女みたいじゃないか。四十の坂をとっくに越しているというのに……。

初江はビールを一息で飲み干すと、その同じグラスに一級酒をなみなみと注ぎ、それも一気に干してしまった。

一呼吸置いてから、腹の底の部分から熱い答えが返ってきた。今日は素面《シラフ》ではとても間が持ちそうにない。

「くれぐれも皆には内緒にしといてよ」

「うん、心配すんなよ。決して笑い話のネタになんかしないからさ。しかし何十年前というのは、ちょっと大げさじゃないの？」

「正確に言うと、十四、五年前かしら。なるべく思い出したくないんだけどね。まあ、成り行きだからしょうがないか……」

「これは一体どの辺なんですか？」

「そのテラスみたいな所で、お茶を飲んでるスナップがバクーという町なの。確かアゼルバイジャン共和国の首都だと思ったな。共和国と言っても、ソ連の一部なんだけれどね。カスピ海沿いの石油の町でね。町の郊外に例の火の見櫓《やぐら》みたいな塔が、いっぱい建ってたわ。

普通の外国人は、油田には近寄れないらしいんだけれど、私を連れて行ってくれた彼の仕事関係のロシア人たちと一緒だったから、大丈夫だったみたい。あたしは石油なんかよりキャビアが楽しみだったんだけれど、あの町にはキャビアのキャの字も無くて、がっかりしたことを覚えてるわ」

「女はいつでもどこでも喰い物ってやつだな。ロシア側だとキャビアはアストラハンまで行かないとダメだね」

アズルは眩しそうな眼差しで、初江の話を聴いている。

「あたしと一緒に写っているのが地元の人たちなんだけれど、よく見てよ。あなたとそっくりでしょ？　これが動かぬ証拠というやつよ。何か反論は？」

「二枚ともバクーなの？　何かこっちは少し違う雰囲気がするけど……」

「もう一枚は、アルメニアのエレヴァンで撮ったものよ。確か隣の国だという記憶があるけれど、なんだかお互いの仲は良くないみたいね。あの辺のコーカサスという地方はいろんな民族がいて、それぞれ対立してるみたい。私なんかから見ると、皆同じ顔に見えるんだけどね」

初江は改めて、アズルの顔を大げさに眺める仕草をした。

「しかし参ったね。これじゃあ反論の仕様がねえよ。チャンカァの仕掛けた型にきっちり嵌められちまいそうだぜ。だけどその前に、あとソ連のどの辺を廻ってきたのか、詳しく話してくださいよ。凄く興味があるし、それを聴かないことには、おいらのことは話せないな」

「いいわよ。だけどそれがアズルの生まれと関係があるの？」

「うん、大いに有りですよ」

初江は再び二階にとって返し、アルバムごと抱えて下りてきた。パトロンと写っているスナップが多いので、アルバムごとアズルに見せるわけにはいかない。いくら昔のこととはいえ、パトロンと二人で仲良く写っている写真を見せるほど図々しくはなれない。

「イランから汽車で入国したんだけれど、国境でとても嫌な思いをしたんだ。あたしを連れて行ってくれた彼は、ソ連には何度も行ってるんだけれど、たまたまその時は面白半分で陸路から入国の予定を立てちゃったんだよね。だけど、空路でモスクワに入国した時とのあまりの大きな差に、もう二度と陸路はごめんだって怒りまくってたわ。

初日はアゼルバイジャンのバクーに泊まったんだと思ったな。それからアルメニアのエレヴァン、グルジアのトビリシ、タシケント、サマルカンド、レニングラード、そして最後にモスクワからシベリア上空を飛んで帰ってきたのよ」

初江はアルバムをめくりながら早口で続けた。

「しかし何とも欲張ったスケジュールだね。そんなんじゃあ、乗り物と待ち時間ばっかりで疲れに行ったようなもんじゃないですか」

アズルが呆れたように言った。

「うん。彼の仕事の秘書という名目で同行したんだけど、何しろ大きさが半端じゃないでしょう？ヨーロッパの他の国と比べたら、交通事情もサービスもひどいし、随分無駄な待ち時間が多かったわね。それに外国人は立ち入り禁止の町だとか、旅のスケジュールどおりに動かなければならないとか、滅茶苦茶不自由なことばかりで、さすが共産圏だと思ったわね。

聴いた話だと、シベリア鉄道なんて一週間も乗り続けなければならない距離で、外国人旅行者が下車できる駅が三つか四つだって……秘密主義の被害妄想もいい加減にしろって言いたいわよ。だけど、さすがに土地のでかさには気が遠くなりそうだよね。今思い出しても疲れちまうくらいだもの」

初江は大きく息をつくと、再び冷酒を呷った。

アズルは例の弱々しい微笑みを浮かべながら、初江を見上げて一呼吸置いてから、

「結論から言うとね、少なからずチャンカァの想像は当たってますよ。有り体に言っちまうと、俺のお袋は戦時中、満州で看護婦をやってたんだ。終戦になって、看護婦たちは何かにつけて役に立つ、ということで帰国は許されず、あちこちの収容所に捕虜として送られた。

ほとんどがシベリアの収容所だったらしいけど、俺のお袋は中央アジアのカザフスタンの収容所に送られた。カザフスタンと言ってもピンと来ねえでしょう。それに地名を次々に連ねても理解できないだろうから、地図を描いて説明してあげるよ。ノートか、わらばん紙みたいなものないかな。できれば大きい方がいい」

初江は戸棚からわらばん紙を取り出し、ボールペンもカウンターの上に用意した。いよいよ、かねてからの興味の対象だったアズルの身の上が、本人から明かされるのだ。

アズルはわらばん紙にサラサラと地図を描き始めた。まるで最寄りの駅から自分の家までの道順を

記しているような、軽やかで迷いのないペンさばきである。

見覚えのある二つの形が、わらばん紙の中央と左隅に描かれ、その周辺に曲線を何本も引いていく。その二つの形が、先ほどからの記憶への刺激で、カスピ海と黒海であることが初江にはすぐ理解できた。

しかしなんと正確な模写であろう。まるで地図を写しているかのようだ。ほんの数分でかの地一帯の地形図を描き上げると、今度はそれぞれの地名を書き入れ始めた。

――カスピ海、黒海、トルコ、イランの近隣の国に続いて、ウクライナ、ロシア、グルジア、アルメニア、アゼルバイジャンなどの地名が書き込まれた。

続いてカスピ海の右手方向に、カザフ、トルクメン、ウズベク、タジク、キルギスなどの国名が記入された。

あっけにとられているチャンカァを尻目に、アズルは数分でコーカサスから中央アジアに至る地図を完成させてしまった。

――これは当初の目論見より、ずっと面白い展開になりそうだ。初江は自分の当てずっぽうに近い予想が、急に現実味を帯びてきたものだから、さあ大変である。

「さてと……チャンカァが訪れた町で、モスクワとレニングラードは問題外としよう。実際この二つの町は、俺には全く関係がない。黒海沿岸から行くと……オデッサ、それにソチ、バトゥーミ、この辺は有名な保養地だ。そしてバトゥーミはトルコ国境から二十キロと離れていないグルジア共和国の町だ。チャンカァはもちろん知ってるだろうけれど、スターリンというとんでもない奴がいただろう？　あのロシア至上主義者みたいなスターリンだって、実はグルジア人なんだぜ。グルジア人の貧乏靴屋の倅《せがれ》で、本名だってヨシフ・何とかシビリっていうんだ。笑っちゃうよな。そのグルジアの首都が、チャンカァも行ったトビリシ、そして南にアルメニア共和国、その東隣がアゼルバイジャン共和国。この三つの国が、ザカフカス。分かりやすく言うと、『南コーカサス三国』って呼ばれてるんだ。チャンカァが行ったバクーはこの辺で、アルメニアのエレヴァンはこの辺りだ」

アズルはここまで話すと大きく息を吐き、俺にも冷酒《ひや》をくれ、と言った。

「さあてと……参ったな。誰も来やがらねえか。これでも時間稼ぎをしてるつもりなんだけれど。これじゃあチャンカァの思う壺ってことになっちまう。まずいなぁ……」

「何よいまさら！　あたしだって、清水《きよみず》の舞台から飛び降りたつもりで昔の写真を見せたんだからね。この期に及んでジタバタは見苦しいよ。早く楽になっちまいな――」

「分かったよ、チャンカァ。そう尖《とんが》らないでよ、白状するからさあ。実はもったいつけて地図なんか描いたけれど、実際俺自身は何も覚えてねえし、実家と呼べるような家も存在してるはずもない。ただ、産まれたらしいということを聞かされてるだけで……」

アズルはここで、冷酒を一息に呷った。

「どういうことなの？　具体的には……」

「俺のお袋はね、とっくに死んじまってるんだけれども……れっきとした日本人で、終戦の時には満州にいたらしいんだ。さっき言ったように看護婦だったんだよ。そしてそのまま取っ捕まって、中央アジアに抑留されちまったんだ。女の捕虜というのは、常識では考えられないよね。看護婦だから役に立つ、ということで残されたって話だけど、もし本当だったら因果な職業だと言うしかないよな。

もし看護婦じゃなかったら、女子供は何とか帰国できたと思うんですよ。けれども、もしすんなり帰ってきちまったら、今の俺は存在しないことになる。何かそういうふうに辿って考えていくと、人間の運命というか、その瞬間が不幸であっても、その不幸が無かったら俺は存在しないわけだし、お袋には悪いけれど、俺にとっては生誕のきっかけになっているんだしね……。そう考えると人間の運命や幸不幸なんて、自分一人で振り返って判断できる次元の問題じゃないよね。

だからチャンカァも今が落ち目だからって、自分を責めるこたぁねえよ。だってこの界隈にいなかったら、ピー坊や痔やんにも会えなかったんだし、そう考えれば多少の光明だって探せばあるじゃねえか。偉そうなこと言っちゃうけど、ギャンブルだって好調な波に乗れてる時期なんてほんの僅かで、その三倍も四倍も波をかぶりっぱなしで、ひたすら体を丸くして息を潜めている状態の方が多いんだよ。だから十年間いい波が続いたら、その後の三十年くらいは、その反動で悪い波をかぶり続ける羽目になるのさ。

チャンカァは、どうも今の話を聴くと世間一般の女たちよりも頂点が高かった分だけ、どん底も深くて長いって感じですね。もしかしたら、浮かれてソ連なんて行ってたから罰でも当たったんじゃねえんですか？」

何となく、アズルの通り名である、へらず口のアズルのペースになってきた。見事なまでの明快な屁理屈である。

しかし、面と向かって落ち目だ悪い波だと言われたが、初江は日頃から自分が落ち目を意識しているそぶりなど、おくびにも出していないはずであった。

現に他の連中には――チャンカァはいいよなぁ。酒飲んで言いたいこと言って、悩みなんかねえだろう、羨ましいねぇ――などと悪態をつかれているくらいなのだ。

初江の睨んだとおり、この男の洞察力の鋭さは相当なものであった。と同時に、初江は自身の本質を以前から見透かされていたことになる。

――やはりただ者ではなかった。もとより、この界隈の与太者の中でも一番の曲者という香りを漂わせているアズルだが、今日の彼は初江とのまともな会話においても、そのしたたかさを発揮し始めていた。

その圧力は既に現時点で、今夜の仕掛け人である初江の方に、分が悪い状況になってきていることでも分かる。

つい先ほどは、一瞬ではあるが醜態を見せてしまったし、初江が頑固なまでに隠し通してきた彼女の本質までもが、以前からずっと見透かされていたのだ。

そう思うと、何やらまたしても気恥ずかしさと後ろめたさが湧き上がってきそうになった。

しかし、もうつまずくことは許されない。初江の手が再び酒のグラスに伸びた。

いまさら何を愚図たらしているんだ！　常連の馬鹿どもの口癖ではないが、――仕掛けた何とかは途中でやめられない――だよ。既に先ほど弱みを見せてしまったのだから、開き直るしかないじゃないか。この男とタメを張ろうとしたら自然体でいくしかない。気丈さを装う必要などないのだ。

「それでお母さんはどうしたっていうの？　ソ連の将校にでも見染められた、とでもいうの？」

「もしそうだとしたら、今頃はＫＧＢ《カーゲーベー》のエリートか何かになっていて、どうしたらアメリカをやっつけられるか、とか考えてる最中だろうぜ。世の中ひっくり返ったって、ここで酒なんか飲んじゃいねえ」

アズルは空のグラスを無言で指差した。おかわりをくれ、ということだ。

「順を追って話すとね。俺が世の中に転がり出たのは、中央アジアのど真ん中のこの辺りなんですよ」

アズルはわらばん紙の中央のカスピ海から東側に展開する広大なカザフ、その南の細長く東西に伸びたウズベクと、トルクメン、さらに中国、アフガニスタンに隣接するキルギス、タジクの五つの国の位置を初江に確認させるようになぞりながら、カザフの国名からだいぶ右下方の辺りを、ボールペンで示した。

「チャンカァが行った、サマルカンドとタシケントは、ウズベクのことここだ。タシケントからカザフ領内は、すぐそこなんだよ。ただし、口で言うほど簡単に行けやしないんだけれど……ウズベクの東側、カザフの南に隣接してるのがキルギスで、首都のフルンゼがここだ」

さらにアズルは、曲線で囲われたカザフ共和国の中に、湖を二つと幾つかの都市の印を付け加えた。

「カザフにはでかい湖が三つあってね。一つはこの有名なカスピ海だ。あとの二つがウズベクとの境に広がるアラル海、もう一つはキルギスや中国に近い、このバルハシ湖なんだ」

細長く描かれた二つ目の湖は、世の中に転がり出たと、ペンで指示した位置である。

アズルが例によって顔は動かさず、上目遣いでジロリと初江を見据えた。

「そうなんだ。俺の出生地はこのバルハシ湖の辺りなんだ。……といっても、はっきりここだ、とは言えない。なんせ証拠も何もないんだからね」

バルハシ湖。馴染みのない名前である。

アズルの母親は、異国で囚《とら》われの身ながら、どのようないきさつでアズルを産むことができたのであろうか。

「さすがに詳しいけれど、アズルはそこの現地に実際行ったことがあるの？」

「行きましたよ。カザフには二回行ってる。だけどね、思い出すだけで腹が立ってくるけど、チャンカァが言うように、とんでもねえ国だよ。結論から言うとね、一度目は俺の認識不足でバルハシ湖にすら近づけないままに、泣く泣く帰ってきたよ。そして二度目は、バルハシ湖までもう一歩というところで取っ捕まって、強制送還寸前の騒ぎになっちまった。それでも何とか謝りまくって、ペナルティーから賄賂からばら撒きまくって、やっと勘弁してもらったんだ。強制送還だけは何とか避けたかったからね。二度と入国できなくなっちまったら困るもの。まだまだソ連様には山ほど用事があったからね」

「強制送還とはひどいわね。でもあの国だったら考えられるわ。何しろ外部の人間には、差し障りのない観光都市以外は、見るな、行くな、興味を持つなって態度だもんね」

「一度目の失敗で懲りたからね。二度目はそれなりに準備して行ったつもりなんだけれど、ロシア帝国主義の壁に軽く跳ね飛ばされちまったって感じだった」

「バルハシ湖は旅行者が行ける所なの？」

「基本的に個人で動けるのは、観光ルートから四十キロ以内ですからね。それに道路も外国人旅行者には制限がある。観光都市で一番近いのはカラガンダって町だけど、そこからだって三〇〇キロはあるし、そのカラガンダは宿泊許可が下りなかった。何しろカザフスタンの北東部、バルハシ湖の北方三〇〇キロ、カラガンダから東に二〇〇キロの所に、セミパラチンスクって地区がある。そこでこの二十年間で三〇〇回くらいの核実験が行われたんだ。それも地上だぜ！　そんな危《ヤバ》い所に外国人旅行者が簡単に近づけるわけがねえ。

　俺の目的地は、湖の北西岸にあるバルハシって町なんだけれど、そこまでスムーズに行く術がないんですよ。鉄道も一本通ってるんだけども、一日に数本しか走ってねえし、外国人旅行者がチョロチョロできない地域だから、駅や車内で必ずチェックされちまう。ニエットってやつだ。結局一か八か、キルギスの国境に近いアルマータからペナルティー覚悟で、片道五〇〇キロの山道を、車でぶっ飛ばすしかねえんだ。大体その湖のでかさといったら……。

チャンカァ、信じられるかい？　細長いったって東西に六〇〇キロだぜ！　ソ連だから目立たねえけど、直線距離にすれば、東京から神戸まで行っちまう広さだぜ。たまんねえよな……あげくにバルハシ湖の手前のウシトべっていう村に埃《ほこり》まみれで辿り着いたら、そこで御用ってわけさ……。アルマータから二〇〇キロほど走った辺りだったけれど、全くソ連って国は、個人の旅行者にはマンツーマンで見張りをつけてるとしか思えねえよな……」

アズルは一息つくと、冷酒をまた一気に飲み干した。

「じゃあアズルの出生探求旅行は、そこでフィニッシュというわけだったんだ……」

「そういうことさ。バルハシ湖に関しては納得いかねえけど、どうにもならねえや。さて……というわけで、俺の身の上話もパッとしないうちに終わっちまったけれど、もう少しチャンカァの豊富な海外旅行の話を聴きたいもんですね」

アズルがいたずらっぽい笑みを浮かべながら、例の目つきで初江を見上げた。

「ちょっと待ってよ……確かに産まれた場所は聴いたわよ。でもあたしが知りたかったのは、場所ではなくて血なのよ。実は俺の親父は、何とか湖の鯉《こい》だったんだ――なんて与太は言わせないからね！」

ここまで来て肝心なことをはぐらかされたとあっては、通り名でもあるチャンカァの名が廃《すた》る。

「はっはっはっ……肩透かし決まらずってことですか、困ったなぁ……」

初江はカウンターを回ると、外に出ている形ばかりの暖簾《のれん》をさっさと取り込むと、中から鍵を掛けてしまった。大げさでわざとらしい行為は好きではないが、この際気取ってはいられない。誰か来ようものなら台無しである。

「おいチャンカァ、いくら褒めたからって、今日はそのつもりはねえよ。その、何だ……誰かに見られたら体裁悪いじゃねえか。鍵まで掛けるなんてよ……」

「心配しないでよ。何も取って喰おうってわけじゃないからさ。でも本気《マジ》でとぼけるつもりなら、アズルに言い寄られたって、皆にふれまわってやるからね。それも内側から鍵を掛けられて……」

「分かった、分かった。もうジタバタしねえからさ。でも頼むから、そんなに目をひん剝いて顔を近づけねえでくださいよ。鼻息がかかったぜ」

アズルは口元を少し歪め、肩をすくめた。しょうがねぇな、この婆ァは、といった仕草である。

アズルは再びわらばん紙を引き寄せると、裏返しにして何やら描き込み始めた。手元はバルハシ湖からかなり離れた、コーカサスを拡大した地図を描き始めている。

「いまバルハシ湖の話をしたけどね。はっきり言って、もう未練もないし、もう一回行こうとも思わない。親父やお袋が存在したという事実なんて跡形もねえだろうし、ソ連にとっては戦後の捕虜絡みの話なんてタブーだから、当時の情報なんて外国人旅行者が調べられるわけがない。そんな無い無いづくしの所に行って、危い目に遭うのは割に合わねえよ」

初江はアズルの手元を凝視した。

アズルは、グルジアとアゼルバイジャンの北側の境界線に沿って短い斜線を引いた。その斜線は、黒海とカスピ海の間のコーカサス地方を南北に分けた形となった。

「この斜線をカフカス山脈とすると、南側がチャンカァが行った南カフカス、そして北側が北カフカスになるんだ。北は南ほど情報も少ないし、さすがのチャンカァも知らないでしょう」

アズルはカフカス山脈の北側に、新たな国々を曲線で描き始めた。それらは南の国々に比べるとかなり小国で、即席わらばん地図のその辺りは、もう一円玉か五円玉くらいの大きさである。

「黒海に近い方から、アブハジア、カラチャイ・チェルケス、カバルジノ・バルカル、北オセチア、チェチェン・イングーシ、カルムイク……それぞれ自治共和国だけれど、もちろんソ連領内だ」

アズルはそれぞれの国々をボールペンで指し示しながら説明していく。この男の頭の中には、この地方の国々の全てが叩き込まれているかのようだ。

「そしていいよ、お待ちかね、俺の親父の故郷ってのが、位置的に言うとこの辺りなんですよ」

アズルは地図の一点に丸印を付けた。

初江は思わず、わらばん紙の丸印を覗き込んだ。胸の鼓動が速く鳴り始めているのが、自分でも分かる。

アズルが丸印を付けた箇所は、カフカス山脈を表す斜線の僅か北側で、カスピ海沿岸から程近い所にあった。

初江の記憶にも残っている、アゼルバイジャンの首都バクーに非常に近い。それこそカフカス山脈を挟んで、向こうとこちらという位置である。

しかし、非常に近いと言っても何百キロと離れていることだろうし、初江は北コーカサスに関しては、全く知識がない。山向こうの民族とは一体どのような人々なのだろう。

「バクーのすぐ近くじゃないの……でもそこはアゼルバイジャンではないんでしょう？」

「うん。バクーから北西にカフカス山脈を突っ切って二〇〇キロってとこだね。ここはダゲスタン自治共和国の領内なんですよ。そしてダゲスタンが俺の親父のルーツなんだ。だからチャンカァの予想はほぼ当たってるってことですよ。さすがだね」

「じゃあ、アズルのお父さんはダゲスタン人ということになるの？」

「いや、正確にはダゲスタン人という単一民族は存在しないんだ。便宜上、その周辺の少数民族をひっくるめて、そう呼ぶことが多いらしい。ダゲスタンという地域は少数民族の坩堝《るつぼ》でね、それらが集約されてダゲスタン諸族を形成しているんだ。ちょっとややこしくなったけど、もう少し我慢してよ」

　単一民族の島国である日本人にとっては、少数民族の坩堝などと聞いてもピンと来ないのは仕方ないことだ。海外経験が豊かな初江にとっても、耳慣れない地名や民族名など一度や二度説明されても覚えられるはずがない。

「確かに難しくてよく分からないけれど、でも諦めないわよ。アズルのお父さんが何人《なにじん》で、どうしてお母さんと一緒になったのか、を聴くまではね。明日の朝までだって付き合う覚悟よ」

「アッハッハ、チャンカァには参るね、本当に……。俺の親父はね、このカフカス山脈の北麓に住み着いているレズギン族の出身なんだ。どうです？　聞きなれない名前でしょう。もしかしたら、『レズギンカ』って結構有名な男性舞踊の名前はチャンカァも聞いたことあるかもしれない。でもこれもレズギン人固有の踊りというわけでもないんだ。昔ダゲスタンの南部の幾つかの少数民族を、ひっくるめてレズギンの総称で呼んでいた時期があって、その名残なのさ。大体ダゲスタンという地方は、土着の少数民族だけで十部族もあるってんだから、ひっくるめてダゲスタン人と呼ばれても仕方がない。到底俺ら単一民族には考えられない世界だよね」

アズルはわらばん紙から目を離すと、ウイスキーが欲しいと言った。アズルがウイスキーを飲むのは珍しい。強い酒が欲しくなったのか……。

「この北カフカスの山岳民族たちはね、昔から権力に屈服することが嫌いで、十九世紀にロシア帝国がカフカス地方を制圧しようとしたカフカス戦争でも、チェチェン人を中心とした北カフカス山岳民族の激しい抵抗に遭って、あのロシア大帝国がヘソのゴマみたいな山猿軍団を屈服させるのに、四十年近くもかかったんだぜ……」

「勇猛果敢なのは結構だけれど、そのレズギン人というのは具体的にどういう系統の民族なの？　例えば南のアルメニアやアゼルバイジャンに近いとか、スラブ系だとか……」

「ウーン、そういう質問をされても、うまく答えようがないな。俺は民族学者じゃないからね。でも大雑把に言ってしまうと、土着のカフカス民族の一つなんだ。このカフカス地方は、昔からトルコ系やイラン系、モンゴル系などの諸民族に土着のカフカス系諸民族らが、修羅場を繰り返してきた地方なんだ。おまけに帝政ロシアに支配されてから、ロシア人が大量に流入してきたものだから、余計ややこしくなっちまった。

例えばチャンカァは、さっきからアルメニアとアゼルバイジャンを一緒くたにしてるけど、言語で分けると、アゼルバイジャンはトルコ系民族だし、アルメニアはインド・ヨーロッパ語族に属するから、ルーツはまるで違う民族ということになる。宗教も片やイスラムで、片やキリスト教のアルメニア正教だ。顔つきこそ似てるけれど、当人たちはそれこそアメリカとロシアくらいの違いがあると思ってるはずだぜ。

同じカフカス系としては、グルジア人、チェチェン人、アバール人、以下少数派がゾロゾロというところだけれど、南のグルジアはキリスト教徒だし、心なしか他のカフカス系の諸民族に比べて、スラブ系の間延びした顔つきの奴もかなり交じっている。それに比べると、北カフカス土着民族は、生《き》っ粋《すい》の山の民って風貌だ。色も黒いしごっついし、田舎者《もん》丸出しって感じだね。宗教はほとんどイスラム教だ」

いつもの三白眼を見開いて、アズルがいたずらっぽく笑った。大きい白目の部分が、店内の暗い灯《あか》りの中で異様に光って見えた。

初江は思わずアズルの顔から視線をそらすと、大きく溜息をついた。

レズギン人か……。もちろん、聞いたこともない民族だが、なんとアズルにぴったりの民族名ではないか。アルメニアとかアゼルバイジャンなどの、そこそこ有名で所帯の大きい民族よりも、無名の少数民族の方がアズルにはずっとしっくりくる。

「しかしチャンカァには参ったね。最初、中近東がどうのこうのって言うから、なんてこたぁねえと思ってたけど、いきなりソ連の片田舎って話が出た時は、一瞬ビクッとしたぜ。それからチャンカァが二階に上がったろう？　恐らく写真を探してるって分かったから、よっぽど帰っちまおうかと思ったよ。でもチャンカァが、果たしてどの辺まで知識があるのか興味があったし、たまにはこの類いの話をするのも悪くねえ、とも思ったしね……。いつも馬鹿野郎どもとの与太話だろ？　本気《マジ》でバカ菌が移っちまって近頃おかしいいんですよ」

　初江も久しく離れていたまともな会話に、いつになく弾んでいる。ちゃんとした知識を持っている相手と、共通の話題を話すのが、こんなに楽しいものだとは……。

「レズギン人ねえ。なるほどねえ……まあ半分は納得したけど、そのレズギン人のお父さんとアズルのお母さんの結び付きは、どうなってるの？　コーカサスとバルハシ湖なんて、とんでもない距離じゃないの？」

　初江は自分のグラスに冷酒を注いだ。どうやら長期戦になりそうだ。大いに結構、望むところである。

「話がかなり長くなるんだけどね。当時シベリアや中央アジアで捕虜になってたのは日本人だけじゃねえんだよ。ソ連てのはとんでもない国なんだよ。犯罪者はもちろん、それ以外でも政府というより、スターリンにとって好ましくないグループだとか、反抗的な目つきの少数民族や、ドイツ兵に水を飲ませた、という理由だけで捕まった女の子だとか……そういう奴らがまとめて島流しの目に遭ってたんだ。

　レズギン族は、その対象になっていなかったんだけれども、俺の親父は若い頃から素行が悪かったらしくて、地元ではトラブルの連続だったというんだ。それでしょっちゅう、近隣の他部族の村に逃避してたらしい。バルハシ湖付近に流されるきっかけも、同じ北カフカスのイングーシ族のテリトリーに逗留してたことが間違いのもとらしい。このイングーシ族というのは、ダゲスタンの西隣に兄貴分のチェチェン族とつるんで、チェチェン・イングーシ自治州を名乗ってる民族だ」

　アズルはダゲスタンの西側の米粒ほどの地域をボールペンで示しながら、丸印を付けた。

「俺の親父は、ここに寄生虫を決め込んでたときに、とんでもない事件に巻き込まれちまったんだ。チャンカァ、何だか分かるかい？」

　アズルの顔から、常日頃の険が消え、ごく普通の若者の表情に戻っている。

「分かるわけねえよなぁ。何しろソ連国内だってタブーな話なんだから。国外で知ってる奴といったら、その筋の専門家と同じ抑留経験者くらいなもんだろう」

　アズルは再び地図の数か所に小さな斜線で印を付け始めた。それぞれは、カスピ海西岸の一部、黒海のちょうど額の部分、カスピ海からだいぶ北に離れた地域、それにアズルの父親が逗留していたというチェチェン・イングーシである。

「さっきも言ったけど、第二次大戦中にね、スターリンはとんでもねえことをしでかしたんだ。今俺が印を付けた辺りに住んでいた少数民族たちを、丸ごとシベリアや中央アジアに強制移住させちまったんだ。

ざっと説明すると、この少し離れたヴォルガ川沿岸にヴォルガドイツ人が、かなり住んでたんだけれど、こいつらは当然裏でドイツとつながる恐れがあるってんで、徐々に引っこ抜かれていった。これはソ連全土に点在していた朝鮮人にも言える。日本とツルむんじゃねえか、ということだね。ナチスのユダヤ人狩りみてえなもんだ。

それから黒海の額の部分のクリミア半島に住んでた、クリミア・タタール人もほとんど中央アジアに持っていかれた。名目はドイツに寝返った、ということだった。でも実際はソ連黒海艦隊の本拠地でもあり、国内で最高の保養地でもある一等地に、タタール人如きが居座ってるのが気に入らねえ、ということだったんだ。ひでえ話だよな。

同じように、北カフカスのカラチャイ人やバルカル人たちもドイツ軍とつるんだってんで、カザフやシベリア行きだ。女も子供も何もかもだ」

アズルはウイスキーを一気に喉の奥に放り込んだ。話しているうちに積年の怒りが込み上げてきたのか、飲み方がいつになく荒くなってきている。

「だけどね、何たって一番ひでえのが、カスピ海北西岸のモンゴル系仏教徒のカルムイク族と、このチェチェン・イングーシ族だ。彼らは単独で村や集落を形成してたものだから、それこそ数日で根こそぎさらわれちまった。ある日、何の前触れもなく、いきなりロシアの軍隊が銃を突きつけながら突撃してきて、野良仕事をしている奴も寝てる赤ん坊もクソしてる奴も、皆そのままの格好で汽車に押し込められて、カザフやシベリア行きだ……。

チェチェンとイングーシを合わせれば、少数民族と言っても五十万近い人口がいたんだ。それがたった二日か三日で、チェチェン・イングーシの村々からヒトが一人も居なくなっちまった。住居もそのまんま、農作物も実を付けたまんま、やかんの湯も沸いてるそのまんまで住民だけが消えちまったんだ。スターリンは、よほどこのチェチェン・イングーシ人とカルムイク人を嫌っていた、というか恐れていたんだと思う。

だけど、いくら勇猛果敢で中央政府に反抗的な目つきをしているからといって、働き盛りの男たちの大半はソ連邦の兵隊として、お国のためにドイツやイタリアと戦っている最中だったし、残された住民たちにしても、ナイフと猟銃ぐらいしか持ってねえ山猿の集団なんだぜ。いくら何でもカザフやシベリアの辺境に隔離することはねえじゃねえか。なぁチャンカァ」

アズルは一気にまくしたてると、ウイスキーを一息で呷る。凄い飲みっぷりである。

「じゃあ、その移住させられた何とか族たちは、今でもずっとそこに居るの？」

「いや、スターリンが死んでフルシチョフの時代になってから、やっと昔の居住地に戻れたんだ。でもそれが一九五〇年代の後半だから、十五年くらいは辛い思いをしたことになる。カルムイク人のように、人口が半分になっちまった民族もあるくらいで、日本の捕虜よりひでえザマだ。

でも不幸にも帰れなかった民族たちもいたんだ。クリミア・タタール人は故郷に戻る許可が下りなかったし、朝鮮人たちも特定の居住区がなかったという理由で、ほとんどそのまま抑留地に居ついちまってるって話だ」

「でもその人たち以外は故郷に戻れたということね。良かったじゃない。フルシチョフって昔のイメージとしては意地悪そうだったけれど、なかなかいいとこあるじゃん」

「でもね、彼らを強制移住させた後に、スターリンがそこの土地に大量のロシア人や他の民族を送り込んじまったのさ。だから十五年も留守にしてた間に住み着いちまったヨソ者たちと、忘れた頃に戻ってきた元住民たちが、うまくいくわけがねえじゃねえか。踏んだり蹴ったりってやつだ。全くどこまでいっても諍《いさか》いが付きまとう可哀想な民族だよね。反抗的になるのも無理もねえことだ」

アズルはタバコに火を点けると、天井に向かって大きく煙を吐き出した。焦点を合わせていない目は、天井に向けられたままだ。

「アズルのお父さんも強制移住の、いわば捕虜だったというの？」

「そういうことですね。まあ日本兵の収容所とは多少違うだろうけれど、流刑の身には違いない」

「片方は捕虜収容所の生活で、もう一方も流刑の身の上で、よくそういう関係になれたものね。大体そういう結婚が、当時許されたものなの？」

「チャンカァ、誤解するなよ……お袋は確かにレズギン人の男との間に俺というガキを作ったけれど、結婚だとか入籍だとか、そんなことできるわけねえじゃねえか。たとえお袋が捕虜じゃなくたって無理だろうぜ。それとね、収容所生活と言っても、四六時中鉄格子の中で壁を眺めてるってわけじゃねえんだぜ。外での労働が仕事なんだから……。

だいぶ以前にね、満州でお袋と一緒だったって人と話す機会があったんだ。その女の人も運悪くシベリアで三年ほど抑留生活を送ったんだけれど、収容所の近所の一般のロシア人や、同じような境遇の強制移住の少数民族たちとの交流も、多少は可能だったという話だ。その人は俺のお袋が中央アジアに持っていかれたことさえ知らなかったから、俺や親父のことをもちろん知ってるはずがなかったけどね」

「お母さんとお父さんの結び付きは、どんな経緯だったの？」

「そもそもお袋は俺が六歳の時に死んじまったんだけれど、それまで俺が聴かされていた話は――お父さんはロシア人で、おまえが生まれてからすぐ病気で死んだ――ということくらいだった。それからの俺はお袋の母親、つまりお祖母ちゃんに育てられたんだけれど、その祖母さんがだいぶ後になって本当のことを話してくれたんだ。まだ見ぬ親父がレズギン人という訳の分からない民族であることや、放浪癖があだになって、イングーシ人の巻き添えになったことなどをね……。確か俺が中学に入る頃だった。

　その祖母さんの話によると、お袋は収容所の看護婦をしていたようなんだけど、他にもいろんな労働をさせられてたらしい。特にコルホーズのジャガイモ掘りには、しょっちゅう駆り出されていたらしい。そのコルホーズで同じくイモ掘りをさせられてた親父と知り合ったらしいんだ。そうなると大体どんな状況だったか想像できるよな。ジャガイモ畑で監視の目を盗んでの青姦立ちバックてなもんだったんだろう。さすが俺のお袋だよな。やるじゃねえか、なぁチャンカァ。それから半年もしないうちに、その祖母さんも逝っちまった。だからそれ以上は俺も知らねえんだ」

初江はいつも思うのだが、年端もいかない子供にとって、このような時の精神状態というのは、どのくらいの衝撃度なのだろう。父と母というより、この世の男と女のしがらみなど到底理解できない年頃のはずである。どのような事情であれ、こういった不運な星の子供たちは、子供が欲しい、という親の直線的な希望だけで生まれてきてしまったのだ。

いくら運命とはいえ、生まれてきた時点での運・不運は子供にとってあまりにむごい仕打ちではないか。

「じゃあお父さんが死んだというのは？」

「うん、お袋が帰国して二年くらい経って死んだらしいんだけれど、それも風の噂という程度でね。本当のところは分からないらしい」

「お父さんも、どさくさに紛れて日本に一緒に帰ってきてしまえば良かったのに……」

「アハハハハ……お袋は俺を背嚢《はいのう》の中に押し込んで背負ってきたというけど、まさか大の男を南京袋に押し込んで引きずってくるわけにはいかなかったろうよ。逆にあと十年カザフに残っていれば、親父の故郷に一緒に戻れたかもしれない。

でもそういう安易な推測は、何十年も経ってからの外野席の結果論であって、当事者たちにとっては——まず生き延びること——が大前提だったと思うんだ。生きてさえいれば、いつか必ず再会することができる、という考えだよね。特に俺という子供の将来も考えて、帰国という生き延びる大きなチャンスを逃すことはできなかったんだろう。当時の彼らには、長期にわたる希望的観測なんかできるわけがなかったんだ。日本の抑留者にしても生還の確率は良くないし、強制移住の民族たちも似たり寄ったりだ。

まあ、そんなこんなでお互い長生きして何十年後かに再会できれば、映画にでもなりそうな話だけれど、二人とも早々と死んじまったんじゃ仕方ねえやな。でも、おかげで俺はスクスクと良い子に育って現在に至ってるわけよ。何はともあれそんな環境でも俺を産んだ、というお袋に感謝感謝ってところだね」

何はともあれ、感謝感謝という言葉が、さりげなくアズルの口を突いて出た。でもそれは大人になってからの感情であって、果たして多感な少年期でも彼はそのような親たちを許せたのだろうか。親たちに対する屈折した感情は無かったのだろうか。それともそんな推測は、運がいい側の勝手な憐《あわれ》みにすぎないのであろうか。

もっと掘り下げて運が悪い側の人間と話してみたい気もするが、今日の場合、これ以上突き詰めても意味がないように思える。

「だけど収容所生活で出産して、その子供を連れて引き揚げ船に乗って帰ってきたっていうの？　そんな甘い状況じゃなかったんじゃないの？」

初江の銀座時代のお客にもシベリアの捕虜経験のある男がいて、帰国《ダモイ》の際の厳しさを聴いたことがあった。その客は本人が綴《つづ》った日記帳まで没収されたと言っていた。

「チャンカァ、さすがにいろんなことに詳しいね。そうだよ、本来なら収容所で出産した子供は、三か月くらいの授乳期を過ぎると子供収容所に移されて、スターリンの子供として育てられるんだ。スターリンの子供なんて言うと聞こえがいいけどね。将来の労働力として、ガキのうちから馬車馬のように働かされて、使い捨てられちまうのさ。

でも俺の場合は、運良く生後二か月だったんで、収容所送りを免れて、南京袋でナホトカから舞鶴まで日本海を渡って来たというわけさ。ナホトカでも舞鶴でも、チェックする方はビックリしただろうぜ。何しろ二か月の赤ん坊だ。捨てろとも言えねえし、没収もできねえよな。だって困るのは没収した方だ。どうすりゃいいんだ、ってな……。だから見逃すしかなかったんだろうぜ。考えてみれば、生後二か月から俺の悪運の強さは相当なもんだったよな」

「お母さんは何年くらい抑留されてたの？」

「帰国が四十七年の十二月だから、二年半くらいだと思う」

考えてみれば、アズルは初江より十五も十六も年下なのだ。メチャメチャ若い——という言葉が口を突いて出そうになった。

昭和二十二年の生まれだろうから、今年二十六か二十七か、何しろ三十前には違いない。普段から年齢国籍不詳という雰囲気の風来坊だが、まさかそんなにも若いとは……。

この界隈に出没した頃は、二十代前半だったことになる。それにしては、全てに場慣れし過ぎている。恐らく十代で幾多の修羅場を含め、さまざまな経験を積み重ねてしまったのだろう。落ち着き払ったふてぶてしさは、この辺りの不良連中の中でも群を抜いている。

しかし初江と機嫌良く話をしている今日のアズルは、二十代に見えなくもない。それどころか、素直な好青年といった横顔が見え隠れし始めているではないか。

アズルの本名は？　お母さんの田舎は？　お祖母さんが死んでからの生活は？　訊きたいことが次々に湧き上がってきた。

しかしここで根掘り葉掘り追及することは、盛り上がっている雰囲気に水を差すことにもなり兼ねない。

今日のアズルは、いつになく喋ってくれてるし、後で喋り過ぎたと後悔させてしまうのも悪い気がする。

「ところで、その風来坊のお父さんの故郷にはもちろん行ってるんでしょう？」

アズルは遠くを見つめるような眼差しで、『かつ江』の薄汚れた壁を見据えながら、

「去年始めてカフカスに行けたんですよ。当初はね、以前二回のカザフ乱入で、だいぶ懲りたのと、そんなにムキになることでもねえや、それよりカフカスの空気を存分に吸ってこよう、という控え目な気持ちだったんですよ。

でもいざ行ってみると、実にいろんな刺激があった。カザフは何となく殺伐とした渇きがあったけれど、カフカスは南も北も素晴らしい土地だ。特にカフカスの山中で、ある場所に降り立った時は――俺、ここ知ってる。以前来たことがある――と思ったんだ。決して先入観に左右されたわけじゃ

ない。時々その現象のことをいろいろ講釈している奴がいるけれど、俺は俺なりに理屈抜きで、その現象を体験できたと思う。素晴らしい気分だった……。

ルーツ探索の結果から言ってしまうと、親父の家族やら友人やら、そこまで辿り着ける成果は得られなかった。だけど何人かのレズギン人に話を聴くこともできたし、あちこちに種をばら撒いてきたって感じだったんだ。

そしたらね、今年になってから、その時向こうで雇ったガイドから手紙が来たんですよ。そのガイドはオセット人なんだけれど、本当にいい奴でね。五日間一緒に行動しただけなんだけれど、すっかり親友《マブダチ》になっちまった。俺が帰国してからも、その彼が引き続き調べてくれてたんだ。嬉しかったね。去年の旅は何よりも、そいつと知り合えたことが一番の収穫だったと思う」

「ナニ人？　オットセイ？」

「オットセイじゃねえよ、オセット人！　かいつまんで話すと、まずレズギン族の集落はカフカス山脈を中心にダゲスタン領内と、アゼルバイジャンの一部に、かなり広範囲に広がっているということ。だけどダゲスタンと、その隣のチェチェン・イングーシは、例によって観光ルートからだいぶ外れてやがるんだ。そうなると、再び近隣の観光都市からの長距離乱入ということになる。あらかじめ予定を提出しねえと入国できない国だから、俺もいろいろ考えたよ。

そこで、チェチェン・イングーシの西隣に北オセチアというチンケな国があるんだけれど、俺はそこのオルジョニキーゼという町を拠点に選んだんだ。距離的にはもっと近い町もあったんだけれど、素晴らしいガイドに巡り合えたという点で、オルジョニキーゼの選択は大正解だったと言える」

　ここでアズルは、再びビールが欲しいと言った。ウイスキーのストレートで喉が焼けたのだろうか。

「本当はウォッカが飲みたいんじゃないの？　今度からアズル用に特別に用意してあげるよ」

「ハハハ……チャンカァ、俺はね、ソ連のものなら何でも気に入ってるってわけじゃねえんだぜ。いいものも確かにあるけれど、どちらかといったら気に入らねえものの方がよっぽど多いね。何たって物が少なすぎらあ……。ウオッカにしたって、毎日飲みてえって代物じゃあねえ。向こうの連中は朝から飲《や》ってるけれど、傍から見てるとヤケクソって感じにしか映らないね。俺に言わせると、音楽、舞踊、文学に関しては素晴らしい国だけれど、政治と男と喰い物と便所はろくなもんじゃねえな」

　アズルが初江を見て、いたずらっぽい目で笑った。

　確かに初江の印象でも、ソ連のトイレはひどかった。ホテル以外の公衆便所ときたら、扉はない、隣との境はない、紙など当然ないし、まるで尻の品評会だ。

　しかし海外でトイレ事情が良いのは、僅かな国に限られているし、中国や東南アジアの田舎に比べたら、まだ便所と呼べるだけましであった。

「まあね。でもトイレに関しては幾らでもひどい国が他にもあったし、扉が無いくらいでビビってたら海外旅行なんてできないよ。それより、そのオセットさんがどうしたの？」

「全くだ。さすがチャンカァだね。腹も尻も据わってるってわけだ……。オルジョニキーゼからレズギン人の集落までは、二〇〇キロ以上もあるし、内心また無駄足になるだろうと思ってた。でもオルジョニキーゼで、そのガイトに会った途端に俺は直感したね——こいつなら俺をどこにでも連れて行ってくれる——とね」

「そのガイドはインツーリストのガイドなの？」

「馬鹿なこと言わないでくださいよ。インツーリストのガイドなんて使えるわけねえだろ？　こちとらは、観光コースをカメラぶら下げて廻るんじゃねえんだぜ。許可されない道路ばっかり突っ走るんだから、下手すりゃガイド自身も危ない。だけど奴のおかげで、三回目にしてやっとルーツ探索旅行らしい雰囲気が出てきた。五日間でカフカス山中を駆け足で回ったんだけれど、何せ俺の持ってる親父の情報が極端に少なすぎるのと、レズギン人に限らず、あの辺の山岳民族は同じような名前がやたら多くてね……。いずれにしても、五日間というのはあまりに短すぎた。それでも豊かではないけれど、しっかりと足を地につけたカフカスの山岳民族の生活にも触れることができた。

彼らの生活信条というか、確固たる生きざまには実に感心したね。通常彼らは一族郎党、つまり大家族で生活を営んでいるんだけれど、家長を敬い、年長者を立て、男は男らしく、女は女らしく、子供は子供らしく、空や大地に常に感謝の気持ちを忘れず……。それとね、俺みたいなヨソ者の旅行者に対してだって——よく来てくれた。是非うちで飯を喰ってってくれ——俺がカフカスで巡り合ったほとんどの人たちがそう言ってくれるんだ。アメリカやヨーロッパの個人主義というか、顔こそにこやかに笑って握手はするけれど、——家には来てくれるな——的な空気とはまるで違って、誰に対しても寛大なんだ。

　俺がある家に招かれて、飯を喰う前に手を洗っていたら、そこの大家族の十歳くらいの女の子が、後ろで俺のためにタオルを持って立ってるんだ。もちろん小遣い銭が欲しい、なんて卑しい気持ちはその子には微塵もねえ。こんなの今の日本では考えられねえことだと思わねえか？　彼らの暮らしは確かにつつましいけれど、心の豊かさといったら、恐らく世界でも有数な地域だと思うな。だからルーツうんぬんは別にして、そういう意味でも感動の多い旅だったと思う……。

　そしてね、その時はシンガポール経由で帰ってきたんだけれど、チャンギ空港で思いがけない奴にバッティングしたんだ。なんと俺がセコイヤって渾名を付けた肥田君とバッタリ出くわしたんだ。こっちも向こうもびっくり仰天さ。なんでこんなところで……ってね」

「肥田君って、確かここにも駒田たちと二度ほど飲みに来たけれど、苦み走った感じのいい男だったよね、この辺では珍しく……。でもすぐにいなくなっちゃったんだよね」

「二、三分の立ち話だったんだけどね。なんでもあのときは、のっぴきならない事情ですっ飛んでいったんで、皆に挨拶もできなくて悪かった、なんて言い訳してたけどね。

　ちょうどシンガポール在住の友人に会いに来たらしい。今どこに住んでんだって聞いたら、瀬戸内海のなんとか島に逗留してるって言ってた。まあ典型的な風来坊ってやつだな。ひとっところに長居できねえんだろうな。あの男も」

「何か陰があるって感じの奴だったよね……。それよりルーツの続きは？」

「うん、そしたら思いがけなく今年になって、そのオセット人の親友《ダチ》から、かなり有力な情報《ネタ》を掴んだって連絡が来たってわけさ。その情報がマブかガセかは別問題としても、そこまで俺のために骨を折ってくれるのは嬉しいじゃねえか。俺らの日常じゃ考えられねえ感情だ」

「その情報ってのは、例えばお父さんの兄弟が見つかった、とかいう話なの？」

「いや、残念ながらレズギンの中では、まだこれといった手掛かりは掴めていないんだ。奴の言うグッドニュースとは、隣のイングーシの領内で俺の親父を知っている、という奴がいたらしい。そしてその男は、俺のお袋のことも覚えていると言うんだ。これが本当ならすげえ感動モンの話だ。

だけど考えてみれば、親父は十年以上イングーシ人たちと、カザフで苦労を共にした仲だから、最初からイングーシ人の仲間筋から当たった方が良かったのかもしれない。ソ連では勝手が違うというか、いつも後手後手に廻っちまって……我ながら要領が悪いったらありゃしねえ」

「でもそのオセットさんが、よく頑張ってくれてるじゃない。さすがご近所様というか、カフカス町内会ね。モチはモチ屋……ってとこね」

「ところがね、チャンカァ……彼ら少数民族たちの相互関係というのは、かなり複雑でね。特に俺の親友《ダチ》のオセット人は、隣同士のくせにイングーシ人とは領土の問題で揉《も》めてる関係なんだ。だから余計にそいつの骨折りに感謝してるんですよ。普通だったら顔も合わせたくねえような奴らの中に入って、赤の他人の父親の消息を調べて廻るなんて絶対にしねえよな。まして俺は奴に対して、特別に太っ腹の報酬を出してるわけでもねえし……」

「その情報が本当だったら凄いじゃない。そこからイモヅル式にレズギンの身内のことなんかも分かるかもしれないよね」

「そうだといいんだけどね。でも少し気になるのは、そのイングーシ人が言うことには、親父の相方、つまりお袋のことを朝鮮人だったと言い張ってるらしいんだ。まあ彼らは日本人なんて見たこともなかったんだから、見分けがつかなかったのかもしれないけどね。

　そしてね、そのイングーシ人はもう一つ気になることを言ってるんだ。それは、そいつと親父のラーゲリや、お袋の収容所がバルハシじゃなくて、カラガンダだったと言い張ってるらしい。もちろん彼の勘違いかもしれないけど、そいつは俺のお袋の名前……彪子《ひょうこ》ってんだけれど、その名前もしっかり覚えてると言うんだ……まあ、次回行って直接そいつに会ってみれば、いろいろ分かると思う。いずれにしても、次回はお袋の写真でもばら撒きながらのイングーシ乱入ってことになると思いますよ」

「お父さんの写真はないの？」

「あるわけねえじゃねえか。それどころか、親父はカメラの存在なんて死ぬまで知らなかったかもしれない」

「ねえねえ、アズル……お父さんの名前は何ていうの？　言いたくなければ言わなくてもいいけど」

　アズルは下から初江をまっすぐ見返すと、

「別に構わねえよ。万が一にも差し障りなんかありゃしねえ。親父の名前はジャバル・マスハドフ……でも本名はもっと長いのかもしれない。現地でそれだけじゃ分からねえって言われたんだけれど、俺はそれしか知らねえし、死んだ祖母さんだって聴いちゃいなかっただろう」

「ねえ、もう一ついいかな……。もしかしたら、アズルにも向こうの名前が付いているの？　朝鮮の人みたいに本国名と日本名があるみたいに……」

　アズルは例の諦めたような困ったような、弱々しい微笑みを浮かべた。

——とうとう来やがったか——といった表情だ。

「ここまで来ちまったら何でも白状するよ。でも戸籍というか、書類上では全く存在してない名前だ。これも祖母さんが教えてくれたんだけれど、さすがにびっくりしたというか、勘弁してくれよって感じだったね。可笑しいやら悲しいやら照れ臭いやら……でも記録に残ってないのが救いと言えば救いだ」

　珍しくアズルが、はにかんだような表情を浮かべた。彼のこんな表情を見るのは、恐らく後にも先にも今夜の初江だけだろう。

「でもやっぱり照れ臭いなあ。さっきスターリンの本名を馬鹿にしちまったからな。俺のだって似たり寄ったりなのに……」

「そんなの気にすることないよ。昔あたしがソ連に行った時に、ロシア人で何とかシモノビッチという名前の人がいたもの。つい笑いそうになっちゃったけどね」

「あるある。オションスキーとか、マンコビッチとか——そういえば、ペンサンゾーの奴だって、本名はカン・サンソーてなもんだ。あいつの日本名は確か遠山何とかかってんだけど、勝手に格好いい名前付けるなってんだよなあ……」

「もしかしてアズルは、シオレチン・チョビリビッチ……とか付けられてたりしてね……」

「シオレチン・チョビリビッチ？　ひでえなあ、チャンカァも……。なんだかすっかりいつもの雰囲気に戻っちまった感じだね。でも残念ながら、オイラの名前はそこまでひどかぁねえ。

――アズフベール・マスハドフ……。これが親父が勝手に決めた名前なんだとさ……。お袋はそれさえも俺に教えてくれねえで死にやがった。俺には、親父の国に興味を持ってほしくなかったんだろう。ところがどっこい、そうはいかねえ。俺にだって自分の素性を知る権利くらいあるわい。なあチャンカァ……」

アズフベール……、今まで気にもしていなかったが、アズルというのは苗字ではなくて、要するにこの名前をもじって通り名で使っているだけなのだ。すると本名は一体……まあいいか。経歴と本名はいつか自然に分かればそれに越したことはないし、ずっと分からなくたっていいではないか。

「しかし羨ましいなあ、夢があって。こんな話をしてたから、あたしもすっかり昔の海外旅行を思い出しちゃったよ。今度アズル、じゃなかった――アズフベールがソ連に行くときに一緒にくっついて行っちゃおうかな。そしてマスハドフ家のルーツを一緒に探ったりして……もしかしたら大金持ちの血統だったりしたら面白いのにね」

「しかしチャンカァも楽天的というか、何というか……あの辺には、金持ちなんか滅多にいやしねえよ。でもチャンカァとレッツ組んで旅は道連れいを決め込むのも、面白えかもしれないね。何たってそのノーテンキな調子で突っ走れば、どんな国でも怖いものはねえでしょう」

冗談のつもりで昔に戻りたいと言った初江であるが、ここに来て何やら胸の奥から甘酸っぱいモヤモヤが湧き上がってきている。

いつものことながら、これは初江の発作みたいなものであり、治まるまでそれが一時間であれ五時間であれ、自分の殻の中に閉じこもらなければ再び時間が動き出すことはあり得ないのである。

そろそろこの辺で切り上げなくてはいけない。せっかくの楽しかった時間である。アズルのためにも穏やかに終わりにしなければ失礼である。

初江は煙草に火を点けながら切り出すタイミングを計ろうとしたが、既に脳ミソには雲がかかってきている。グズグズしてると、全てがうわの空状態になってしまうカウントダウンに近づいている。

「さあてと……落ちもついたことだし、ぼちぼち切り上げるか。チャンカァ、この続きはまたいつかやりましょうや。そろそろ馬鹿どもの顔が恋しくなってきちまった。あれはあれでなかなか捨てがたいもんだからね」

ここでもまたアズルが先回りをしてくれた。どうにも今夜の初江は意気地がない。

自分が主導権を握るはずだったのに、結果は要所要所で手を貸してもらって、やっとゴールに辿り着いた長距離ランナー、といったところである。

「チャンカァ、まだ宵の口だけど、もう一度店開けるのかい？」

「まさか！　今夜くらいこのままの気分で終わりたいもの……」

「じゃあな……今夜は楽しかったぜ」

「楽しかった、あたしも……。いい年して恥ずかしいけれど、今夜の話は二人の秘密ということね。でも本当にありがとう。アズル、じゃなかったアズフベール……」

アズフベールという呼びかけに、一瞬照れたように肩をすくめながらアズルが出て行った。

初江は、狭くなっていく視界の隅でアズルの痩身が消えるのを見届けると、再び煙草に火を点けた。

今夜は久しぶりに、大量の涙と膨大な想い出の波に浸れそうであった。

第七話　足を洗って

「お義母《かあ》さん、ピンク電話のキー知りませんか？」

「ゆうべあなたに渡したじゃないの。今日はまだ電話触ってないわよ」

痔やんは隅のボックスで何げなく二人のやりとりを聴いていたが、思わず吹き出しそうになったので、慌てて顔を窓の外にねじ曲げ、煙草をくわえてごまかした。

――何がお義母さんだ、馬鹿野郎！　四つしか年が違わねえのに……誰だって吹き出すに決まってらぁ。しかしこの居心地の悪さは何だってんだ。やっぱり来るんじゃなかったぜ。またブタ引かされちまった。痔やんは、窓の外を見ながら一人溜息をついた。

先ほどピー坊が、痔やんの耳元で「あのお袋の方は、俺と四つしか歳が違わねえんだ。参っちまうよな……」と小声で囁いていったのである。

事の発端は昨日の雀荘『カネコ』であった。

外車屋の小林が、ちょっとしたニュースを持ってきたのだ。

なんと、最近プッツリ姿を消したピー坊が、ちゃっかり千歳烏山の喫茶店のマスターに収まっている、というではないか。

　小林が仕事の途中、コーヒーを飲みに偶然立ち寄った喫茶店で奴を見つけたらしい。小林がポケットから赤いマッチ箱を取り出し、「この店だよ」と言って雀卓に放り投げた。そのマッチには、カタカナで『ハンハンハン』と書かれてあった。

「コバちゃん、喫茶店のマスターってことは、要するにどういうことなんだよ。奴が自分の貯金をはたいて、店を買って自分でやり出したのか？　それとも単にその喫茶店に就職して、そこの雇われマスターに収まってるのか？　それとも今度ひっつかまえた女が、そこの経営者かなんかで腹に一物ってわけで、そこで働き者のふりをしてるってのかい？」

　早速アゴの仲田が身を乗り出すように、ネタ元の小林に訊いてきた。

「それが、雰囲気的に今はちょっとまずいって感じでさあ、ほとんど話せなかったんだよ。ピー坊も——別に隠すつもりはなかったんだけど、何となく照れくさくてね。皆によろしく伝えてくれ——としか言ってくれなかったんだよ。だから俺としても、根掘り葉掘り訊けなかったんだ。店の中に可愛い女の子と、ちょっと年嵩《としかさ》のお袋らしい女がいたけど、その二人に気を遣ってたみたいだね。その二人が確かにピー坊をマスターって呼んでたよ」

「おいおい、それにしても水臭えなぁ。あの野郎、俺たちとはもう付き合えねえってことなのか？」

　鳶の公ちゃんは少し怒ったような表情だ。

「いや、奴はそんな人間じゃねえよ。きっと一段落したら、連絡《ツナギ》を入れるつもりだったんだろうぜ。

たぶん今は下工作の途中なんだ。例によってウソとホラで身の回りを固めちまったんで、俺たちがチョロチョロすると具合が悪いってことだと思うよ、俺は……」

ピー坊とは一番親しい痔やんが、すかさず反論した。

「いいじゃねえか……どっちにしたって、とりあえず奴は足を洗うつもりなんだろう？　今はその気でも、どうせ長続きしやしねえよ。俺はピー坊の足を洗うってのを、少なくとも三度は聞いたぜ」

アズルが冷めた口調で言った。

「しかし本当だとすると、ちょっとした穴だぜ、これは……足洗いレースってのを作っとけば良かったなあ」

カネコの主の鶴ちゃんも、信じられない……といった顔つきである。

「皆でグダグダ言ってねえで、電話してみりゃあいいじゃねえか。本人に訊いてみるのが一番早いぜ」

ペンサンゾーが、面倒臭そうに言った。

そうだそうだ、それが一番いい。ということになったが、誰も電話をかけに立とうともしない。皆の視線は、当然の如く痔やんに注がれ始めた。

「なんで俺がかけなきゃあ、いけねえんだよ！」

全員の視線を受けた痔やんが、うろたえた仕草をしながら訴えた。

「じゃんけんで決めようぜ、じゃんけんで……」しかし誰も乗ってこない。

「親友だろう？　観念しろよ。こういう役目は一番仲の良かった奴ということに、聖徳太子の時代から決まってるんだからよぉ……」

皮肉たっぷりの公ちゃんの言葉に、渋々マッチの電話番号を回す痔やんに、皆の好奇心に溢れた視線が注がれた。

「あっ、ノンノンですか？　あの〜……おう、俺だよ。オメエ一体どうなってるんだよ、馬鹿野郎！　なに？　忙しい……うん、分かったよ。明日だな、たぶん俺は行けねえけど、誰かにお祝いでも持って行かせるよ。じゃあ詳しいことはその時だな。悪かったな、忙しい時間に」

電話は三十秒ほどで終わってしまった。

「やっぱり居やがったよ。電話だとまずいからって、明日よぉ……」

「誰がお祝いを持っていくんだって？　何が——俺は行けねえけど——だよ。珍しく要領がいいじゃねえか。言っとくけど、俺は明日仕事が入ってるからパスだぜ。アテにするなよ」

すかさず公ちゃんが痔やんの話を遮ってしまった。

「別におまえに行ってくれなんて頼んじゃいねえよ。だいいち、おまえじゃ柄が悪すぎらあ。こういう役はよぉ……」

痔やんは全員を見廻したが既に遅く、全員見事に痔やんに背中を向けてしまっている。

普段は他人が右へ向けば、わざと左へ向くような奴らだが、こういう時はやたらと気合をあわせてしまう。

「こういう役はよぉ、親友がやるってことに神代の昔から決まってるんだろう？　皆様のご意見はどうだい？」

後ろを向いたまま、アゴが同意を求めた。

「全くだ」「ミートゥーよ！」「大賛成」「エへへ……」「花束忘れんなよ」「ご苦労さん」「そういう星の下に生まれちまったんだから観念しろや……」

それぞれ後ろを向いたまま、楽しそうな口調で返事が戻ってくる。

「分かったよ、分かったよ。俺が行きゃあいいんだろう。全くどいつもこいつも役に立たねえ奴らだ」

しかし痔やんの泣きは、急にアズルの威勢のいい声に遮られた。

「そうだ痔やん！　花束なんぞ持って行くこたあねえよ。そのかわり、これから作るトトカルチョを、奴の鼻っ先に突き付けてやれよ」

痔やんは、何のことやら分からずにポカンとしている。他の連中もトトカルチョとは何のことだい、という顔をしてアズルを見た。

「そうだよな、鶴ちゃん、さすが鶴ちゃんだぜ！　こんな凄えネタを放っておくこたあねえよ。なあ痔やんよぉ……」

アズルにいきなり、なあ痔やん、と話を振られても、当の痔やんは何のことやらさっぱり分からない。しかし頭の回転の速い小林やアゴの仲田は、すぐにピンときたようで、飯を喰う直前のガキのような表情になっている。

「なあ痔やん、まだ分かんねえのか？　アズルはこのエサで、オイラたちの大好きな銭の取りっこをしようって寸法さ……」

鳶の公ちゃんも、アズルの狙いが理解できたようである。

しかし痔やんをはじめ、残りの面々はまだ何の話やらはっきり掴めていないらしく、ポカンとしている。

痔やん自身、こういう鈍さがギャンブルの勝率に関わってくることくらい、百も承知している。しかしいまさらどうなることでもない。

「まだ分かんねえのか。オメエたちは相当かったるいなあ。おいアズル！　このアラブたちにも理解できるように、ひらがなで説明してやれよ」

年齢の割には好奇心旺盛なアゴの仲田は、毛色の変わったレースを前に、早くもスタンバイOKという態勢である。

「要するに、さっき鶴ちゃんが言ったピー坊の足洗いレースをやろうってんだよ」

アズルが落ち着いた口調で話しだした。

「ただし、いつ足を洗うって問題じゃねえ。どのくらい奴のカタギが続くのか、それを賭けようっていうんだ。ピー坊と言えば、昨日今日流れて来たプータロウとは訳が違って、血統書付きの寄生虫だ。こんなネタは滅多に出てこねえぜ。そのピー坊をエサにして、ここにいる全員で銭の取りっこをやろうってんだ。

――立つ鳥跡を濁さず――って諺があるだろう?

これを――立つ鳥残った鳥のサカナにされる――って諺を作ろうってわけだ。どうだい、悪くねえアイデアだろう」

「だけど具体的にどういう方法でやるんだよ。例えば誰か胴を決めて、単勝式馬券みたいにやるのかい?」

ピンサロのボーイの飯田が、にやけた面で訊き返した。

この飯田と相棒の安見は、一年ほど姿をくらましていたが、最近また舞い戻って来ている。この二人の元の稼業は、俗に言う追い剥ぎ屋……凶悪集団スリの同志である。今でこそ足を洗っているが、どちらにしてもロクなシノギをしてないし、ミエミエの犯罪者の前歴が災いして、半パ仲間からも冷ややかな目で見られている存在である。

「それをこれから考えようってんだよ。ただし、滅多にない獲物だから、ちょっと気張って行こうじゃねえか。今俺が考えたのは……今日ここに居合わせた全員が乗っかったとして九人だ。だから明日から数えて九日目までを第一週として、それぞれ好きな日に賭けるわけだ。それで第一週が過ぎても決着がつかない時、要するにピー坊がまだ我慢してる場合だ。その時はすかさず次の日から第二週に突入だ。また全員で集まって、第二週の選択をする。もちろん第一週の賭金はその場に残す。つまり二週目は倍場になるわけだ。それでも決着がつかないとなれば、三本場だ。そうなると三倍だぜ。どうだい、一人一万《ヤリマン》で……他に考えのある奴はいるかい？」

　アズルは一気に喋り終えると、周囲を見渡した。

「ちょっと待ってくれよ」

　早速公ちゃんが注文をつけた。

「その発想も悪くねえけどさあ、例えば第三週の三日目にピー坊が逃げ帰ってきたとして、いつ千歳烏山を追ん出されたんだ？　と訊いたら——先週のいつだったか覚えてねえよ——なんてことだったら、どうするんだよ。それに一度喧嘩別れしてこっちに戻って来たけど、次の日また向こうに戻っちまったとか、いろんなケースが考えられるじゃねえか。何たって一日刻みなんだから、誰の目にもゴール板がはっきりしてねえとまずいんじゃねえか？」

「アズルさあ……そのレースは大いに問題ありだと思うなあ……」

　今度は切れ者の小林である。

「いいですか。もしここの全員がカレンダーに名を書き込んで、一万円也《ヤリマンなり》を出したとする。そして今夜中にでも俺がピー坊のとこに電話して、これこれこういうわけでピー坊の復帰する日を賭けてるんだけれど、俺は今週の土曜日に賭けてるから、帰ってくるんだったら土曜日にしてくれよ。そうして二人で山分けにしようぜ、てな具合で、チョンボも大いに可能ってことだ。もしかしたら、親友のよしみで痔やんの賭けてる日に、わざと帰って来るかもしれないし……不正をやろうと思えばいくらでもできる」

「そうだよなあ。例えば三週間くらいわざと延ばして、打ち合わせた奴とピー坊と三倍満を山分け、なんて充分あり得るどころか、誰だって我先に飛びつくだろうよ。これじゃあレースにならねえよ」

アゴも全くだ、といった顔で相槌を打った。

「そうか……ネックはゴール板の具体的な取り決めと、チョンボが簡単にできるってことだな」

アズルの視線が宙に彷徨《さまよ》った。彼が悪巧みをする時の癖である。

「まずチョンボの方だけど、こういうのはどうだい。皆は自分の賭けた日を分かってるから、どうにかしてやろうと思うわけだろう？　だから当てクジ的な発想になるけど、自分の賭けた日が分からねえ方法を取ればいいのさ。なにか良い手はねえかなあ。どうだい、皆様のご意見は？」

アズルが全員の顔を、皮肉っぽい笑みを浮かべながら見廻した。

「アミダのやり方しかねえんじゃねえのか？　線を九本描いて、下に日付を書いてよぉ。そのゴールの時に皆で集まって、誰が優勝とか……」

元集団スリの兄貴格の安見が恐る恐る口を出したが、皆の冷ややかな視線を感じて途中で黙ってしまった。赤ん坊でも考えつきそうなことをわざわざ言うな馬鹿野郎！　といった空気である。こういうアホな意見には、あからさまに見下した視線が返ってくるだけである。

「やっぱり俺が考えるしかなさそうだな。こういうのはどうだ」

アズルが立ち上がって、ダーツボードの横に立ててある得点用の黒板の前に立った。

「まずここにいる九人が全員参加すると仮定して、枠順を決めるんだ」

1　アゴ　　6　ペンサンゾー
2　鶴ちゃん　7　小林
3　公ちゃん　8　飯田
4　安見　　9　痔やん
5　アズル

　黒板にサラサラ全員の名前を書き出した。

「この枠順は、内枠が有利とか不利とか全く関係ねえから文句言うなよ。皆平等だ……」

　と言いながらも、顔はいたずらっぽく笑っている。アズルが何か企んでいる時の表情だ。

「よう、アズル大先生！　俺が一番後ろってのはどういうことだい？　関係ねえといっても、ビリとかケツってのは嫌いなんだけどなあ」

　痔やんが口を尖らせた。

「まあ痔やん、気にするなよ。人間の法則ってやつで、格の順番で物事を決めるのが一番問題が起きねえんだ。なあアズル、これは格の順だろう?」

　一枠のアゴが得意げに言った。

「痔やん、そんなに気にすることじゃねえよ。これは格の順でも歳の順でもねえ」

「じゃあ何の順番なんだよ」

　今度はケツから二番目の飯田が訊いた。

「何てこたぁねえ……デブの順だ」

アズルがいたずらっぽく笑ったものだから、

「こりゃあいいや、ザマーミロ！」

「下に馬体重を書く欄を作れよ！」

「鶴ちゃんじゃなくて、公ちゃんが二枠じゃねえのか？」

外枠の連中が揃って与太を飛ばし始めた。

「皆いいかい、よく聴けよ。二回も講釈しねえからな。まず花札の一月から九月までを用意しておく。その札を引く順番はジャンケンで決める。この時に第三者の立会人という立場の奴を決めておいて、そいつに札を繰《く》ってもらうんだ。もちろんレースに参加してない奴だ。

例えばジャンケンで、痔やんが一番勝ったとする。痔やんは九枠だから、立会人は九月の菊札だけ抜いて、残り八枚をチョキチョキしてオイチョカブの要領で一列に並べる。もちろん伏せてだ……。痔やんはその中から一枚狙いをつけて、自分の懐にしまっちまう。そして公正を期するために、ヒントになるような与太も飛ばしちゃならねえ。仮に痔やんが選んだ札が牡丹《ぼたん》だったら、六月で六枠ってことだ。六枠はペンサンゾーだから、痔やんはペンサンゾーの馬券を買ったことになる。その要領で順番に札を選んでいく。

ただし二番目以降の奴は、自分の札が既に抜かれている可能性があるが、その場合は立会人が任意の札を一枚抜いちまう。常にマイナス一枚の状態でないと、前の奴の札が分かっちまうからな。もちろん札はどんどん少なくなって、最後の二人は場に一枚しか残ってねえことになるが、ジャンケンで負けたんだからしょうがねえ。それにこのジャンケンは、それほど重要じゃない。要するに、それぞれ他人の馬券を買ったことになるんだ」

アズルはここまで話すと枠順をメモに写し、今度は十七から二十六までの数字を横一列に書き始めた。

「いいか。今日は十六日だから、明日が初日で二十六日が最終日だ。まず一回戦は、この九日間が勝負ということになる。そこで二回目のジャンケンの登場だ。今回のジャンケンは、ちょっと気合入れなきゃいけねえぜ。このジャンケンで勝った順番に、好きな日を選ぶんだ。誰だって自分以外の奴に勝たせたくねえだろう――仮にジャンケンで公ちゃんが一番勝ったとして、二十四日を選んだとする。それでピー坊のゴールが二十四日だったら、公ちゃんが賞金を獲得するんじゃなくて、公ちゃんが買ってる奴のものになるんだ。例えば梅の札を持っていたら、賞金は二枠の鶴ちゃんのものってわけだ。一日の枠にダブリは認めない。したがってジャンケンで一番負けた奴は、空き家に入るしかないってことだ。どうだい、こういう方法で……」

アズルはここまで一気に話すと、全員の反応をうかがった。

「大体理解できたけど、要するにこの九人が全員別な奴の馬券を買わされて、そいつに勝たれたら困る、と思いながらレースを見てなくちゃならない、という筋書きだね」

頭の回転が速い小林は、すぐに理解できたようだ。

「さすがコバチャン！　ダテに三割打ってるわけじゃないね。このゲームのミソは、自分の札を誰が持ってるか分からない、というところにあるんだ。だから中日《なかび》になっても、果たして自分の日が過ぎちまったのか、これからなのかも分からねえ。自分のことを分かってるのは、この中の誰か一人だけだ。そいつは、あの野郎外しやがった、ザマーミロってな調子で腹の中で馬鹿にできるって寸法だ。いいか、念を押しとくけど、自分で持ってる札は絶対他言無用だ。そいつの日が過ぎちまっても、バラしちゃいけねえ。バラすのはゴールした時と、最終日まで結果が出なかった時だけだ。第一週で結果が出なかったら、二十六日の最終日の夜に全員でここに集まって札を公開しながら、再び同じ要領で選択し直して第二週に突入ってわけだ。リタイアしたい奴はやめても構わねえけど、賭金は戻らねえ。つまり一週目でリタイアした奴は一万円《ヤリマン》、二週目でリタイアした奴は二万円《フリマン》の丸損ってことだ」

アズルがここまで話したところで、再び小林が注文をつけた。

「レースの張り方は理解できたけど、ゴールインの問題はどうするのさ。肝心のエサの態度が、はっきりしなかったら困るじゃん」

アズルは一瞬視線を宙に浮かしたが、

「そうだな。これだけの頭数がガン首揃えて、取った取られたをするんだから、エサの人参にもそれなりの覚悟をしてもらわなくちゃいけねえよなあ――よし、任しとけよ」

アズルはピンク電話に手を伸ばし、マッチ箱の番号を廻し始めた。

「モシモシ……恐れ入ります、マスターいらっしゃいますか？　はい、私はアズルと言います……オウ、ピー坊か、俺だよ、しばらくだなあ。取り込み中だと思うから危《ヤバ》い話はしねえけど、俺の言うことに返事だけしてくれよ。

　かいつまんで説明すると、おまえがいつこっちに戻って来るか、皆で賭けをしたんだ。だけど、その当日のことで揉めてるんだ。もしおまえがこっちに舞い戻って来る時は、完全にそっちのヤマをぶん投げて来る時にしてほしいんだ。ちょっとこの辺まで買い物に来たから、ついでに寄った、というのはダメだ。紛らわしい行動は取らねえでくれ。

　それでもし戻って来る時は、真っ先にカネコに顔を出してくれ。それも九時から十時の一時間の間に限るんだ。もし十時を過ぎるようだったら、次の日の九時まで待ってくれ。何しろ毎日九時から十時まで、皆でガン首揃えてカネコの入り口を見張ってるんだからな。それから事前に情報を流すのも反則だ。例えば今日帰るとか、明日帰るとか……。チョンボはできねえ仕掛けになってるけど、あんまり波風が立つようなことは言わねえでくれ。

　……ってなわけで、いろいろ勝手なことばっかり言っちまったけど、ピー坊のシノギの邪魔をする気はねえからよ。その辺はこっちも気を遣ってるからさあ。柄の悪い連中が、こぞって冷やかしに行くような真似はさせねえよ。それから、明日痔やんが顔を出すようだから、相手してやってくれよ。おまえが居なくなって一番寂しいのは奴なんだからさあ。あっ、それからもし帰って来るんなら、そこそこのタイミングで頼むぜ。あんまり先の話だとシラケちまうからな。俺も近いうちにネクタイでもぶら下げて顔出すよ。じゃあな……」

アズルは電話を切ると、全員を見廻しながら言った。

「今の電話で、ゴールインの段取りはクリアできたよな。だから心配な奴や暇な奴は、毎日九時から十時の間、ここで見張ってればいいし、来れねえ奴は十時頃電話で聴けばいい。もしピー坊が出没した時に、結果が分からねえと面白くねえから、必ず十時頃ここに電話を入れるって約束にしよう。もし一週目で決着がつかなかったら、二十六日の晩に同じ要領で二回目の買い目を決める。明日痔やんが行けば、長引きそうだとか時間の問題だとか、それなりの情報を持ってくるだろうけれど、今夜は全員何も分かっちゃいねえから条件は同じだ。したがってハンデもねえ。各一万《ヤリマン》の平等レースだ。尻尾巻きてえ奴は今のうちに言えよ」

「途中落車の奴は罰金一万《ヤリマン》をプラスってのはどうだい？」

鳶の公ちゃんが煽った。

「銭は誰が預かるんだよ……これもジャンケンか？」

痔やんは、あまり気乗りがしない表情である。それも無理はない。大体において、この類いのトトカルチョでは過去に良い思いをしたことがないし、まして九分の一の確率なのだ。

「痔やん、随分情けねえ面してるじゃねえか」

アズルが痔やんの表情を見透かしたように言った。

「心配すんなよ。今度のレースは、勘の良さとか運の強い弱いってのは、あてにならねえんだよ。逆に強くねえ方が有利なんだぜ。分かりやすく言えば、痔やんが引き当てたやつは泣きだよな。その逆で、この手のギャンブルに強い奴が、痔やんの枠を引き当ててくれるかもしれねえ。要するに、普段とは逆の結果になる公算が強いんだ。だから、もうちっと景気のいい面してててくれよ」

アズルが痔やんをなだめたが、励ましてるんだか馬鹿にしてるんだか……アズル独特の言い廻しである。

「ところで銭は誰が管理するんだ？」

アゴは、自分が預かってもいいぜ……という顔つきである。

「金庫番ねえ……」

アズルが渋い声で言った。

「アゴや俺は自分で言うのもなんだけど、危ねえし……これぱっかりは、ジャンケンやサイコロで決めるわけにはいかねえしなあ」

アズルが全員の顔を見ながらグズグズ言っている。

「やっぱり、大家さんに預かってもらうのが一番いいんじゃねえか？　大家兼管理人の鶴ちゃんにやってもらおうぜ」

公ちゃんのこの意見に、結局それしかねえ、という具合で、カネコのチンケな手提げ金庫が皆の銭を吸い上げることになった。

残る問題は枠順を決める際の立会人であるが、これは口が堅くて曲がったことが嫌いな頑固者に限る、という皆の意見ですんなり決定した。

『かつ江』の女将のチャンカァだ。すぐ決定するのも当然である。他の連中は、皆曲がったことが大好きな奴ばかりなのだから……。

早速チャンカァに連絡すると、「用事があるならそっちから来い」というお言葉があり、むさくるしい奴らが列組んでチャンカァの店に押しかけた。

しかし九人の男が一度に入ると、小さい犬小屋の中に野良猫の集団が押し込まれて身動きが取れなくなっている、という図である。

アズルがかいつまんで事の経過を説明した。

「大体分かったけれど、何もあたしじゃなくたっていいじゃないか。だいいち、皆にああだこうだ聴かれたりして面倒臭いよ」

チャンカァは、飯田や安見に視線を向けながら気のない返事をした。

チャンカァは人の好き嫌いが激しく、気に入らない奴に目の前をチョロチョロされるのが我慢ならないのである。

チャンカァの視線を敏感に感じ取ったアズルが、

「この立会人は全員の買い目が判ってしまうし、最後の方は立会人の思惑で、買い目を操作することもできちまうんだ。そんな大事な役だから、口が堅くて信頼できる人間じゃなくちゃいけねえんだ。もちろんタダでやってくれとは言わない。一人一回一〇〇〇《ヤリセン》円のテラを切るから頼むよ。皆で九人だから、九日間で九〇〇〇円《ガケセン》だ。ピー坊が一か月もとぼけてたら、三万六〇〇〇円の収入ってわけだ。

……頼むよ、チャンカァしかいねえんだ」

飯田が、毎回テラを切らなきゃいけねえのか、とか何とか隣の安見に小声で訊いていたが、何人かの見下した強い視線が飛んできたので慌てて黙ってしまった。

「もう一回確認するけどよぉ、仮にこの場でキャッシュを出し合って、明日が初日で二十六日が最終日だよなあ。それでも決着がつかなくて、仮にちょうど一か月後に奴が帰ってきたら賞金は一体いくらになるんだよ」

痔やんは、もう一つ気乗りがしないようである。

「おまえはノミ屋のくせに、そのくらいの計算もできねえのかよ。来月の十六日と言えば、第四週の初日だから九×四で三十六万両ってとこだ。このくらいの暗算をこなせねえと、ノミ屋で大成できねえぜ」

アゴがからかうような調子で言った。

「へっ！　自慢じゃねえけど、算数はからっきしだったもんでね。しかし一か月おあずけ喰って三十六万じゃなぁ……アラブやサラ系ならまだしも、サラブレッドのレースの賞金としては、ちょっと涼しかねえかい。それにあまり長くなると、シラケてきちまって銭賭けてるのが馬鹿らしくなっちまわねえかい？」

痔やんがグズるのももっともである。一か月以上待つというのは、彼らの性格上無理な設定だ。

「よし！　じゃあこうしよう。九日間周期で、第三週の来月十五日の晩で、一応打ち切りにしよう。それで決着がつかなきゃあ、しょうがねえってことだ。それに、レートを一口二万《フリマン》にすれば、第一週の決着で十八万、第二週で三十六万、第三週で五十四万だ。どうだい痔やん、このくらいの厚みなら文句ねえだろう」

アズルが数人の顔を覗き込みながら、いたずらっぽく笑った。

「俺は構わねえけど、皆はそれでいいのかよ？　嫌な奴は早いとこ降りてくれよ」

公ちゃんはすっかり乗り気である。

「テラは当然一回二〇〇〇円てことだよね……」

チャンカァが口を挟んだ。飯田がまた何か言いたそうな表情をしかけたが、かろうじて言葉を飲み込んだ。

早速小林がカネコから持ってきた花札を取り出した。

「まあ待て。それよりジェニジェニ……二万《フリマン》両とテラの二〇〇〇《フリセン》両持って全員集合だ」

鶴ちゃんが輪の真ん中で、銭を集める。

「テラ込みで二万《フリマン》両じゃねえのか？　俺はそう思ってたけどなあ……」

追いはぎコンビの片割れである安見が、口を尖らせた。

しかし残りの連中はさっさとポケットを探って、やれちょうどだとか、やれ釣りをくれだとか、眼中に無い奴の言葉などに耳を貸していない。安見も諦めたように、大人しく賭け金を懐から取り出した。

誰かが「ジャンケンなんてガキじゃあるまいし、サイコロの高目で順番を決めよう」と言い出したが――こういう場はジャンケンが一番感動的だ――という主力勢力の裁定で、大の男たちが何組かに分かれ、声を合わせてのジャンケンポン大会となった。

馬券ならぬ馬鹿人間券を、初っぱなに引ける権利を勝ち取ったのは、伏兵のペンサンゾーこと遠山である。一番手と言っても、好きな枠順を引けるわけではない。この時点ではレース展開にさして影響はない。ただ、先と後という気分的な差があるだけだ。

カウンターの中のチャンカァが、出馬表のメモを見ながら遠山の六枠『牡丹』の札を抜いた。残りをチョキチョキした後、伏せたままカウンターに一列に並べていく。直接キャッシュを張っているわけではないが、このような遊びの雰囲気に満ちているギャンブルは、新鮮な印象があるのであろう。皆の顔が、無邪気な真剣さに溢れている。

ペンサンゾーは、迷わずカタ（一番先の札）を引き、両手で覆うようにして札を確かめた。飯田が横から覗く姿勢をとろうとしたと同時に、誰かに後頭部をこっぴどく叩かれた。

「おまえまだ分かってねえのか！　見猿・言わ猿・聞か猿だ。何度も言わすなよ」

アゴが見下した目つきで叱り飛ばした。

皆の視線がペンサンゾーに集中するが、ペンサンゾーは誰とも視線を合わさずにそっぽを向いてニヤニヤしているだけだ。ペンサンゾーの引いた札は、『梅』であった。梅の二枠は鶴ちゃんの枠である。

引き手の二番目は、その鶴ちゃんだ。当然鶴ちゃん自身の札は、ペンサンゾーの懐にしまい込まれ、チャンカァの手元にはない。

しかしそこは、立会人の抜擢《ばってき》を受けたチャンカァである。カウンターの中で鶴ちゃんの枠順と手札を確認するそぶりをすると、『松』を抜き取り、残りの七枚をチョキチョキして再び横一列に並べた。チャンカァの演技もなかなかのものである。

鶴ちゃんはペンサンゾーとは逆に一番最後のケツ札を選ぶと、慎重に両手で覆って目を確かめる。札は『桜』だ。公ちゃんの三枠である。

鶴ちゃんは、「ヨシ！」と大きく頷《うなず》くと、財布の中に札をしまい込んでしまった。

三番手は元追い剥ぎの安見だ。この時点で既に鶴ちゃんと公ちゃんの札が、引かれている。

チャンカァは、当然安見自身の四枠の『藤』を抜き取ると、残りの六枚を場に並べた。

皆の視線が、チャンカァの様子から何かを読み取ろうと注がれる。しかし、特定の誰とも視線を合わせないチャンカァの表情からは、何も読み取れない。

安見は真ん中の札を選ぶと、わざわざ後ろに下がって目を確かめて、やはり財布にしまい込んだ。ワニ革のキザな財布だ。安見の札は『萩《はぎ》』、外車屋の小林の枠であった。

次の出番はアゴの仲田である。場は五枚に減っている。アゴはカタの札を手に取り、チラッと見やってそのまま胸ポケットに収めた。札は『牡丹』、ペンサンゾーの六枠だ。

五番手は追い剥ぎの片割れ、飯田の登場だ。飯田の枠はまだ残っていた。チャンカァは飯田の『坊主』をさりげなく抜き取った。場は既に四枚に減ってきている。

チャンカァは場に残った三枚を回収すると、素早く札を確認した。『菖蒲《しょうぶ》』が引かれたようだ。菖蒲の五枠は、アズルの枠である。

安見と飯田の追い剥ぎコンビは、どうせツルむに決まっている。安見は萩の小林であり、飯田は菖蒲のアズルだ。せこい二人のことだ。後で競馬の予想の如く、表でも作って自分たちの札を誰が持っているか、などとくだらない予想をするのであろう。

チャンカァは飯田の顔を一瞬見据えると、馬鹿にしたように口元に薄笑いを浮かべた。

次に登場したアズルは、残り三枚となった場の中でケツの一枚を引いた。札を瞬間的に覗くと、唇を歪めて鼻で笑う仕草をした。『藤』の四枠は安見である。

残るは外車屋の小林、公ちゃん、痔やんの三人で、残る札は、松・坊主・菊の三枚である。

小林と公ちゃんの札は既に引かれている。

チャンカァは、坊主を引き抜くと自分の手元に残し、松と菊の二枚を伏せて並べた。

小林は二枚の札を覗き込み、

「これじゃあ、まるっきりアトサキだ」と笑いながら、サキの札を選んだ。アゴの一枠『松』だ。

チャンカァの手元には、坊主と菊が残り、ジャンケンの負け残りは、仲良く公ちゃんと痔やんだ。

できれば小林に菊を引かせたかったが、残ってしまったものは仕方がない。公ちゃんの番であるから、必然的に痔やんの枠の『菊』を出すしかない。

「アトサキだろうと丁半だろうと、選べるだけいいじゃねえか。俺なんざあ——ハイッ、これです。あっ、そうですか——てなもんで、チャンカァの一存で決まっちまうんだぜ。嫌な予感がするよ。ブタしか残ってねえ気がする……」

公ちゃんが、伏せられた一枚を手に取って確かめる。

「何てこったい！　思ったとおりだ。チャンカァよぉ、よりによってこりゃあねえよ……！」

公ちゃんは、ずっこける格好をしながらも顔は笑っている。

引き手のどん尻は、ジャンケンにも弱かった痔やんが皆に笑われながらの登場である。当然残りの札は『坊主』だけだ。追い剥ぎの片割れ、飯田の八枠である。

痔やんは苦笑しながら、

「だから最初から気が進まなかったんだ。どうもジャンケンてやつは相性が悪い」

「ジャンケンも、だろう?」と鶴ちゃん。

「でもよお、チャンカァは俺に誰を残してくれたのかな。残り物には福があるってえからな——何だ！　こりゃあ一体誰だ。え〜と、何だ参ったなあ……キャンセル料が三〇〇〇《カチセン》円くらいだったら、この場で抜けてえ気分だぜ」

痔やんは大げさに落胆の表情を作ってみせたが、目は楽しそうに笑っている。

「おまえの札を握らされた奴も同じ気持ちだろうぜ。俺だったら五万《ズカマン》でもキャンセルするところだ」

アゴの仲田が笑いながら与太を飛ばしたが、内心は穏やかではない。なにしろ、くすぶりの権化であるペンサンゾーの札を握らされているからだ。できればアズルとか小林とか、潰しがいがある相手の札を引いておきたいところだった。

「買収は二十万円以上なら受け付けるからね……」

というチャンカァの言葉で馬券買いは終わり、次のゴールインの日を選ぶジャンケン大会が始まった。

トップ当選の小林は、初日の十七日。

二着には大方の予想に反して、痔やんが頑張って、二日目の十八日。

三着の飯田は、三日目の十九日を選んだ。

四着以降のペンサンゾー、安見、公ちゃん、アゴ、鶴ちゃん、アズルの順でそれぞれ若い方の日付から選んでいった。

今日の電話の様子では、ピー坊がそれほど早い時期に帰ってくる可能性は少ない。それを見越しての日付の若い順である。

第一週の後半に多少のチャンスがあるかもしれないが、まあ本命は二週の終わりか三週だろう――という声が大方の予想である。

「どっちにしたって第一節はネエよ。まあ、貯金シリーズってとこで勝負は二節からだな……」

アゴの仲田の言葉とともに、馬鹿どもがチャンカァの店から引けていった。

それぞれの想いと、一枚の札を胸にしまって……。

――この時点で、誰が思いがけない結末を予想できたであろうか――。

「一段落したから、チョット外に出ようか」

新米マスターのピー坊が、お客様の痔やんを促した。

「おう、もういいのか？　忙しい時に悪いな」

連れ添って出る二人の背中を、母娘の訝るような視線が追った。

「なかなかいい娘じゃねえか。だけど、親子ともどもまるっきりの素人みてえじゃねえか。大丈夫なのかよ」

近くの喫茶店で、痔やんが心配そうにピー坊の顔を覗き込んだ。

「痔やん驚くなよ。素人どころか、あの娘はまだ現役の高校生なんだ」

ピー坊は、いたずらっぽく痔やんの顔を見返した。

「高校生？　本気《マジ》かよ。おまえ……じゃあ、あの娘は本物のセーラー服なのか？　参ったなあ。おまえにそんな趣味があるなんてよ……俺は帰って皆に何て言やあいいんだよ。ロリコンの趣味が昂《こう》じて、ついに気が狂っちまった、とでも言やあいいのか？　一体どうしちまったんだよ」

話しているうちに、ピー坊の態度が急にオドオドし始めた。せわしなく視線を動かし、小刻みに震える唇でやたらに煙草を吹かす。ピー坊が言いにくいことを言う時の癖である。

「痔やん、はっきり言っとくけどさあ、皆はどう思ってるか知らねえけれど、俺はもう半分足を洗ったような気持ちになってるんだよ。確かに最初は興味半分ってところで、あの娘に近づいたんだけどね。まだ二週間足らずだけど、あの母娘と一緒に仕事をして、家族の一員みたいな扱いを受けて、何となく自分自身が凄く充実した気分になってるんだ。

もちろん、この先何十年も汗水垂らして働くなんて俺にはたぶん無理だろうけれど、幸いあの母娘の懐は思ったよりずっと深いんだ。だからその財産をうまく運用して、早く左団扇《ひだりうちわ》で暮らせるような筋書きを考えなくちゃあいけないんだけどね。でも誤解するなよ。俺があの母娘を、喰い物にしようと思ってるわけじゃねえんだぜ。会社組織なり、何かの事業を起こすなり、あくまで真っ当な筋書きで俺自身も含めて皆で裕福に暮らせるようになりてえ、と思ってるんだ。

なあ痔やん、これは本気だぜ。だから仲間が何て言おうと、俺は気にしねえ。俺の辛抱がいつまで続くか、なんてトトカルチョ作ってるのも聞いたよ。何言われても構わねえし、痔やんに愛想尽かされても仕方ねえとも思うよ。これまでにも何回か生き方を変えてみよう、と思ったことがあったんだけれど、なかなか踏み切れなくてね……でも今回は、本気《マジ》にあの娘と真っ当な生活をやっていこうと思ってるんだよ。痔やんは分かってると思うけど、元来俺って男は悪に徹しきれないし……所詮俺って男は、この辺までのワルでしかないってことさ」

ピー坊のチェーンスモークで、吸い殻がみるみる山になっていく。

ピー坊はまだ何か言い足りないようであるが、うまい言葉が出てこないらしく、唇が震えているだけだ。彼のギャンブル気質と同様に、攻めている時は怒濤《どとう》の迫力を見せるが、いったん守りに入ると意外と脆《もろ》い面をさらけ出してしまう。

「なあピー坊よぉ、悪に徹してる奴なんか俺らの仲間にはいやしねえよ。そういう奴は仲間なんか出来ねえし、大体そういう奴らは大金持ちか政治家って、相場が決まってるんだからよぉ。俺らには縁はねえよ。俺らみんな、小悪党を気取ってるだけじゃねえか。俺だってヤクザになりきれなくて、足洗って田舎に引っ込んだこともあったけどよぉ、結局戻って来ちまって、未だこのザマだ。

いいんじゃねえの？　足洗って、真っ当な会社の社長を目指して頑張るのも……。実は今日は、おまえの様子を見てこいって言われてね。その目的もあったんだ。皆はピー坊の本気《マジ》はいつもの口癖だ、なんて言うだろうけどね。まあ俺だけは今回は本物《モノホン》だって思うことにしよう……寂しいけどね」

痔やんは懸命に深刻そうな顔をするのだが、どうもそのヒョットコ面では深刻さが伝わりにくい。

「そのトトカルチョってのは、チョンボができねえってのは本当かい？　できれば痔やんに肩入れしてやりてえんだけどね……」

「うん、チョンボはまず無理だな。チャンカァを抱き込まない限りな……。結構うまい仕組みになっていてね。気持ちは有難えけど、ピー坊が戻って来る気がねえんじゃあ、所詮レースは成立しねえから仕方あんめぇ。アズルに言って、このトトカルチョはナシにするべえ」

「何だ、チャンカァまで巻き込んでるのか？　随分と大掛かりじゃねえか。まあ今のところ、気が変わる予定はねえから、骨折り損の何とかにならねえうちに払い戻しにした方がいいぜ。皆にもそう言っといてよ。だけど遊びに来るんなら大歓迎だよ。喫茶店だけど、ビールくらいご馳走するからさあ……」

ピー坊の表情からオドオドした態度が消え、平常に戻って来ている。

「まあ、何はともあれ頑張れや。俺もちょくちょく顔を出すし、皆にも遊びに来るように言っとくよ――それからよぉ、もし帰って来たくなったら、変な気を遣わねえでいつでも戻って来いよ。こちとらは、いつでも大歓迎だぜ」

しばらく馬鹿話をして痔やんは帰って行ったが、心なしか小柄な背中が寂しげに見えた。

「見かけは悪いけど一番の親友なんだ。今度来た時は皆で一緒に飯でも喰おう」

店に戻ったピー坊の、母娘に向かっての第一声だった。


成り行きというのは恐ろしいもので、ピー坊と痔やんの思惑とは逆に、この足洗いレースはインフルエンザの如く広がっていった。

この病原菌は、目新しいギャンブルに飢えていた近隣の半パ者たちを、ことごとく引き込み、翌日にはカネコ公認のグループが、九頭立てで五グループも出来てしまったほどだ。

厄介なことに、これらの連中の中には、日頃カネコには滅多に出入りしていない顔ぶれもかなり含まれていた。

文字どおり、一夜にして縄張りを越えた遊び人の大きな輪が、出来つつあった。

痔やんはこの大きなうねりを懸命に抑え込もうと孤軍奮闘していたが、遊びに夢中な子供たちに、遠くから声をかけているようなもので、何の役にも立たない。

それこそ、中央競馬の日本ダービーや天皇賞など蹴っ飛ばし、という盛り上がりようである。

おかげでカネコとチャンカァの店は、連日馬鹿どもの出入りでごった返し、鶴ちゃんはニコニコ顔だが、好き嫌いの激しいチャンカァは爆発寸前だった。

何と言っても馬鹿の一つ覚えというやつで、全部のグループが、枠組みから花札使用、立会人のチャンカァから金庫番の鶴ちゃんまで、全てがアゴやアズルの第一グループと同じルールという単純さである。

「全く彼奴《きやつ》らには、自分で考えようって気持ちがこれっぽっちもねえのかよ。これじゃあ、まるで猿山の猿だ。おい鶴ちゃん、当然猿どものオモチャを考案した俺には、何らかの誠意ってものが廻ってくるんだろうな。自分が参加しているグループなら仕方ねえけど、ヨソのアラブやサラ系の奴らの面倒まで見て、何の挨拶もねえとなると、俺もいささかヘソ曲げるぜ……」

カネコのヤニだらけの壁に張り出された五枚の出馬表を見ながら、アズルが半分冗談、半分本気とも思える口調で言った。

「そうだなあ。そこまで考えなかったけど……。じゃあこうしよう。いまさら場の銭は増やせねえから、優勝した奴がそれぞれアズルに特許料だか何だか分からねえけど、幾ばくか支払うことにしよう。金額は決めねえ方がいいだろう。後で紙に書いて貼っとくよ」

銭の管理人でもある鶴ちゃんが、面倒臭そうに同意した。

「著作権使用料って言ってほしいね。ちゃんと漢字で書いてくれよ。ひらがなだとなんだかややこしいからよぉ……あっ、どうせひらがなだろうがカタカナだろうが、分かりゃしねえか。何しろ小学生を相手にしてるようなもんだからな」

カネコの店内で、アズルがいつもの調子で毒づいた。

痔やん、アゴ、ビリヤード場の店長の田島とアズルが一卓を囲み、その隣の卓では主の鶴ちゃんが、日頃他の雀荘を溜まり場にしている連中と卓を囲んでいた。他の三卓も、あちこちの雀荘やらビリヤード場を根城にしている半パどもに占拠されており、いつものカネコの雰囲気とは、まるで違って見える。

「いまさら遅えかもしれねえけど、ピー坊の決意は変わらねえと思うぜ。あんまり場代が高くならねえうちに、払い戻しにした方がいいんじゃねえのか？　こうやって、毎日他所《ヨソ》から遠征までして来てる連中を、がっかりさせることになったら可哀想だろうがよ」

ピー坊に直接会った痔やんは、翌日からレース不成立を主張してきたが、主だった連中は痔やんの忠告に耳を貸そうともしなかった。

「痔やん、心配をしてくれるのは有難いけどよぉ、結果がどうあれ、皆結構楽しんでるんだぜ。このレースのおかげで、普段はヤアとかオウくらいしか口を利かない川向こうの連中とか難民キャンプの奴らと、こうして同じ屋根の下で遊ぶこともできるんじゃねえか。大体よぉ、毎日毎日懐の薄い仲間内で同士討ちしてるより、よほど気合も入るってもんだ。こういうのを何て言うんだっけ？　銭をヨソのクニからふんだくることだよ。なあ鶴ちゃん？」

アゴがちょうど背中合わせになっている鶴ちゃんに訊いた。

「外貨獲得……だったっけ？」

「おうおう、それそれ。なあ痔やん、仮にピー坊が粘り通してテラ銭損したって、文句言う奴なんていねえよ。それぞれ一風変わったスリルも楽しめたんだしよぉ。こうして街にも活気が出てきたんだし、そう考えりゃあ安いもんじゃねえか」

アゴが痔やんをなだめるように言った。

「おい、その川向こうの連中とか難民キャンプの奴らとかいうのは、まさか俺たちのことかい？」

鶴ちゃんと卓を囲んでいた一人が、苦笑いをしながらアゴの方を見やった。

日頃は天狗荘という雀荘を根城にしている梅沢という不良タクシー運転手である。

そうするとあちこちから、

「仲田ちゃん、こんな上品な俺たちをつかまえて、難民呼ばわりはねえだろう」

「どうせなら海の向こう、と言ってほしいね。その方が聞こえがいい」

「島流しの奴らに難民呼ばわりされたくないね」

「馬鹿野郎！　外貨獲得に来てるのは俺たちだ」

などと一斉にへらず口が返ってきた。全くどこの半パも口だけは達者である。

半パの習性の一つとして、肌の合う者同士数人でグループらしきものを形成していることが多い。ヤクザ世界のように大所帯になることもなければ、完全な一匹狼というのも存在しない。グループと言うより、何となく身を寄せ合っている、と言った方が的を射ているかもしれないが。

しかし彼らにしても、嫉妬心や自己顕示欲は人並みに旺盛であり、アゴたちカネコ一派に対して表向きは一歩引いている態度はしていても、俺たちだって——という対抗意識は強い。

痔やんにとっては、ピー坊の決意を街ぐるみでオモチャにしているようで、今一つスッキリしない毎日である。

アズルはそんな痔やんの気持ちを察知しているようで、

「痔やんよぉ、もしピー坊が粘り通したら、俺たちで気の利いた飾り物でも奴の店に送ってやろうや。奴の気持ちをオモチャにしちまったお詫《わ》びによぉ……」

「足洗い記念というやつかい？　それだったら軽石とヘチマのセットはどうだい」

早速アゴが茶化した。

「足首から先だけの置物ってのもあるじゃねえか。どっかで見たことあるぜ」と田島。

「そういう格好の妖怪がいたじゃん。年中——足を洗ってくれ——って歩き回ってる奴がさあ。確かゲゲゲの鬼太郎に出てくるんだ」

隣の卓から田島の子分で、ハズラーと呼ばれている若者が口を出した。

「何がゲゲゲの鬼太郎だい。一反木綿みてえな面しやがって」

いつの間にか公ちゃんがチャンカァの店から戻ってきて、背後からハズラーの手を覗き込みながら言った。

「公ちゃん、チャンカァの店はどんな塩梅《あんばい》だい？」

アゴが卓上から目を離さずに訊いた。

「相変わらずの満員御礼さ。初日から七日間連チャンで、かつ江の新記録更新中だ」

「今日はどんな面子《メンツ》なんだい？」

「グズラ松、安田、佐藤、マサハル、ケン坊、それに追い剥ぎコンビも居たぜ。相変わらずチャンカァにうるさくつきまとってたよ。今頃きっとチャンカァに水ぶっかけられてるに違いねえ」

「何とも凄まじいメンバーだなぁ。そんな所に三分もいたら気が狂っちまいそうだぜ」

アズルが呆れた顔で言った。

「青森、仙台、小菅《こすげ》が列を組んでの大行進ってわけだ……チャンカァも災難だなあ」

アゴは実に嬉しそうである。

「愛《いと》しのピー坊はセーラー服に取られちまうし、追い剥ぎコンビにはピッタリマークされてるわ、普段あんまり来やがらねえ奴らが入り浸るわ、チャンカァは今頃きっと大後悔だろうぜ」

鶴ちゃんが可笑しくて仕方がない、という表情で言った。

しかしそう言う鶴ちゃんは、大後悔どころか大満足の顔である。その間にも、箸にも棒にもかからない連中が、入れ替わり立ち替わり出入りしているのだ。何しろ総勢五十名近いヒマ人が、夜な夜なカネコとチャンカァの店の周りを徘徊しているのである。

これはもう痔やんのささやかな願いなど、とっくに吹き飛んでしまっているほどの一大イベントの様相を呈している。

さしずめこの界隈の野良猫全部が、それぞれの懐に一枚の花札を忍ばせ、賞金のイワシの頭を虎視《こし》眈々《たんたん》と狙っている、という図であった。

そんなこんなで予選気分の第一節が過ぎ、多少の緊張感が出てきた第二節も、何事もなく過ぎた。

ピー坊は当然の如く粘っていた。

カネコ公認の各チームは、感心なことに一人の落車も出さずに、いよいよ佳境の第三節に突入していったのである。

第三節の三日目。痔やんが懐の財布に松の札を忍ばせ、午後からカネコに出張ろうとしていた。今日は平日なので、生業の電話番からは解放されているが、午前中に先週のレースでの未収金の顧客を数軒廻り、今日のノミ屋稼業のスケジュールは一段落したところであった。

いつの世でもどのバクチにしても、客というものは浮いたときはすぐにでも銭を欲しがるくせに、沈んだ時は一日でも支払いを遅らせようと、あの手この手の言い訳を言ってくる。しかし、そんな顧客たちの身勝手さにも、ある程度寛容になっていないと、昨今のノミ屋稼業を維持していくのは難しくなってきている。

そして直接的な組織暴力の後ろ盾のない痔やんが、この稼業を続けていけるのは、実はここに秘訣《ひけつ》があったのである。

当時ノミ屋稼業は、組織暴力団の重要な資金源であった。しかし顧客側の素人衆も一筋縄ではいかなくなってきていて、賭け金の払いを渋る奴らも日増しに増えてきていた。

その場合、ヤクザ直営のノミ屋は、えげつない取り立て方しかできなかったのである。いわゆる乗っ込むとか追い込むとか、堪え性のない彼らは、短兵急な対応しか術がないのである。

そうすると、当然の如く素人衆との間に悶着が起き、警察沙汰になり、たかだか数万とか十数万のはした金で大ごとになってしまい、最悪、若い衆の懲役騒ぎにまで発展し兼ねない。どう見ても胴元のヤクザ側に割の合わない話である。

そこで集金の達人である痔やんの登場である。痔やんは、現在二つの組織暴力団から、未収金の取り立ての依頼を頻繁に請け負っている。

「痔やん、この顧客の焦げつき何とか頼むよ……」という具合で、僅かな手数料で集金を代行してやるのである。

そして痔やんの仕事ぶりは、常に九割方回収という見事さであった。しかし痔やんに特別な能力やテクニックがあるわけでもなかった。顧客側とて、ヤクザ相手にバクチの負けを踏み倒そうとは、元より考えているはずがない。ただ、新聞の集金のように『ハイそうですか』と素直に払いたくないだけなのだ。だから粘り強く下手に出ていれば、数回通ううちに支払ってくれるのである。

痔やんとて組織暴力団と直接関わることはしたくないが、その見返りとして、彼らのえげつない同業者潰しの的にならず、見逃してもらっている、という状況を作っているのである。

そしてこの辺のあしらいが、組織暴力団にどっぷり浸かってしまい、見事に使い捨てられてしまったハコ助と痔やんの違いであった。

——今日は天気もいいし、体調も悪くない。痔やんは、いつになくウキウキしている自分に気が付き、誰が見ているわけでもなかったが一人で照れてしまった。

ウキウキの原因は、例の足洗いレースのトトカルチョである。当初はあまり乗り気でなかった痔やんであるが、ここにきて何となくこのレースが面白くなってきていた。

ピー坊には悪いが、この手の遊びも結構楽しめる。普段一〇〇〇円でも銭が賭かると、目が吊り上がってしまう奴らが、大枚を投資しているにもかかわらず、妙に温和で家族的な雰囲気になっているのも面白い。

痔やんの第一節は飯田の坊主であり、二節は小林君の萩だった。

そして本日第三節の三日目は、痔やんの馬主の日であった。最終節で痔やんが引き当てた馬枠は、アゴの仲田の一枠松であった。そしてそのアゴも今日で見事に消える運命だった。

なぜならば、先日ピー坊と会った際に『もし帰るとしても、痔やんだけには当日の朝に必ず連絡を入れるよ』というピー坊との確約があったからだ。当然の如く、今朝ピー坊からの連絡はなかった。ザマアミロである。

さらに一昨日の晩には、悪運の権化のようなアズルの枠が消えた、との情報が巷を飛び交った。アズルの枠札を持っていた追い剥ぎコンビのどちらかが漏らしたに違いなかった。

この追い剥ぎコンビは、どうも言わ猿の規則が守れないらしく、ここだけの話というのを、会う奴会う奴に言いふらしているらしい。しかし二人が持ち札をばらしたとしても、それ以上病気が伝染しなければ、大勢に影響はない。九人のうち二人が判明しただけでは謎は解けないのである。

いまさらながら、瞬時にこのルールを考えついたアズルの悪知恵には、全くもって恐れ入った、という思いの痔やんであった。

もう一つ懸念されることは、痔やん自身の九枠が二日目の昨晩で消えてしまったのではないか、ということであるが、痔やんにはまだ残っている、という確信があった。

なぜなら、昨晩二日目の馬主が、ほかならぬ公ちゃんだったからだ。長い付き合いで、公ちゃんの癖は充分見破っているつもりである。

公ちゃんの芸風ならぬバク風は、かなり手強いにもかかわらず感情がストレートに出るタイプということである。本人もそれは充分承知しているのだが、あえてそれを隠そうともしないところが公ちゃんらしい。

痔やんは三日前の最終節の抽選会の様子を、鮮明に覚えていた。

最初の馬主決めでは、公ちゃんは確か五番手か六番手だったと記憶している。その瞬間、公ちゃんが『ヨシ！』と短く気合を入れるのを痔やんを含めて皆が目撃している。

――殺し甲斐がある相手を引き当てて、自分の懐で葬る――というのが、このレースの醍醐味《だいごみ》である。

その観点で考えると、公ちゃんが痔やんを引き当てた場合『ヨシ！』はあり得ない。大げさにズッコケルか、ボヤキの言葉が出ているに違いない。現に第一節にこのケースがあったが、奴は大げさにボヤいたはずだ。

恐らく今回の奴のアクションからすると、アズルかアゴか小林の三人のうちの誰かであったはずだ。しかし、アゴの一枠は痔やん自らが引き当てており、アズルも追い剥ぎコンビに引き当てられ、早々と初日に消えてしまったようだ。

そして痔やんの推理が正しければ、公ちゃんが引き当てたのは小林ということになる。公ちゃんにしてみれば、当面の敵である小林の落ちた瞬間を自分だけで楽しめたのだ。恐らく昨晩は腹の中でガッツポーズをしていたに違いない。そしてそれは、痔やんにとっても吉報である。

初日にアズル、二日目に小林、そして今日のアゴも、痔やんの懐で風前の灯《ともしび》である。普段我が世の春を謳歌《おうか》している彼らが、この体たらくである。痔やんにしたら、気分が悪かろうはずがない。

痔やんは、込み上げてくる笑いを堪えながらカネコに向かった。

カネコの前に数人の男たちが、たむろして煙草を吸っているのが見えた。グズラの松浦、普段『輪』という雀荘を根城にしている長尾と辻井、それにダメコンビの小橋と駒田である。

「何だおまえら、中学生みてえにこんな所で溜まっててよぉ。一体何だってんだ？」

「何だもへったくれもねえよ。見りゃあ分かるじゃん――このシャッターは何なのよ！」

グズラ松が、十八番のグズタラ節を垂れ始めた。

「二十四時間ダラダラ営業が取り柄のカネコが、こんなことってあるんスか……？」

学生崩れの小橋と駒田のダメコンビも、ムッとした表情である。

「何かの用事で出かけたんだろう。鶴ちゃんがいなくてもヘボ雀ボーイのマサ坊が夕方には開けるだろう。それまでどっかでゴロチャラしてなよ。すぐにでも打ちてえんなら、ポンにでも㊞にでも行けばいいじゃねえか」

痔やんは面倒臭そうに返事をすると、背中を向けて歩き出した。

――グズラの奴はいつもあれだ。どうしようこうしよう、グズグズ……全くグズラとはよく名付けたもんだ。

痔やんの足は自然とジョンジャの店に向いていた。

しかしそこにもいるわいるわ……。

競輪狂いの矢島と岡澤の凸凹コンビ、和尚の今井、焼き肉屋崩れの安山、地元出身の与太者のマサハルと、その仲間の藤野。競艇グループの原田と瓜生《うりゅう》。

「しかし全く京王閣と平和島と大井が一緒くたに来たみてえだぜ。何だってんだよ、最近のバカ景気は……どこ行ってもむさくるしい連中ばかりでよぉ。昼間くらい自分のホームグラウンドに出勤してろよ！　なあジョンジャ……」

痔やんはうんざりした表情で少し離れた席に腰を下ろした。

「ここんとこ毎日こうなのよ。忙しいのは結構だけど、余計な奴らもゾロゾロ居ついちゃってね。困ったもんだよね。あいつらときたら、柄は悪いし頭は悪いし、おまけにドケチときてるんだから……」

チャンカァの少女版と言われているジョンジャは、遊び人たちのアイドルなのだが恐ろしく気が強い。

「まあまあ、ジョンジャまでそんな目をひん剥いて怒るなよ。アゴの言い草じゃねえけど、枯れ木も山の何とかって言うじゃねえか。それにこの騒ぎもとりあえず、あと一週間くらいで静まるからよぉ。ただし皆がそれで納得すれば、の話だけれど……」

「少なくとも、あそこにいる人たちには納得してほしいよね。ところでピーちゃんの今度の彼女が、セーラー服だってのは本当なの？」

「セーラー服だか毛糸のパンツだか知らねえけど、現役の高校生だとよ。それでもって、朝はカバン持って行ってきます、てなもんだ。それでピー坊が、何て言うと思う？　行ってらっしゃいだ……。なあジョンジャ、最近の世の中はどうなっちまってるんだ？　俺はもう都会で生活していく自信がなくなっちまったよ。このままだと今年中に高血圧でぶっ倒れそうだ」

「フーン、やっぱり本当なんだ。この辺の連中の中では、ピーちゃんて少しはマトモかと思ってたけど、チョイがっかりだなあ。そんな趣味があったなんて……」

痔やんが珈琲《コーヒー》を飲み始めると、アゴとオカマのサブちゃんが連れ立って入ってきた。二人は奥のむさくるしい連中を一瞥すると、痔やんの向かいの席に座った。

「鶴ちゃんとこに寄ったんかい?」

痔やんが顔も上げずにアゴに訊いた。

「ああ、ヒマな奴らが地平線を眺めて途方に暮れてたよ。あいつらは店が開かなけりゃあ、三〇〇年でもあそこで待ってる気だぜ」

「夜までには開くだろう。あんなのが何十人も道端で溜まってたら、それこそ出入りの準備かと思われちまう」

痔やんが、奥の連中を顎でしゃくった。

痔やんは、それとなく今晩がアゴの命日であることをほのめかしたくなったが、それではレースの醍醐味が半減してしまう。しかしどうもアゴの顔を正面から見られない気がして、どうにも具合が悪い。

オカマのサブちゃんも、他のグループで名前を連ねていたが、他のグループは、どうやら見猿・言わ猿・聞か猿の三原則が全く守られていないらしく、昨日は誰々、今日は誰々という噂が公然と飛び交っているという。

しかし痔やんたちのグループは、追い剥ぎコンビを除いて一軍のメンバーが大半を占めているため、レースの進行は崩れていない。ギャンブルにしてもゲームにしてもルールを守らないと、結果的に興味が半減してしまうという鉄則を、彼らは充分すぎるほど分かっているのである。社会のルールは守らないが、ギャンブルのルールは守るのだ。

　三人の話が足洗いレースになると、痔やんの顔は自然にニヤケてしまう。勘の鋭いアゴは、いつになくニヤケている痔やんに何かを感じたようだ。

「痔やん、もしかして俺の札抱えてるのは、おまえじゃねえのか？　さっきからニヤニヤして俺の顔見やがって」

「へっ、それは絶対ないね、神様に誓ってもいいぜ。もしそうだったら、アゴと俺の仲だ、とっくに内緒で教えてやってるよ。それよりオメエこそ、俺の馬主なんじゃねえのか？」

「馬鹿言ってやがる。痔やんの札だったら、胸のポケットなんぞに温めてなんかいるもんかい。靴べラの代わりに使って玄関にポイッってなもんだ」

　そんなこんなで、いつものように盛り上がっていると、入り口から上半身だけ覗かせて中の様子をうかがった奴がいる。ドイツ軍のヘルメットみたいなヘアスタイルが、痔やんやアゴたちを認めると、ズカズカと近寄ってきた。セイガクコンビの片割れの駒田である。既に唇が尖っているのは、彼が相当慌てている証拠である。

「み・み・みんな、何を呑気にお茶なんか引いてるんですか！　公ちゃんと小林さんが、すぐにカネコに来てくれって言ってるよ。全く、の・の・呑気なんだから……」

　三人は一瞬呆気《あっけ》に取られていたが、

「おい、駒の字、落ち着けよ。一体何が言いてえんだ。いきなり俺たちを呑気呼ばわりしやがって。い・い・いつか痛い目にあ・あ・あうぞ……」

アゴが笑いながら駒田の口調の真似をした。

「公ちゃんとコバちゃんが呼んでる？　それならカネコから電話をくれればいいじゃない。何も戦時中じゃあるまいし、あんたが伝令役をやることもないじゃないか」

爺ぃオカマのサブちゃんは、戦時中じゃあるまいし、というのが口癖である。

「そ・そ・そうじゃないんですよ。まだカネコの中に入れなくて、そ・そ・それで、最初に小橋が二階の屋根から落っこちて、今度は小林さんのネクタイが木に引っかかって、公ちゃんが俺にさ・さ・三秒以内にアゴさんたちを呼んでこいって屋根の上から怒鳴るんで、お・お・俺は小橋が心配だったんだけれども、とりあえず皆に知らせようと思って、い・い・急いで……」

焦れば焦るほど、何を言っているか分からなくなる。

「おい、なんだかよく分からねえけど、とにかく行っちまった方が早い。こいつの急ぎの伝達を全部聞いてると、明日になっちまうぜ」

アゴが面倒臭そうに立ち上がった。

「まるで子供の使いだね、あんたは……」

「小橋と公ちゃんとコバちゃんが木登りして、小橋が落っこって死んだ……？　何を言ってんだか分かんねえよ。小学校からやり直した方がいいんじゃねえのか？」

サブちゃんと痔やんも駒田を一瞥すると、アゴの後を追った。

ジョンジャの店から雀荘『カネコ』までの僅かな距離を三人は肩を並べて歩いたが、なぜか三人とも押し黙ったままだ。

カネコの前まで来るとシャッターは既に開けられており、外で溜まっていた連中も中に入ったようだ。

三人が狭い階段を上がっていくと、十五人ほどのメンバーが、思い思いの格好で椅子に座っていたが、麻雀牌の音もダイスの音もしていない。かなり気まずい雰囲気が漂っている。

「一体どうしたってんだい。揃って不景気な面しやがって。役に立たねえ伝令が来て、木登り大会で誰かが怪我したとか何とかわめいていたけど、一体何の騒ぎだい」

アゴが窓際に座っている公ちゃんと小林に、訝しげに訊いた。

「アゴも痔やんも、昼間からここに来てたんなら」

小林が痔やんたちを咎めるような口調で喋り始めたが、それを制するように公ちゃんが遮った。

「シャッターは俺とコバちゃんで内側から開けたよ。ここの窓から不法侵入してね。最初は小橋にやらせたんだけど、このデブは尻が重すぎてこのザマだ」

公ちゃんは隅の方で、足首を押さえて蹲《うずくま》っている小橋をアゴでしゃくるとさらに続けた。

「結論から言っちまうとね。外のシャッターを見た時に皆の頭を一瞬よぎったことが正解だったということだ。まさかそんな、と思い直したから何時間もグズグズしてたんだろう。残念だけど、そのまさかに間違いねえよ」

公ちゃんはごつい肩を怒らせて、三人を見据えながら煙草を取り出した。

三人は顔を見合わせると、つられるようにそれぞれ煙草を取り出した。

「まさかなあ。俺も一瞬おかしいと思ったけどよぉ、でも奴に限ってそんなことは……」

アゴは公ちゃんの隣に座っていたトラック野郎の神山の膝の上に、ヨッコラショとばかりに腰を下ろした。いきなりアゴの巨体の下敷きになった神山は、一瞬目をひん剥いたが、苦笑いしながら渋々席を譲った。

「おいおい公ちゃん、おまえ本気でそんなこと言ってんのか？　たまたま店が開くのが遅えからってよぉ。それとも鶴ちゃんが、それらしいこと言ってたとでもいうのか？」

痔やんも手近に座っていた煎餅屋の田所の膝を軽く叩いてどかせると、自分が腰を下ろした。

「いや、俺だって何も聞いてやしねえし、思ってもみなかったぜ。昨日だって、いつもどおりに、夜中までここにのたくってたんだ。まだ何時間も経ってねえ……」

公ちゃんが煙草に火を点けながら言った。

「俺はゆうべ最後までここにいたんだぜ。だけどいつもと変わったところなんて全くなかったし、何かの用事で出かけてるだけなんじゃねえのか？　それによぉ……」

痔やんは到底納得できないといった表情だ。

「それに、何だ……？」

「金庫でも無くなっていればまだしも……」

「一番先に探したよ」

いつも温和な小林が渋い顔で答えた。

「もちろん裏の鶴ちゃんの部屋も、悪いと思ったけど布団の下も押し入れの中までね。金庫の代わりに、汚れたパンツとエロ本が山ほど出てきたよ」

雀荘『カネコ』は鶴ちゃんの住居も兼ねており、他に住居と呼べる所はない。住居と言っても、六畳くらいの部屋がカウンター続きの裏側にあるだけなのだが……。

「大体よぉ、表の入り口のシャッターなんて、俺は存在も知らなかったぜ。確か二、三年前に奴のお袋だか何だかが死んで、一週間くらい休んだことがあったじゃねえか。その時だって、この二階の入り口のシャッターを閉めただけだぜ。俺はコバちゃんと一緒に来たんだけど、あそこのシャッターを見た途端、思わず顔を見合わせたよ。ヤバイってな……」

公ちゃんが吐き捨てるように言った。

「一体全部で幾らくらいなんだよ。例のレースの張り具合は……？」

駆けつけてきたヤクザタクシーの梅沢が、横から口を出した。

カネコの店内は、噂を聞いて駆けつけてきた者、事情を知らずにいつもどおり現れた者たちやらで、既に三十人からの半パたちで膨れ上がっている。

「他の組の奴らも一律二万だったのか？」

アゴが店内の壁に貼ってある出馬表を見ながら、誰とはなしに訊いた。

「そうだと思うよ。みんな右に倣えで、整理するのが楽でいいって鶴ちゃんが言ってたから」

小林がひしめき合っている連中に代わって答えた。

「だとすると、五十四万×五組ってことだな。ざっと二七〇万也ってとこだ。しかしまあ、それっぽっちの銭で……なあ痔やん」

アゴがまだ信じられない、といった表情で言った。

「やい！　それっぽっちの銭とは何だ！」

入り口付近からいきなり気色ばんだ怒号が響いた。

「一〇〇円だろうが一円だろうが、銭が賭かってりゃあ、ばくちなんだ。ガキの遊びじゃねえんだぞ！　俺らの銭はどうしてくれるんだ？」

入り口付近の卓に陣取っていたグループの一人、札幌ラーメン屋の前原である。

こいつはのべつ働き場所を変えているラーメン屋の渡り鳥で、尻のポケットには常にギャンブル新聞、口を開けばギャンブルの話しかしないという、典型的な不良コックである。

「どうしてくれるんだ、とはどういう意味だ？　テメエ誰に向かって物を言ってるんだ！　俺がおまえに何かしたってえのか？　ふざけんじゃねえぞ前原！」

アゴが弾かれたように立ち上がった。顔は真っ赤だ。

「まあまあ、こんな時に揉めるなよ。おい前原、ここにいるのは皆同じ立場なんだからよぉ。誰がどうこうじゃねえだろう。それにまだはっきり鶴ちゃんがズラかったと決まったわけでもねえし……」

　痔やんが、アゴを制するように立ち上がり、前原や他の連中を見渡しながら言った。

「まず十中八九、間違いねえと思うけど――」

　今度は公ちゃんが椅子から立ち上がって言った。

「今ここで、それじゃあどうするって揉めたって、どうにかなるってもんじゃねえだろう。とりあえず明日まで様子を見るってことで、この場は収めようじゃねえか。他にどうしようもねえだろう」

　珍しく饒舌な公ちゃんであるが、どんどん膨れ上がっていく人数に、内心かなり焦っていた。ここはいったん解散して、各人が頭を冷やす間を取った方が無難である。熱くなってムカッ腹を立て始める奴が、必ず出てくるからだ。何たってこの人数である。連鎖反応が起きたら収拾がつかない。

　その時、また一人の男が入り口から首を覗かせた。天然パーマの浅黒い顔にサングラス、遅い出勤のアズルだった。

「おうアズル！　随分遅えじゃねえか。ちょっと困った問題が起こっちまったみたいだぜ」

　アゴがすかさず声をかけた。

「今ジョンジャの店でチラッと聞いたよ。しかしなんて猛々《たけだけ》しい雰囲気なんだよ。まるでこれから出入りって感じじゃねえか。おおコワイ……」

　アズルは中に入ってこようとはせずに、入り口に突っ立ったままだ。硬い表情の他の連中の神経を逆撫でするかのように、口元に薄笑いまで浮かべている。

「とりあえず今日のところは、もう少し様子を見ようってことで解散して、後は各グループで始末してもらうしかねえ、という結論なんだけどよぉ。アズルはどう思う?」

ここまで議長役をやっていた公ちゃんが訊いた。

「どう思うもへったくれも……」

アズルは、苦笑いを浮かべたまま店内の連中を一瞥すると、

「もっと簡単に考えろよ。頭悪いんだからよぉ。様子を見るとか、始末をつけるとか、グダグダ言ってるだけ時間の無駄だよ。これじゃあ、被告不在の欠席裁判やってるみたいなもんだぜ。要は、いくらだか知らねえけど、鶴ちゃんが何十人かの銭をギッて(持ち逃げして)トンズラしたってことだろう? よくあることじゃねえか。そんなことは……。

そんな奴に銭を預けた俺らも馬鹿だったし、そんなはした金で長年住み慣れた場所から離れなきゃならなくなった鶴ちゃんは、もっと大馬鹿だよ……たぶん出来心で目先の銭に目が眩《くら》んじまったんだろうけど、恐らく明日にでも後悔することになるだろうぜ——なんでこんな馬鹿なことしちまったんだろう——とね。可哀想な奴だ……」

アズルは、まるで他人事のようにあっさりと結論を出してしまった。

——さっさと諦めろ——ということである。

しかしそれでは収まらない奴もいる。

「じゃあ俺たちは一人六万持ち逃げされた、馬鹿の丸損野郎ってことかい? 冗談じゃねえぞ! こ

のままじゃ済まさねえ……」

ラーメン屋の前原が、またいきり立ってきた。

「へえーっ、じゃあどんなふうにすれば、お宅さんの気が済むのかね？」

アズルが首を傾けて、冷やかすように前原の顔を覗き込んだ。

「どんな手を使ってでも、あのボケナスを探し出してオトシマエをつけさせてやる。俺は俺で勝手にやるから、放っといてくれ。アンタたちには関係ねえ！」

前原は皆の手前、引っ込みがつかなくなっている。

「ああ、勝手にやれや！　たっぷり時間と手間をかけてな……」

アズルが呆れた口調で答えた。

「そうだ、テラ銭だ！　テラ銭だけでも取り返しとかねえと……それにあの婆ァ、グルかもしれねえ。おい長尾！　これからあのごうつく婆ァの店に乗っ込むぞ。あのクソ婆ァ」

前原が隣に座っていた仲間の長尾を促すと、勢いよく立ち上がった。

それを受けるように、痔やんとアゴが反射的に立ち上がったが、入り口のアズルが目で痔やんたちを制した。

前原と長尾が、入り口に立っているアズルを押しのけるようにして出て行くと、アズルが音もなく続いた。

間髪を入れずに凄い衝撃音がしたかと思うと、階段を何かが転がっていくような音が断続的に響いた。

一瞬重苦しい雰囲気が流れた。誰もがこういう時のアズルの精神状態を知っているため、軽はずみに覗きに走る奴はいない。

重苦しい沈黙をアゴが破った。

「これだけは言っとくけどよぉ、何があろうとチャンカァは絶対関係ねえ。もしチャンカァにつまらねえチョッカイ出したら、たぶん前原と同じ目に遭うぜ。チャンカァはそれなりの仕事をしたから、手間賃をもらう権利があるし、いまさら大の男が場代をグズグズ言うない！　情けねえったらありゃしねえ」

鶴ちゃんがどうのこうのよりも、頭に血が上り始めた無頼《ぶらい》の集団の怒りの矛先を、アズルが単純明快に消し去ってくれたのである。後はアゴや公ちゃんでも何とかこの場を収めることができる。

店内にざわめきが戻ってきた。あちこちでこれからこの店はどうするんだ、というような雑談が飛び交っていたが、そのうち、

「さっさと諦めろってことだな。それしかねえよな。ちょっと高えけど、この二十日間の遊び代だと思えばいいか……」

誰かのこの言葉を合図のように大半の者が席を立ち始め、夜の街に散っていった。

しかし全員が無言で大人しく帰って行ったわけではなかった。本来仲良しでもなければ、明確な風上風下の関係がある連中でもないのである。

主だった数人は、それぞれ帰り際にアゴに向かってかなり辛辣な言葉を吐きかけていった。

「まさか誰かと喫茶店《ツ》やって《ル》るわけじゃねえだろうな、頼《む》むぜ兄貴よぉ」

「終わっちまったことはグダグダ言わねえけどよぉ、もしどっかで奴さんを見かけたら、タダじゃおかねえからな」

「まさかアンタの親友《マブダチ》に、銭を持ち逃げされるとは思わなかったぜ」

「仲田ちゃん、いつか一杯ご馳走してくれるんだろうなぁ」

アゴは彼らの嫌味を甘んじて受けた。今回の不始末をこの程度の騒ぎで収めることができたのは、奇跡に近かったからだ。

残されたメンバーに、どっと疲労感が押し寄せた。

しばらくしてアズルが戻ってきた。何事もなかったような顔をして腰をかけると、美味《うま》そうに一服つけた。

「よぉアズル、こんな結果になるなんて予想できたかい？　だけどおまえはなんでそんな涼しい顔してられるんだよ。もしかしたら何か知ってるのか……？」

アゴが訊いた。

残っていたのは、アゴの仲田、痔やん、公ちゃん、小林、爺ぃオカマのサブちゃんに、駒田と小橋のダメコンビだ。

「決して涼しかねえよ。学校から帰ったら、お袋が男こさえて出て行った後だった、という心境だね」

　アズルは天井に向かって煙を吐き出した。

「しつこいようだけどよぉ、俺はまだ信じられねえぜ。だって鶴ちゃんといやあ、この街ではかなりの古株だし、何だかんだゴロツキ相手に十年以上店を張ってたんだぜ。それなりの修羅場もくぐったろうし、この店に愛着だってあったろうよ。それがたった二〇〇万くれえの銭に目が眩むなんてよお……情けねえやら悔しいやら……」

　痔やんはまだ納得がいっていない。

「これが二〇〇〇万くらいだったら、気持ちよくやられました、と拍手の一つもしてやりてえけど、二〇〇万じゃなあ……魔が差したとしか考えられないよね」

　小林も残念そうに言った。

「俺なんざあ、奴が豆腐屋の住み込みだった頃からの付き合いだぜ！　この十五年くらいほとんど毎日のように顔を突き合わせているけど、こんなズラカリ方するなんてよお……この辺のオリジナルメンバーどころか、俺たちは元祖不良だったんだ。まだ街頭テレビだった頃からだ。それなのに……なあサブちゃん、最後にきてこんなガミ興業打ちやがって……」

　アゴが残念そうに天を仰いだ。

　爺ぃオカマのサブちゃんは、唇を震わせて放心したように一点を見つめている。

　それぞれがいろんな思い入れがあるようだが、二十年来の腐れ縁であるアゴと、オカマのサブちゃんが一番辛そうであった。

事の始まりは、ピー坊の冷やかし半分の足洗いレースのはずであった。それが思いがけなく大げさな方向に進み、とんでもない結末を迎えてしまった。

しかし考えてみると、言い出しっぺは確か鶴ちゃんだったのだ。それにアズルが火を点けて、この界隈一帯の不良をどんどん巻き込み、この騒ぎに至ったのである。

決めつけた言い方をすると、鶴ちゃんが発した一言でレースが作られ、最後も鶴ちゃんが自らの手で幕を下ろした、という皮肉な結末になってしまったのである。

おまけに皆から僅かばかりの餞別《せんべつ》を巻き上げて……。


そして鶴ちゃんに主役の座を奪われたエサのピー坊は、大方の予想どおり、それからしばらくして尻尾を巻いて舞い戻ってきた。

皆の熱烈な歓迎を受けたことは言うまでもない。やはり健康的な生活は、長続きしなかったのだろう。

ある日痔やんが、ピー坊にボソッと言った。

「やっぱりセーラー服じゃあ、勝手が違ったんだろう？　大体あの店におまえは不釣り合いだ」

「いや、娘の方とはうまくいってたんだけどね。ちょっと母親の方と……」

どうもピー坊の歯切れが悪い。

「そうだよな。ほとんど歳も違わねえのに、お母さんなんて呼ばれたんじゃなあ……」

「いや、そうじゃなくて、その逆で……」

「何だ――その逆ってことは……まさかおまえ、親子ドンブリってわけじゃねえんだろう?」

「まあ……そんなところだ……」

「……」

第八話　爺ぃオカマの遺言

爺ぃオカマのサブちゃんが死んだ。癌《がん》だった。

入院したらしいとの噂が流れてから二か月も経っていなかった。見舞いに行こうという話が無かったわけではないが、どこの病院なんだかどうしても分からなかった。

サブちゃんの女房の春日《かすが》ちゃんが、頑として口を割らなかったのである。

オカマの女房というのもおかしな話だが、春日ちゃんは正真正銘の女であり、二人はれっきとした夫婦であった。

「本人が、具合の悪いところを皆さんに見られたくない、と言ってるんですよ。その辺のところを、どうか分かってやってくださいまし」

サブちゃんの容態を尋ねられるたびに、春日ちゃんは深々と頭を下げて非礼を詫びた。

自分たちのお袋のような年格好の春日ちゃんに頭を下げられると、それ以上は誰も追及できなかった。

しかし、あまりにあっけないサブちゃんの最後であった。

宮城県の豪商の長男として生まれたサブちゃんは、二十歳そこそこにして太平洋戦争に駆り出されることになる。本家の長男坊ということで、出征しなくともよい立場であったのだが、当時からナヨナヨしていた息子に活を入れる、という母親の意向もあって、周囲に尻を叩かれる形での出征だった。しかし、半年余りで終戦を迎えることになってしまう。敗戦の一報はジャワ島で聴いた。

豪州軍の管理下で囚われの身となり、サブちゃんが帰国したのは終戦から一年余り経った頃だった。どこでどうなってオカマの道を選んだのか定かではないが、本人は子供の頃から姉と一緒に女の子の遊びばかりしていたというから、もともと素質はあったのだろう。

帰国してからのサブちゃんは、年齢的にも一番良い時期であり、今日のゲイバーのはしりとも言える店を点々として、大いに名前を売ることになる。

当時からこの界隈を寝ぐらとしており、アゴや鶴ちゃんがまだ洟垂《はなた》れ小僧の頃から近所の有名人であった。

そのサブちゃんの一つの転機が、十数年前に患った大病であった。長年の不摂生がたたり、半年ほど入院生活を強いられたのだが、その間に何らかの心境の変化があったようである。

退院してからというものは、ゲイバーの第一線を退き、その辺の居酒屋やパブやらの洗い場で普通のオジさんとして地道に働くサブちゃんの姿が見られるようになった。

それよりも周囲が驚いたことは、その頃から本物の女と一緒に暮らすようになったことだった。

それが春日ちゃんである。当時から少しとうが立った何の変哲もない中年女だったが、稼ぎの極端に少なくなったサブちゃんの代わりに、慣れないキャバレー勤めを始めるようになった。四十を過ぎてからの転身だった。

以来、春日ちゃんは未だ現役のキャバレーのホステスである。既に見てくれは情けないくらいのクソ婆ァであったが、それでも十年来の馴染みの年寄り客連中や、どのホステスにも相手にされないワガママ爺ぃの相手などに活躍の場を与えられているようだ。

しかし何といっても、店内の暗い照明が彼女にこの稼業を続けさせている一番の味方であった。

「早くうちのを引退させてやらないと……。あれが毎日派手な格好をして出勤するのを見ると、あたしは忍びなくてね。だって見せ物みたいだろ」

事あるごとに、サブちゃんは周囲にこぼしていたものだった。

葬儀はサブちゃんの田舎で行われるということで、遺体はそのまま宮城県に持っていかれることになった。

それから数日が経った。いつもの如く、雀荘『ポン』でアゴたちがのたくっていると、未亡人となった春日ちゃんがひょっこり顔を出した。

「おう、春日ちゃん、ご苦労さんだったね。どうだったい、サブちゃんの葬式は……。田舎だから盛大にやったんだろう?」

アゴがそそくさと手近な椅子を勧めながら、春日ちゃんの労をねぎらうように言った。麻雀をやってる奴も、ぼんやりしている奴も、みんな一様に手を止めて春日ちゃんに好意的に笑いかける。

彼女は不思議な人気がある。確かに見かけは、どういじっても手遅れの婆ァが無理して着飾っているとしか思えないが、見慣れてしまえばどうということはない。彼女の誰かれとなく親切な態度が、日頃一般の人たちにあまりいい顔をされていない与太郎どもの心を、くすぐっているのかもしれない。

「おかげさまで皆様のサブちゃんは、田舎でつつがなく風戸家のお墓に入ることができました。本当にいろいろとありがとうございました」

立ったままで春日ちゃんは、深々と頭を下げた。今日のいでたちは喪中ということもあり、年相応の地味な格好だ。

こういう場面では、返す言葉を知らない連中である。みんな一瞬神妙な顔をして肩をすくめるような半端なお辞儀を返しただけだ。

「ところで仲田ちゃん。ちょっと話があるのだけれど、どっかその辺でコーヒーでも付き合っていただけないかしら?」

春日ちゃんが改まった調子でアゴに擦り寄ってきた。

「おう、俺にできることなら何でもするぜ。キャリオカでナンバーワンの春日姉さんの頼みだったら、人殺し以外なら何でも引き受けるぜよ。ジョンジャの店がいいだろう」

しなびたチンパンジーと、大喰いゴリラのような二人が連れ添って出て行くのを見届けると、一斉にみんなの与太が飛んだ。

「おっ、なんだなんだ。早速サブちゃんの後ガマにアゴが狙われたんかい」

「魔女と野獣ってやつかい」

「オカマの次はデブか」

しかし、ポンから五分と離れていないジョンジャの店では、みんなの予想とは裏腹に、アゴが一枚の紙きれを手にして頭を抱えていた。

春日ちゃんの相談というのは、アゴにとって青天の霹靂とも言えるほどのものだった。

死を覚悟した病床でサブちゃんの一番の心残りは、盟友でもある元カネコの主人の鶴ちゃんのことだった。

前年、ピー坊の足洗いレースという一風変わったトトカルチョが、この界隈の半グレたちを席捲《せっけん》したことがあった。

そしてその場が一番沸《ふ》っ立っている時、金庫番である鶴ちゃんが、全員の賭け金をひっ抱えてトンズラしてしまったのである。

一人六万円、総額二七〇万という金額は、一軒の店を張っている男の夜逃げの代償としては、あまりに情けない額であった。

しかし、レース参加者にしてみれば、山登りをしている最中に突然頂上がなくなっちまったようなもので、その怒りは凄まじく、誰もが鶴ちゃんの復帰は絶対ない、と思わざるを得ないほどだった。

しかし唯一、サブちゃんだけは諦めていなかったのだ。

ここ数年こそサブちゃんが好々爺《こうこうや》的存在になってしまったため、さほどつるまなくなったものの、一昔前まではサブちゃんとアゴ、鶴ちゃんの三人組は評判の三バカ大将と言われたくらいなのだ。年は一廻り以上も上であったが、前に出るアクの強さがないサブちゃんは、年下のアゴたちとつるんでいても違和感は全くなかった。

そのサブちゃんの遺言というか最後の願いというのが、鶴ちゃんの復帰、ということだった。

そしてその奔走人に、アゴが指名されたのだった。

当然と言えば当然である。仲良し三人組であったし、今やアゴの仲田は、この界隈の半パ連中の中心的存在の一人にのし上がっていたのである。

「しかし、先立つもの……つまり銭はどうするんだ？」

思わず単純な疑問がアゴの口をついて出た。

春日ちゃんが静かな口調で、しかしきっぱりと答えた。

「鶴ちゃんの持ち逃げしたお金は、私たち夫婦……いや、亡くなったサブちゃんが全てお支払いします。皆さんに元金の六万円と、お詫び料といいますか、皆さんの言葉でいうイロを六万円プラスして、一人当たり十二万円お支払いする用意を既にしてあるんです」

春日ちゃんは、一枚の紙切れを取り出してアゴに渡した。それは事の発端となった、足洗いレースの全参加者の名簿の写しだった。

一人十二万。アゴは視線を宙に浮かせて懸命に計算した。

鶴公とサブちゃん自身を除いても四十三人いるのだ。ざっと五〇〇と十六万じゃねえか……。まとまった銭には、とんと縁のなかったサブちゃんが、いつの間にそんな銭を……。

アゴのそんな疑問を見て取った春日ちゃんが、事の成り行きを静かに話しだした。

今年の初め、まだサブちゃんが忍び寄る病魔に気付いていない頃、宮城県の実家から招集がかかった。

その実家で長年君臨していたサブちゃんの母親が——私が生きているうちに——ということで、四人の子供たちそれぞれに財産を分与したのである。

サブちゃんの実家は代々酒屋を営んでおり、その地方ではかなりな地主ということであった。

一時は勘当も同然の身であったサブちゃんだったが、近年の地道な生活が認められたのか、思いがけずこの恩恵に浴することができた。

アゴにとって、果たしてサブちゃんがいくらもらったのか知るべくもないが、それまで銭にはとんと縁がなかったサブちゃんであった。そのサブちゃんが、生まれて初めてまとまった銭を手にした矢先の病魔だった。皮肉というべきか何というべきか。

しかしこれも運命だ、と夫婦は静かに観念したのだという。もとより人生の峠は越えてしまった感がある夫婦だった。

だが長年の弟分であり、健常者である鶴ちゃんのことは大いに気にかかる。いくら自らが蒔《ま》いた種とはいえ、帰るに帰れぬ不遇な生活を送っている盟友を、何とかしてやりたいとの思いは、病の床で一層膨らんでいったようだ。

春日ちゃんは、生前のサブちゃんを思い出すようにとつとつと話すと、冷たくなったコーヒーを音を立ててすすった。

「うーん、はっきり言って難しいね。いくらイロをつけて金を返したからといって、済む問題じゃねえんだ。サブちゃんの気持ちも分かるけど、なんせ四十人からの人数がいるんだ。その中には、俺の言うことなんか聞かねえ奴もいるし、筋がどうのこうのって話になったら、こっちは返す言葉もねえ」

「仲田ちゃんの立場も悪くするってこと?」

「いや、俺の立場なんかどうなったっていいんだけど……。どう見ても最初から分が悪いことには違いねえ」

アゴの頭の中をさまざまな思惑が交錯し始めた。

いくらサブちゃんの遺言であろうと、鶴ちゃんの復帰というのは難しい相談である。

一番具合が悪いことは、ピー坊の足洗いレースはアゴを筆頭とする元カネコ一派だけの問題ではない、ということであった。

あの件に限っては、近隣の他の溜まり場を根城にしている奴らやら、組織に片足を突っ込んでいるような連中やらを、多数引っ張り込んじまっているのだ。

いくらアゴが、この界隈で一目置かれている存在であるといえど、彼らを簡単に説き伏せられることなどできやしない。

ここ数年、これといった手強い半パ勢力の台頭もなかったし、地元のヤクザ組織ともこれといった摩擦もなく凌《しの》いできた。

しかし少なからず、アゴたち一派に対抗意識を持っている奴らは、確実に存在しているのだ。

そういう連中が束になってアゴの反目に廻ってしまったら、こちらの劣性は火を見るよりも明らかだし、何と言っても遊び人社会の筋論を盾に取られたら、こちらはグウの音も出ない。

そうなると次に考えてしまうことは、自分を含めた元カネコの仲間たちの立場が危うくなってしまう、ということである。

いや、厳密に言うと、アゴがこの界隈で築き上げてきたいい顔の兄イという地位が危うくなる、ということだ。

空間を見つめて考え込んでいるアゴの顔を、春日ちゃんの目が心配そうにじっと見据えている。

「分かったよ、春日ちゃん。一応やるだけやってみることにしよう。だけどな、はっきり言ってうまくいくかどうか責任は持てねえぜ。そしてうまくいかねえってことは、春日ちゃんとサブちゃんの好意の五〇〇万からの銭が泡みてえに消えちまうってことなんだ。それでもいいってのかい？」

春日ちゃんのすがるような眼差しと、アゴのエエ格好しいの性格が、本心とは正反対の返事をさせてしまった。

「仲田ちゃん、あなたに結果まで責任取れなんて言うつもりはないんだよ。難しいことを承知で頼んでいるんだもの。でもね、もしうまくいかなくて五〇〇万が消えてしまったとしても、決して無駄ではないと思うのよ。感情的には許してもらえなかったにしても、みんなにはそれなりの現金が戻るんだもの。少なくとも泥棒呼ばわりされることはなくなるでしょう」

アゴのやってみようという返事で、春日ちゃんの表情に安堵《あんど》の色が浮かんだ。

――その辺のオバさんみてえな口を利かねえでくれよ――アゴは思わず泣きを入れたくなった。春日ちゃんは悲しいかな、彼らの習性というものを全く分かっていない。そんな素っカタギの論理なんか通用する奴らではないのだ。いくらイロをつけて銭を返そうと、それで泥棒の烙印《らくいん》が消えるはずがない。それどころか泥棒の上に腰抜けという言葉が、ひっついてしまうに決まっている。

どんな手段を使っても全員の首を縦に振らせなければ、無駄骨どころか、とんだやぶへびになってしまう恐れがある。恐らく春日ちゃんが考えているより一〇〇倍は面倒なことなのだ。

しかし、今ここで春日ちゃんにそんなことを一から十まで説明したって何になるというのだ。

アゴは、手数料を取って交渉事を商売にしているわけではない。

やってみる、と返事した以上、ことさら難しいということを強調するのは男が下がるというものだ。

三船敏郎ではないが、男は黙って……である。

「春日ちゃん、まずこうしよう。手始めに俺が説得できそうな奴らを何組かに分けて、事のあらましを説明するから、そこに春日ちゃんに出張ってきてほしいんだ。俺の口からサブちゃんの遺言を伝えたって、真実味が薄いだろう？　ここは春日ちゃんの口から――これはサブちゃんの遺言なの。お願いだから鶴ちゃんをこの街に戻してあげて――という決定的な一言を奴らにかましてほしいんだ。サブちゃんと親しかった奴なら恐らく渋々でも分かってくれると思うんだよ」

問題はそれ以外の奴らだ。アゴは頭の芯に痺《しび》れを感じてきた。

「じゃあ、今日はこれで失礼するけど、お金はいつまでに用意したらいいの？」

アゴはピー坊の足洗いレースの一覧表を見ながら、テーブルの下で指を折り始めた。

――アズル、痔やん、公ちゃん（難しいかもしれないが）、小林君（やはり難しい）、ペンサンゾー、安山、小橋、駒田、アホ健、ミチオ、和尚の今井……いや、こいつはダメだ。こいつは口が軽すぎる。この他にも説得できそうな奴らは何人かいるが、誰彼構わず喋っちまうような奴には話《ナシ》をぶつだけやぶへびってもんだ。

「とりあえず十人分ってとこだな。一二〇万てとこだ。これは明日でも明後日《あさって》でも早い方がいい。残りの三十数人はそれ以降になる。こっちの仲間と作戦を立ててからにするからさ」

「分かりました。じゃあ、明日の昼頃にとりあえず一五〇万用意してくるわよ。実はね、もう全員の宛名を書いた封筒と、サブちゃんの意向を簡単に書いたメモを用意してあるんだよ。それも明日一緒に持ってくるから、その封筒に、ちゃんとメモとお金を入れて皆さんに渡してくださいね。場所はここでいいんだね」

立ち上がりかけた春日ちゃんを、アゴが呼び止めた。

「春日ちゃん、ここはダメだ。今後会うのは別の場所にしよう。ちょっと離れてるけど、山手通りにまいき摩樹って喫茶店《サテン》があるだろう？　あそこにしようや。金の受け渡しや話の内容を知られたくないからな。ここは人目が多すぎる。それから今後俺と一緒の時以外は、この件について一切喋らねえでくれ。小さいほころびから一気に堤防が崩れるってこともあるからな。頼むぜ、俺も本気出すからよ」

春日ちゃんの小さな背中が、ジョンジャに見送られながら出て行った。

それをぼんやり見ていたアゴも、思い立ったように立ち上がった。

とりあえず一人になりたかった。のべつまくなし顔見知りが出入りするここでは、落ち着いて考えることなどできやしない。

アゴの足は自然と山手通り沿いの摩樹に向かっていた。当分の間拠点にしようとしている、うらぶれた喫茶店である。

古びたシートに背中を預けながら、アゴはぼんやりと考えを巡らせた。

サブちゃんは、そこまで鶴ちゃんのことを考えていたのか。

実際、サブちゃんと失跡後の鶴ちゃんは、連絡を取り合っていたフシがあった。アゴもそのことは薄々感づいてはいたのだが。

鶴ちゃんが消えた当初、サブちゃんは事あるごとに「馬鹿な鶴公はどこに行っちまったんだろうねえ」などと言っていたものだ。

それが今回の入院前の数か月は、ぷっつりと鶴ちゃんの名前を口にしなくなった。それどころか、誰かが鶴ちゃんの話を持ち出したりすると、背中を丸めて後ろを向いてしまう。

長い付き合いのアゴは、そんな変化を見逃さない。サブちゃんは確かに鶴ちゃんの消息を知っていたに違いなかった。

しかし、アゴはそれ以上突っ込むことも咎めることもしなかった。鶴ちゃんの件に関しては、いまさら誰もが触れたくなかった。アゴにしても、本音はこのまま一生鶴ちゃんには現れてほしくなかった。これ以上顔に泥を塗られてはたまらない、との思いがあるからだ。

しかし、行きがかり上引き受けてしまったものの、いったいどうすりゃいいんだ。

アゴは春日ちゃんから渡されたピー坊の足洗いレースのメンバー表を、改めてじっくり見つめた。つい厄介な奴らの名前に視線が行ってしまう。しかしいくら睨み付けても、そいつらの名前がリストから消えるわけではない。

アゴの視線は、元カネコのレギュラーの面々の名前を拾い始めた。

アゴにとっては身内的な奴らでも、軽はずみに取り込もうと思ったら失敗する恐れもある。一人一人の考え方の基準が、かなり違うのだ。人情を優先させる奴もいれば、物事の筋道を優先させる奴もいる。

焦ってはいけない……アゴは自分に言い聞かせるように下っ腹に力を入れた。

直接銭を持ち逃げされたわけではないので、リストにピー坊の名前は無かった。しかし、彼を無視することなどできやしない。彼こそあのレースの肴《さかな》にされた一番の被害者だった。部外者扱いにできるはずがないし、何と言ってもアゴの強力な相棒的存在である。

そのピー坊と痔やんは、まず安全牌と言えた。二人とも情にもろいところがある。春日ちゃんが出張ってきて、サブちゃんの遺言の一言で一丁あがりに違いない。

鶴ちゃんの事件の当日、ラーメン屋の前原をぶっ飛ばして全員を黙らせてくれたアズルも問題ないだろう。奴の返事は大体想像できる。

「そんなもん、どっちだって構やしねえ。アゴの好きにすりゃいい」である。

何事にもこだわらない、まるで海中のクラゲみたいな奴なのだ。奴にかかっては人情や筋道などという代物は、まるで鼻っ紙同然なのだ。

しかし、ここしばらく姿を現していないのが気になる。奴が一定期間消えることはよくあることだが、今回ばかりは早く戻ってくれないと困る。何と言っても奴の暴力的存在感は、ここぞという時に絶対必要だからだ。

その他、アホ健とミチオのペンキ屋コンビは、アゴの子分みたいなもんだし、小橋と駒田のダメコンビも足並みを揃えてくれるだろう。彼らは大した戦力にはならないかもしれないが、枯れ木も山の賑《にぎ》わい、と言うではないか。

あとはペンサンゾーと安山の二人も問題ないだろう。ただし、きっちりと口止めしておくことが必要だ。

元カネコのレギュラーで厄介なのは、鳶の公ちゃんと外車屋の小林君である。

公ちゃんは、筋を通すということを大前提にものを考える頑固者だし、小林君も客観的な目で物事を推し量るタイプだ。二人とも簡単に情に流されるタイプではない。

しかし、今回の件では是が非でも同志として行動してもらわなければ困る。何と言っても二人は、元カネコ一派の主力戦闘機なのだ。

そして問題の、仲が良いとは言えない、およそ三十人からの半パ者たちを、どうやって取り込んだらいいのか……。

アゴは普段使わない頭を使い始めたものだから、頭の芯がジンジン痺れてきた。

――とりあえず明日にでも痔やんとピー坊に事のあらましを話して、それから公ちゃんと小林君を説き伏せる算段を考えるとしよう。こういう問題は自分の頭の中であれこれ問答してるよりも、誰か相手がいて意見を出し合った方がいいに決まっている。

すっかりくたびれてしまったアゴは、その夜何年ぶりかで頭痛薬というやつを買って飲んだ。


あくる日、頭痛の治ったアゴの動きは素早かった。

ピー坊と痔やんに午後一時に摩樹に来るように連絡を入れ、十二時に春日ちゃんから一五〇万の現金と封筒を受け取ると、ピー坊と痔やんの到着を二人でガン首を揃えて待った。

今回の件でまとまった現金を預かるということを、いくら親しいとは言っても、二人に見られたくなかったのだ。

果たしてピー坊と痔やんは、春日ちゃんの――サブちゃんの遺言だと思って――という一言で簡単に堕ちた。

痔やんに至っては、春日ちゃんから本多様と書かれた十二万円入りの茶封筒を渡されると、

「そんな……俺はサブちゃんの香典すら払ってねえから、このイロのついた分は受け取れねえ。元金の六万だけで充分だ」

などと、しおらしいことを言って一度は拒んだほどだ。

しかし、アゴの——黙って受け取れ——という目配せで、封筒をおでこの前に揚げて一礼すると、胸ポケットにそそくさとしまい込んだ。

香典など誰も払ってないのだから余計なことを言うな、というアゴの暗黙の目配せである。

「しかしよぉ、他の奴らはどうやって説得するんだよ。サブちゃんの遺言と言ったたって、それがどうした、って奴がほとんどだし、六万ぽっちのイロ付きじゃ納得できねえって奴も絶対出てくるぜ。こいつは結構骨の折れる仕事じゃねえか？　もしかしたら、あのロクでもねえ連中に安目を売っちまうことにならねえか？　俺は嫌な予感がするぜ」

春日ちゃんが引き揚げた後、痔やんがアゴを気遣うように言った。

「痔やんよぉ、他人事《ひとごと》みてえに言うけど、春日ちゃんから首を縦に振って銭を受け取った以上、おまえも一蓮托生《いちれんたくしょう》って立場なんだぜ。もし俺たちの力が足りなくて鶴ちゃんが戻れねえとなると、少なくとも当分は首をすくめて歩かなくちゃならねえことになる。公ちゃんや小林君はいいとしても、イレズミ雲助や玉突き野郎どもにデカイ面されるのはたまらねえぜ」

ピー坊もアゴと同様に失敗イコール二軍落ち、という危機感を抱いたようだ。

痔やんは春日ちゃんから受け取った封筒をポケットから取り出すと、改めて大きく溜息をついた。

「こうやってガン首揃えて溜息なんかついてたって埒が明かねえだろう。俺だって難しいのを承知で引き受けたんだ。おまえたちだっていまさら引き返せねえんだ。とりあえず公ちゃんと小林君を味方につけなきゃならねえんだけど、考えようによっては、この二人が一番難しいかもしれねえ。今晩早速この二人に粉をかけようと思うんだけどよぉ、ピー坊と痔やんも立ち会ってくれよ。まずは最初の難関を突破しなくちゃ。

それとよぉ、アズルの奴は一体どこに行っちまってるんだ？　ピー坊、何か知ってるかい？」

アゴは二人の味方が出来たことで心強くなったのか、昨日の消極的な気持ちから、早く行動を起こしたいという積極的な姿勢になってきている。

「アズルねえ……相変わらず糸が切れたまんまだからな。今頃どこで何をやってるのやら……。あてにしねえ方がいいんじゃねえのか？　居ねえもんはしょうがねえ」

ピー坊がしかめっ面で答えた。

しかしその晩は外車屋の小林がどうしてもつかまらず、急遽《きゅうきょ》三人での――サブちゃんを成仏させる会――の結束会に取って代わってしまった。

「チャンカァの耳にも早めに入れといた方が良かねえか？　鶴ちゃんの件ではチャンカァにもいろいろ面倒かけたじゃねえか。それにあんな汚ねえ店だって、俺たちにとっては気の置けない大事な溜まり場の一つだ」

　という痔やんの提案で、結束会はチャンカァの店で行われることになった。

「あたしは別に構わないよ。直接金銭的に被害に遭ったわけじゃないし……。そりゃあ、あの直後は尻の穴の小さな男だ、と思ったけどね。でも考えてみれば、あたしたちに他人のことをとやかく言う資格なんて最初《ハナ》っからありゃしないんだよ。

　それよりも、サブちゃんと春日ちゃんの夫婦には参ったね。普段自分のことしか考えてない連中の世界に浸っちまってるから、そういう話を聞くと痺れちゃうよね。あの夫婦のためにも、三人とも期待に応えなきゃ男じゃないと思うよ」

　案の定、他に客がいなかったので、チャンカァにも大っぴらに事のあらましを話すことができた。

　女といえど、賛同してくれる人間が一人でも増えるということは、肩の荷が一人分減った気がするから不思議なものだ。

　特に今のアゴにとって、一人の重みというのは大きな意味を持つように思えた。

　一般社会の男なら誰もが背負っている肩の荷というものを、この連中は普段何も背負っていないのだ。それが今回のようにたまたま背負うことになってしまうと、普通の男の三倍も四倍も疲れてしまうのであった。

あくる日の午後、山手通り沿いの『摩樹』では、アゴをはじめとした五人の男たちが奥のスペースを占拠しており、アゴのよく通る声が響いていた。

「まあ、そんなとんがるなよ公ちゃん。俺だって逆の立場だったら、ふざけんなよって言ったかもしれねえ。だけどよぉ、昔三バカ大将って呼ばれてた三人が、最初に一人が不義理をして所払いを喰っちまった。次に二人目が病に侵されて、いまわの際に——不義理をした兄弟を何とか元に戻してくれ——と言って死んでったとしたら、残された一人はそれを無視できると思うか？」

いつもなら馬鹿話で盛り上がる仲良しメンバーのはずであるが、この日はそういう雰囲気ではない。

「そんなこたぁ、俺だって嫌ってほど分かってるよ。だけどな、さっきから言ってるけど、仲間として鶴ちゃんが戻ってくるのは嬉しいよ。ただし、奴がキチンと自分でケジメをつけることができればの話だ。俺たちはヤクザじゃねえけど、れっきとしたカタギでもねえ。もしカタギだったら、二〇〇万以上の銭を持ち逃げした奴を訴えもしねえし、追いかけもしねえなんてことがあるか？　そのかわり、逃げた奴が戻ってくる時はケジメだとか筋だとか、面倒臭え返礼を受けなくちゃいけねえんだよ。銭さえ返せば済むってもんじゃねえ。

いいかい、アゴよお、今の話で俺が一番気に入らねえことはなぁ、鶴ちゃんがギッていった銭を死んだサブちゃんが肩代わりするってことだ。確かにサブちゃんの友達想いは感動ものだし、それを実行する春日ちゃんも素晴らしい人だと思うよ。だけどな、それをいいことに鶴ちゃんはテメエで何の努力もしねえで、ヘラヘラしながらどうもどうもって戻って来るってのか——？　サブちゃんの気持ちは有難いけど、自分の不始末は自分の裁量で穴埋めしてから帰ります、と断るくらいの根性が、奴には無えってのか？

俺は鶴ちゃんとは長い付き合いだったし、随分世話にもなったよ。だけどピー坊の足洗いレースに関しては、奴さんが自分で尻拭いしてから、堂々と詫びを入れてくるのが筋ってもんじゃねえかい」

鳶の公ちゃんが一気にまくし立てた。

〝宇留賀様〟〝小林様〟と二人の本名で記された封筒は、中身を一瞥されただけでテーブルの上に放置されたままだ。

アゴも一応反論するのだが、どうも公ちゃんの気迫と筋論に押され気味であった。

ピー坊と痔やんに至っては、下を向いて黙っているだけである。

アゴはすがるような気持ちで、もう一人の小林に顔を向けた。

「俺にどうのこうの意見を求められても、悪いけど難しい、としか言いようがないね。それよりもっと肝心なことは……」

小林が落ち着いた口調で話しだした。

「仮に俺や公ちゃんが百歩引いて渋々納得したとしても、他の何十人て奴が納得するはずがないじゃん。彼ら全員を型に嵌めるのは並大抵じゃないぜ。こう言ったら春日ちゃんに申し訳ないけどさ、一人頭《アタマ》六万じゃ、まず無理だね。六万の元手だから二十四万のイロ付きで、三十万てとこなら大丈夫かもしれないけど。それに、ここにいるみんなの立場も悪くなっちまうんじゃないの？　人情論や筋論より、俺はそっちの方が心配だね。余計なお世話かもしれないけどさ」

小林が苦りきった表情で言った。

誰でも考えることは同じであった。やはり、とどのつまりはそこに行きついてしまうのである。天下御免の風来坊、などと見栄を切ったところで、いざとなると自分の保身を優先させるところは、その辺のサラリーマンと同じである。

「全くだ。はっきり言って、この話はどう見てもアンタに勝ち目はねぇよ。下手すりゃぁ、アンタを含めて鶴ちゃんのカタを持ったこっち側の全員が安目を売ることになっちまう。あちこちで陰口を叩かれてよぉ、だんだん尻の据わりが悪くなってきちまうんだ。そうなると次はどうなるか知ってるかい？　今まで頭を低くしてた奴らがのさばってきて、いつの間にかお決まりの世代交代って奴だ。悪いけど俺は、あんな奴らに顎や横目で名前を呼ばれるのはゴメンだぜ。こんな割の合わねえ話は、百歩どころか一歩たりとも譲れねえ」

公ちゃんの考えは半歩たりとも変わりそうにない。

アゴが諦めたように溜息をついて立ち上がった。入り口のピンク電話に近づくと、チビた手帳らしきものを取り出してダイヤルを廻す。途切れ途切れに会話が聞こえてくる。

「ああ……やっぱりダメみてえだな。どうしても筋を通す、という話になっちまうとこっちはグウの音も出ねえや。それにみんなの立場ってのもあるからね。俺一人で済む問題なら構わねえんだけど、これぱっかりはやっぱり難しいな……」

電話の向こうは春日ちゃんであるらしかった。恐らく近くで待機していて、タイミングを計って出てくる段取りになっていたのだろう。

「うん、分かった。待ってるよ」

手短に経過を報告し終わったアゴが渋い表情で戻ってきた。

「今、春日ちゃんが来るからよぉ、話だけでも聞いてやってくれや」

「べつに構わねえけどよ。今回に限って泣き落としは効かねえからな。なあ、コバちゃん」

「公ちゃんに任せるよ。俺はどうも春日ちゃんは苦手だからさ……」

十分もしないうちに、小柄な春日ちゃんが割烹着姿のチャンカァを伴って現れた。

チャンカァの店で待機していたのだろう。芳しくない途中経過を聞いたせいか、心なしか沈んだ表情をしている。

「なんだ、チャンカァ……店をほっぽり出して来ちまったのかい?」

ピー坊が仏頂面のチャンカァをたしなめるように声をかけた。しかしチャンカァはピー坊を振り向きもせずに、公ちゃんと小林の二人を見据えたままだ。

アゴが、かいつまんで公ちゃんと小林の言い分を春日ちゃんに説明している間も、チャンカァは口を真一文字に結んで二人を睨み付けている。

「春日ちゃん、最初に言っとくけどよぉ、俺たちはサブちゃんの頼みというやつを、無下に聞けないと言ってるんじゃねえんだ。さっきから言ってるように、いろんな問題があって、どうしても無理だって言ってるんだよ。だから悪いけど、この封筒は受け取れねえんだ。だけど、サブちゃんと春日ちゃんの気持ちは、元カネコの仲間として有難く頂戴しとくよ」

春日ちゃんの機先を制するように、公ちゃんが口を尖らせて言い訳をした。

「さっき仲田ちゃんが電話で、十二万という金額を少ないみたいなことを言ってたけど、例えばいくらなら納得してくれるというの？」

春日ちゃんが、おずおずと二人の顔色をうかがうように訊いた。

「ちょっと待ってくれよ。俺たち自身は銭が不足だなんて、これっぽっちも思っちゃいねえ。元金さえ戻りゃあ上等だと思ってるんだ。だけど、他の奴らがプラス六万のイロ付きじゃ納得しねえだろうって言ってるんだ。俺らの世界の常識から言うと、一人三十万ってところが妥当な線だと思う。でも春日ちゃん、いくらサブちゃんの遺言でも、そこまで鶴ちゃんに肩入れする必要はねえよ。鶴ちゃんは、あくまで自分の裁量で然るべき筋を通してから帰ってこなくちゃいけねえんだ。それができなきゃ奴は帰ってきちゃいけねえんだよ。本人だって肩身が狭いだろうし、俺たちの立場も考えてもらわねえと」

公ちゃんが、口を尖らせたまま春日ちゃんの顔を見た。

「……三十万は無理だけど、一人二十万くらいなら何とか……」

春日ちゃんが口ごもりながら、隣のチャンカァに同意を求めた。

「春日ちゃん！　それ以上無理することないよ。大体ねぇ」

それまで黙っていたチャンカァが、突然怒ったような口調で喋り出した。

「一体何だってんだよ、公ちゃんに小林君！　あたしはアンタたちを見損なったよ。何だい、筋だとか常識だとか立場だとか……。大体ね、あたしも含めてここにいるみんなも、いくらじゃなきゃ納得しないとか言ってるロクでもない他の奴らも、みんな道端の石コロみたいなもんじゃないか。石コロには、筋もプライドも立場もありゃしないんだよ。そんな石コロどもが、都合の悪い時だけ真っ当な社会の人間みたいに形にこだわっちゃってさ……。一丁前に常識だ立場だなんて言葉を持ち出すんなら、いっそのこと心入れ替えて普通の社会人になっちまえ！　一丁前に筋だ道だって能書き言ってんなら、いっそのことヤクザ者《もん》になっちまえ！

アンタたちはそんな面倒臭いのが嫌だから石コロやってるんだろう？　いいかい、石コロはね、踏んづけられても蹴とばされても屁とも思わないのさ。それが何だい、揃いも揃って他の石コロどもに怖気なんかふるっちゃってさ……。はっきり言っちまいなよ。景品買いの安田やら、雲助風情の梅沢なんかにデカい面されるのが怖いんだろう？　あんな奴ら、あたしが蹴っとばしてきてやるよ。こっちには老後の資金を投げ打ってまで、仲間を助けようっていう春日ちゃんの大義名分があるんだよ。あたしたちにはね、石コロの並んでる順番なんぞには何の関心も興味もないんだよ！

春日ちゃん、もうこんな腰抜けどもにものを頼むのはやめようよ。こいつらがやらないってんなら、自分でやるしかないよ。二人で他の石コロどもを蹴とばす算段をしようよ」

チャンカァはうろたえている春日ちゃんを促すと、勢いよく店を出て行こうとした。

「ちょっと待てよ、チャンカァ」

アゴがその巨大な腹で出口を塞いだ。

「みんなよぉ、ここまで言われて黙ってんのか？　春日ちゃんが、一人一人に頭を下げて封筒を渡すのを、黙って見てるってえのか？　俺は一人でもやるぜ。こうなりゃヤケだ」

アゴの顔が上気して真っ赤になっている。アゴが本気になった時の表情だ。

一同の視線が、公ちゃんと小林に注がれた。二人は、チャンカァに罵倒されて呆気に取られたように口をあんぐりさせていたが、一呼吸して気を取り直して立ち上がったのは、小林の方だった。

「分かりましたよ。確かに柄にもなく格好つけてたよ。これ以上もう何も言わねえ。俺は全面的に協力するよ。差し当たって俺は、何をすればいいのか教えてくれよ。こうなったら何でもやるぜ」

と言って春日ちゃんに一礼すると、封筒を胸ポケットに収めた。

「とりあえずここに座ってる、物分かりの悪いオジさんをシメることから始めるかい」

小林は冗談とも本気ともつかない皮肉っぽい顔つきで、隣の公ちゃんにガンを飛ばした。

チャンカァの啖呵と、小林の心変わりで形勢は一気に逆転してしまった。

たった今まで盟友であった小林の手の平を返すような目つきに、公ちゃんは一瞬ムッとした表情を浮かべたが、もはや何を言っても不利な状況になってしまった。しかしここで簡単に懐柔させられてしまっては、引くことを知らないという自分のモットーを崩してしまうことになる。

真っ赤な顔で自分自身と葛藤している公ちゃんを見て、アゴが春日ちゃんの袖を取ると、そっと目配せをした。

アゴに促された春日ちゃんは、ためらいもなく公ちゃんの腰掛けているシートの前に両膝をついた。

「公ちゃん、私たちの頼み事が筋が通らないことも、身勝手だということも、全て分かっているの。でも鶴ちゃんのことだけが心残りで死んでいったサブちゃんの、これは最期の頼み事なの。皆さんの力で、どうかサブちゃんを成仏させてやってくださいませんか。このとおりです」

春日ちゃんは、正座の姿勢から深々と額を床にこすりつけるように頭を下げた。

「ちょっと待ってくれ、春日ちゃん！　そんなことしねえでくれよ。俺なんかに土下座なんかしちゃいけねえよ。俺なんかただの石っコロなんだからさ」

公ちゃんは慌ててシートから飛び上がると、大げさに両手で春日ちゃんを制した。

「分かったよ、分かったよ……みんなで寄ってたかって俺をいじめてよぉ。春日ちゃんに土下座されるのも、チャンカァに蹴飛ばされるのも、コバちゃんに喧嘩ふっかけられるのも、俺にとっちゃあ、たまんねぇことだからよ。俺も潔くその『何とか会』ってやつに入れてもらうことにする。そのかわり手を焼かせた分、キッチリ働くぜ。約束するよ」

見事に型に入れられたバツの悪さと、目の前で土下座された照れ臭さで、何とも困った顔のまま公ちゃんは、おずおずと封筒に手を伸ばした。

「そうと決まったら善は急げだ。チャンカァの店で作戦会議といこうぜ。ここは酒が無えからどうにも景気のつけようがねえ」

やれやれ、といった表情のアゴの音頭で、『サブちゃんの遺言を成就する会』（春日ちゃんの申し出で『サブちゃんを成仏させる会』の名称が変更された）の面々は、ゾロゾロとチャンカァの店へと移動した。

「まず、残りの連中から主だった奴を絞り込んで一気に攻略しちまうんだ。その他のザコどもはボチボチやっつけても問題ねえだろう。肝心なことは、奴らに考えたり相談させたりする余裕を与えないことだ。反対勢力に一致団結されたら面倒だからな。逆らうようだったら、脅かしたって構やぁしねえ」

アゴは、この二日間で考えた作戦を話しだした。

「どっかのヤクザ戦争みてえに、一班一殺の短期決戦というところだね」

小林がなるほど、という顔で相槌を打った。

「そうだ。できれば一日でカタをつけねえと、どんどん形勢は不利になると思わなきゃいけねえ。だから、まず主だった何人かを絞り込む。そして俺たちが、二組か三組に分かれてそいつらを追い込む、という段取りにしてえんだ。制限時間はスタートから十二時間だ。そんな作戦でどうだや」

アゴが全員の顔を見廻しながら言った。

「いいんじゃねえの、そんなところで……。ところで実行部隊はこの五人で決まりなのかい？」

公ちゃんが気合の入った顔で訊いた。

「本当はアズルも居てほしいんだけどな。でもあの風来坊は肝心な時にいねえ、ときてやがる。他に誰か心当たりはあるかい?」

「ペンサンゾーはどうだい?」

痔やんがボソッと言った。

「奴はチョットかったるいだろう。あんなのがヘラヘラして横にいたら逆にナメられちまう」

「全くだ。奴にこの手の荒仕事は無理だろう。足手まといになるだけだ」

「でも二人一組で動くとすると、五人てのは半端じゃねえのか」

「肝心な時にアズルはいねえし。セコイヤあたりが残ってたらちょうどよかったのになあ……」

「チャンカァが男ならなぁ……」

なんやかや言いながら、実行部隊はアゴの仲田、ピー坊、痔やん、公ちゃん、小林の五人で編成されることになった。

彼らの絞り込んだ標的は、景品買いの安田、ダフ屋の佐藤、不良タクシーの梅沢、玉突き野郎の田島、ラーメン屋の前原、それに地元商店街出身の半グレであるマサハルの六人となった。

どの面々も一筋縄ではいかない連中である。特に前原に至っては、この件でみんなの眼前でアズルにぶっ飛ばされる、という大恥をかいているのであった。恐らく恨み骨髄に徹していることであろう。

アゴはその前に安全牌たちの取り込みを提案したが、戦力になるわけでもなく、下手をすれば事前に相手方に計画が漏れる恐れもある、という小林たちの意見で、アゴたちの息のかかった他の面々の取り込みは、要人襲撃後ということになった。

「要するに、彼奴《きゃつ》らに首を縦に振らせて、春日ちゃんの封筒をポケットにねじこんで『男の約束は守れよ』と念を押してやりゃあいいんだな」

「もし筋者が横ヤリ出してきたらどうするんだ？」

「その可能性がある奴は誰だろう」

「将棋屋のマサハルか……弟のシゲハルが、なんたってＭ会の現役ときてやがる。それにあそこのクソ親父は町会長もやってたくらいのウルサ型だ。面倒なことにならなきゃいいな……」

「ヤー公が口を出してくることはまずねえだろう。シゲハルだって勘当の身だ。親父の手前、ノコノコ面は出せねえだろう」

「元はと言えばご法度のトトカルチョから始まったことだ。カタギの町の衆がとやかく言えることじゃねえよ。それに年寄りのウルサ型が出てきたら、春日ちゃんにご登場願えばいいじゃねえか。この界隈の助平爺ぃどもは、春日ちゃんに頭が上がらねえはずだからな」

全員でああでもない、こうでもないと言いながら、夜中までかかって『サブちゃんの遺言を成就する会』の各グループ要人襲撃計画は完成した。

決行は翌日の昼の十二時から夜の十二時までと決まった。こういうことは全員の気合が乗っているうちにやっつけるに越したことはないのだ。

「明日の十二時か。あと十二時間しかねえじゃねえか。飲み過ぎねえようにしねえとな。もしかしたらドンパチもあり得るぜ」

一同はアゴの音頭でもう一度固めの盃を交わすと、それぞれの思惑を胸に夜の街に散っていった。

翌朝、アゴが目覚めたのはなんと朝の六時であった。やけに頭が冴《さ》えている。やはり多少緊張感があるのだろうか。出陣まではだいぶ時間があるが、アゴは迷うことなく寝ぐらを飛び出した。

ひと仕事する前に、ちょいと景気をつけていこうと思ったのである。早朝なのでタクシーで十分も走ると、目指すビルに到着した。

馴染みのオフロ屋に飛び込んで驚いた。なんと、待合室のソファに痔やんとピー坊がふんぞり返っているではないか。

「なんだい、おまえたちもモーニングサービスかい。考えることは同じだね。ああ、やだやだ」

「馬鹿野郎、俺たちはなあ、ゆうべみんなと別れてから真っつぐここに来て一発抜いて、サウナで仮眠してからまた戻ってきたんだ。アゴみてえに早朝割引専門のシブチンと一緒にするない。なあピー坊」

痔やんは、自分家《ち》みたいな顔をして応接テーブルに置いてある煎餅をバリバリ言わせている。

「まさか英里を指名したんじゃねえだろうな。せっかく仕事前に景気つけようって意気込んでるのに、いまさらアゴとそっちの兄弟の契りなんぞ結びたくねえぜ」

ピー坊が、その図体を持て余すような座り方でアゴに毒づいた。

「おまえの後なんか、こっちからお断りだよ。まあ、なんでもいいや。出陣前に景気良く花火の打ち上げといくかい」

「あんまり無理すんなよ。お互いに若くねえんだからよ」

指名の娘が迎えに来て、痔やんがアゴを振り返るとそそくさと中に入って行った。


実行部隊の五人は十一時きっかりにチャンカァの店に集結した。

いつもはサンダル履きの公ちゃんが、今日はニッカボッカに地下足袋、頭にはねじり鉢巻きという正装でやってきた。

外車屋の小林も、いつもの背広姿ではなく傭兵《ようへい》が着るような迷彩服とレイバンのサングラス、そして戦闘靴のようなごつい靴を履いて現れた。

皮肉にも昨日最後までグズっていた二人が、絵に描いたような喧嘩支度で気合を漲《みなぎ》らせているではないか。

前日の打ち合わせを再度確認すると、チャンカァが注いでくれた景気づけのコップ酒で改めて気合を入れた。真っ昼間からゴロマキ突撃隊が列を組んでの出陣である。

公ちゃん、小林、痔やんの三人は、まっすぐ最初の標的である前原の働くラーメン屋に向かった。

店に居る時間よりサボっている時間の方が多いような奴だが、昼飯どきのこの時間は居ないはずがない。

「前原！　悪いけどチョット顔貸してくれや。すぐ済むからよぉ」

公ちゃんと痔やんの二人が干してある布巾やごみ箱をかき分けて、厨房《ちゅうぼう》の裏口から顔を覗かせた。小林は正面の開けっ放しになっている入り口から入った。そして無言で引き戸を閉めると、営業中だというのに内側からサッシの錠を掛けてしまった。

小林の端正な顔は紅潮し、目は吊り上がっている。既に店は満席に近い状態であった。

店内の客たちは突然の侵入者たちにソバをくわえたまま、何だ何だといった顔だ。

汗だくで鍋を振っていた前原は、公ちゃんたちの侵入に一体何事か、といった表情を見せた。

「何だテメエら、こんな時間に来てトボケたこと言ってんじゃねえよ。見りゃ分かるだろう。今抜けられるわけねえじゃねえか」

口を尖らせて侵入者を無視しようとしたが、正面から入ってきた小林の形相とガラス戸を閉めてしまった態度を見てとると、ふてくされたように鍋を放り出した。

「悪いけどちょっとやっててくれ」

もう一人のコックに短く言い残すと、顔を歪めながら裏から出てきた。

「一体何だってんだ。俺はアンタらにそんな顔つきで店に乗っ込まれる覚えはねえぜ」

「まあ、そう尖《とんが》るなよ。本来ならコーヒーでも飲みながら話したいところなんだが、こちとらもそんな悠長なことしてる時間はないもんでね。ところで結論から先に言うけどよぉ、この封筒を死んだサブちゃんの遺言だと思って、気持ちよく受け取ってくんねえかな」

三人で前原を囲むようにして無言の圧力をかけながら、公ちゃんが封筒を取り出した。

前原は訝しげな顔で封筒を覗き込み、現金と一枚の便箋を抜き出した。まず現金を数えると、こりゃあ何のつもりだ、というような目で三人を見たが、公ちゃんが無言で春日ちゃんが書いた便箋を顎でしゃくった。

春日ちゃんの文章は短いながら、簡潔にサブちゃんのメッセージを伝えてあった。

前原の顔つきがみるみる変わっていった。

「テメエら！　こんなムチャクチャな話があるか。筋が違うだろうが、筋が！」

小太りの前原の顔がトラフグのように膨らんできた。

「おい前原、筋者でもねえくせにいちいち筋々ほざくんじゃねえぞ！　それにな、今回は石コロ風情の屁理屈は聞かねえことにしてるんだ。気持ちよくイエスと返事するか、思い切り尻をまくってノーか、この場で決めろやい！」

前原の話す鼻先に公ちゃんが厳《いか》つい顔を近づけた。

「テメエら……三人で不意打ちなんて汚ねえぞ。最初からその気で来やがったな」

口では精一杯虚勢を張ってみたものの、前原の目には恐怖心がはっきりと出てきていた。

「誰がテメエ如きを三人で小突《こづ》き廻したりするもんか、馬鹿野郎！　俺一人で充分だ。嫌なら嫌で一向に構わねえ。はっきり嫌だって言ってみろ！」

公ちゃんを突き飛ばすようにして前原に突進したのは小林だった。物凄い形相で前原を睨み付け、その鼻先に拳を突き付ける。

小林は優しい外見からは考えられないが、元全日本ライト級にランキングされたプロボクサーであった。

既に両目の下辺りまでアドレナリンが分泌してきている。恐らくあと数秒もすると、自分の意思にかかわらず鉄拳が炸裂するはずであった。

「分かった、分かったよ。とりあえずこの銭は預かっておくよ。でも、あのレースに乗っかったのは俺だけじゃねえ。永尾や辻井にも訊いてみねえと……何とも言えねえだろう?」

前原は明らかにビビッていた。もうひと押しである。

「永尾や辻井には俺が直接訊いてやる。それにとりあえずとは何だ。はっきりしろい、前原」

公ちゃんが小林の肩越しに凄んだ。

小林は無言で前原を見据えたまま、両手に黒の革手袋を嵌めると背中を丸めてファイティングポーズをとった。

「ま、待ってくれよ……俺は分かったと言ってるんだ。永尾と辻井には俺から言っとくよ。約束する。ところで奴らも金額は同じなんだろうな?」

前原は肩に埋まってしまうほど首をすくめながら、小林の肩越しの公ちゃんに訴えた。

「決まってんじゃねえか。俺たち石コロに優劣なんかあるかい。春日ちゃんが責任を持ってやってることだ。信用しろ」

公ちゃんは小林の拳を下ろさせると、永尾と辻井の封筒を取り出して前原に渡した。

「手打ち、なんて言葉は使いたくねえから仲直りということにするか。無理なこと言ったけど、よく分かってくれたよ。そのうち俺たちの方から席を設けるから一杯やろうや。忙しい時間に悪かったな」

公ちゃんは前原を一瞥すると、まだ血が上っている小林の腕を取って促すように狭い路地を歩き出した。

しかし、このままでは前原にとってあまりに惨めな終わり方である。残された前原に、痔やんがそれとなく体を寄せていった。

前原にも一丁前に遊んでいるという強烈な見栄があった。しかしその割には、あまりにあっけなく暴力の恐怖に墜ちてしまった自分に対しての憤懣は、察して余りある。

「前原、分かってくれてありがとうよ。正直なところ、俺たちもいろんなしがらみを腹に収めてサブちゃん夫婦の気持ちを優先したんだ。俺たちは本物のヤクザじゃねえんだから、義理や筋より人情が前に出たって何の不思議もねえだろう。

実は俺たちも二日前に春日ちゃんからこの話を聞いてよぉ、これは大変だってことになったんだ。そして皆で相談して、まず一番最初に前原に納得してもらわねえと後々面倒なことになるってことで、いの一番におまえさん所に来たんだ。ちょっと荒っぽいやり方だったけど、何しろ時間がなかったんだ。おまえさんの後に、あと数人の主だった頭目格の奴を説得しなきゃならないんでね。とにかく分かってくれて助かったよ。永尾と辻井の二人にも、おまえからくれぐれもよろしく伝えてくれよ」

茫然自失の前原に、痔やんがさりげなく救いの言葉を投げかけた。

「痔やん、本当に一番最初に俺のところに来てくれたのか?」

「おうよ!　何しろこの辺じゃあ一番のうるさ型のおまえさんの了解を取らねえと、一歩も先に進まねえだろう?」

焦げ付き集金人の異名はダテではない。この場において、前原のような単細胞を懐柔させることなど、痔やんにとってはたやすいことであった。

前原の表情に生気が戻ってきた。

「俺んとこに一番に来てくれたっていうのは確かに嬉しいわな。よし!　辻井と長尾には俺からちゃんと言っとくよ。ただし話が食い違うと面倒だから、あんたたちからあの二人には余計なこと言わねえでくれよ」

前原の気がかりは、あくまで自分の醜態が仲間にバレてしまうことであった。

――前原は小林の革手袋を見ただけで、小便チビッてたぜ――などと吹聴されては面子《メンツ》もへったくれもなくなってしまう。

「前原よぉ、俺たちだって今日のことは不作法だって百も承知なんだ。できれば今日中に忘れちまいたいくらいだ。だから余計な心配はしなくていいぜ。まあそういうことで、これからもよろしく頼むぜ。本当にありがとうよ」

前原のような見栄っ張りのタイプは、自尊心をくすぐってやることが一番効果的であり、それゆえの――おまえが一番最初――なのである。そして潰してしまった相手の面子を取り戻させるための――今日のことは忘れる――なのである。脅しや暴力で相手を屈服させることは、ある意味で簡単ではあるが、こういったフォローをしっかりしていないと後々のねじれにつながるのである。

前原の場合にしても、仲間の永尾と辻井には恐らく――旧カネコ一派のたっての頼みだし、何てったって俺んとこに最初に来てくれたこともあるし、ここで旧カネコ一派に一つ貸しを作っとくのも悪くねえだろう――くらいの話にしてしまうに違いない。

そしてこのような結果になってこそ、仕掛けた方の勝利と言えるのである。

この六人の襲撃計画を立てた時、前原に関してはおおよその反応が予測できたため、筋書きや段取りも楽に決めることができた。

まず公ちゃんが気迫のこもった啖呵で相手を圧倒し、次に小林が無言の暴力的圧力をかけて大勢を決めてしまった。

そして痔やんが、戦国時代の殿《しんがり》部隊よろしく、敗者の前原の面子やら意地やらその他モロモロの後始末を施して、まずは一丁上がりであった。

なかなか幸先の良いスタートではあったが、前原に関しては既に戦前から与し易し、という予想であった。しかし、これからの標的はそうはいかない面々が続くのである。

「思ったより早く終わったな。アゴとピー坊の様子を見に行くとするか」

三人は急ぎ足で、アゴとピー坊の標的であるマサハルがのたくっている碁会所に向かった。

内海マサハルは、地元の商店街の出身である。彼の父親は水道屋と碁会所を営む、町会長の経験もあるウルサ型である。

しかし、その立派な父親の息子二人は、見事にグレてしまった。

それでも兄貴のマサハルは、地元で与太っているレベルで収まっていたが、弟のシゲハルはとっくに勘当の身である。現在は関西に流れてM会系の現役バリバリに出世（?）していた。

マサハルは、昼間は父親の碁会所の店番みたいなことをしており、夜になると売り上げを掴んで街を徘徊している、親不孝を絵に描いたようなロクでなしである。ごくつぶしとは、こいつみたいなことを言うのだろう。

三人はマサハルの碁会所を覗いてみたが、既にアゴたちが連れ出しているらしく誰の姿もなかった。

三人はマサハルの連れ出し場所である裏手の駐車場に向かった。

果たしてそこにはアゴたちの姿があった。しかしアゴとピー坊とマサハルの三人だけではなかった。

なんとマサハルの弟のシゲハルまで一緒であった。なんで奴が今日に限ってここにいやがるんだ
——奴の今のホームグラウンドは大阪じゃなかったのか——。

今のシゲハルは、れっきとした筋者だ。こりゃあ面倒なことになった。駆けつけた三人の顔に、なんでシゲハルの奴が……という驚きが走った。

何やら声高に話し合っている四人は、まだこちらの存在に気付いていない。

ここでいきなり三人で飛び出していくのは、いかにも加勢に駆けつけたという感じで流れとしてはあまり芳しくはない。

しかし、どう見ても状況はアゴたちに不利に見える。静観している場合ではなかった。

三人はお互いに顔を見合わせると、まっすぐ駐車場の中に入っていった。

真っ先にこちらを振り向いたのは、兄貴のマサハルだった。

「何だおまえら……おまえらも鶴田のバカの廻し者か。どうせテメエら、最初から全員でツルんでやがったんだろう。二人を五人がかりか？　……上等だ！　シゲハルのM会の看板に対しての態度と見ていいんだな」

マサハルは金看板を背負った実の弟と一緒だから、強気なことこのうえない。

「俺たちはアンタにだけ話があるんだ。いくら兄弟でも部外者は引っ込んでてもらいてえな」

前原を型に嵌めたそのままの勢いで、公ちゃんが二人の前に肩を揺すって立ちはだかった。

しかし弟のシゲハルは本物のヤー公である。前原のように簡単にいくはずがなかった。

シゲハルはポケットに手を突っ込んだまま、いきなりニッカボッカの公ちゃんの膝を右足で蹴り上げた。

「半パの土方風情が、いっぱしの口を利くんじゃねえよ。テメエらまとめて六甲山に埋めてやろうかい、ええ？」

シゲハルがポケットから手を出して、公ちゃんに追い打ちをかけようとしたその時である。黒い革手袋が、シゲハルの顔の真ん中を直撃した。

もんどり打って倒れたシゲハルの襟首を掴んで、一呼吸も置かずに引きずり起こしたのは小林だった。左手でブロック積みの壁にシゲハルを押しつけ、右拳でボディーに強烈なやつを半ダースほど叩き込んだ。

「この野郎！　テメエなんかに話しちゃいねえんだ。六甲山？　上等だ。来るなら来やがれ、こっちだって怖いモンなんかねえんだ。テメエ一人がヤクザじゃねえんだ、のぼせるな！」

小林は、しゃがみ込んでしまったシゲハルの鼻血だらけの顔面を、とどめとばかり戦闘靴で蹴り上げた。

あまりに一瞬の出来事だった。兄貴のマサハルは思わず体が固まってしまっていたが、弟がとどめの蹴りで仰向けに崩れ落ちるのを見ると、猛然と小林に飛びかかっていった。

しかし、野球のピッチングみたいな素人の大振りパンチが、元ボクサーの小林に当たるわけがない。

逆に小林のまっすぐなパンチを顎と鼻に受けてしまい、腰から崩れ落ちた。

「おい、寝るのは早いぜ！　まだ返事をもらってねえんだ。どうしても嫌だってんなら、今後街でおまえを見かけるたんびにぶん殴ってやる。それとも弟を巻き込んででっけえ戦争の言い出しっぺになる度胸がテメエにあるってのか？　何度も言うが、俺たちはもう腹をくくってるんだ。どんな大ごとになったって構やあしねえんだ」

両膝をついているマサハルを強引に引きずり起こした小林は、ブロック塀に思い切り押し付けた。凄まじい迫力だ。

「分かったよ、分かった……。だけど銭は元金の六万だけでいい。残りはビタ一文いらねえ。持って帰ってくれ」

マサハルが苦し紛れに曖昧な返答をした。

小林はマサハルの襟首を離すと、脇腹に強烈な一発を見舞った。

さらに追い打ちをかけようとするのを、アゴと公ちゃんが中に割って入った。

「おう、マサハル！　突っ張ってると本当にハンチクにしちまうぞ。同じ街でのたくってきた仲じゃねえか。気持ち良くサブちゃんの遺言を受け取れ！」

アゴが公ちゃんと二人で小林を渾身の力で押さえながら、首をねじ曲げて絶叫に近い声で叫んだ。

「余計なことするな！　こいつはどうせ後でグズグズ言いやがるんだ。一か月くらいその口を利けなくしてやる」

小林は顔面を震わせながら、本気で公ちゃんとアゴの二人の巨漢を振りほどかんばかりの勢いで、マサハルに殴りかかろうとしている。

揉み合っている三人を尻目に痔やんが、しゃがみ込んでしまっているマサハルをガードするかのように中腰で語りかけた。

「なあマサハル。おまえだってこの街で生まれ育ったんじゃねえか。おまえが洟を垂らしてた頃、鶴ちゃんだって同じように洟を垂らしながら豆腐屋の小僧をやってたんだ。俺たちだっていろんなしがらみを全部腹の中にしまい込んで、サブちゃんの遺言を最優先させようって決めたんだよ。そのためには、地元でいい顔の内海マサハルに是非協力してもらいてえのさ。おまえだってガキの頃は、サブちゃんに随分いろんなこと教えてもらったろ？　その思いを返すと思ってよ……。何とか協力してくれねえか」

痔やんの囁きに、脇腹を押さえてしゃがみ込んでいたマサハルが、観念したように顔を上げると地面にアグラをかいた。

鼻血が顔の下半分を赤く染めている。痔やんがポケットからティッシュの袋を差し出した。

「分かったよ。今回はサブちゃんの顔を立てることにしよう。だけど弟の奴が何て言うか……。奴は俺の言うことなんか聞きやしねえぜ」

ティッシュで鼻を拭いながら、倒れているシゲハルを顎でしゃくった。こっちは完全に伸びていた。

「放っとけよ。看板背負ってるヤクザモンが車のセールスマンにタイマンでのされたんだ。ジタバタすると余計惨めになるんじゃねえか？　俺たちは何も見てねえことにしとくからよぉ」

痔やんが諭すように言った。

アゴとピー坊もマサハルを囲むようにして肩をポンポンと叩いた。

「良かった、良かった。今までどおり仲良くやろうや。これからはポンにもちょくちょく顔出してくれよ。歓迎するぜ。それと藤野と林の分も預かってくれよ。マサハルから奴らを説得してほしいんだ。

頼んだぜ」

アゴは懐から二人分の封筒を取り出すと、マサハルの手に握らせた。藤野と林は日頃、『輪』という雀荘で溜まっているマサハルの仲間《ダチ》である。

アゴたち四人は駐車場を出て行ったが、痔やんはここでも一人残った。

「マサハルよぉ、まるっきり殴られ損みてえになっちまったけど、ここはひとつ旧カネコ一派の無理を通させてくれよ。それと、これはサブちゃんが死ぬ前におまえに対する思いを書き留めたものらしい。奥さんの春日ちゃんが、わざわざ今朝届けてくれたんだ。もちろん俺たちは読んでねえから心配するな。サブちゃんは、よほどおまえのことが気になってたみたいだぜ。近いうちに春日ちゃんとこに線香でもあげに行ってやってくれよ。サブちゃんもきっと喜んでくれるぜ」

痔やんは胸ポケットから小さい封筒を取り出してマサハルに渡した。これは決して痔やんのフカシではなく、襲撃計画にマサハルが入っているのを聞いた春日ちゃんが、生前のサブちゃんの言葉を文章にしたため、今朝チャンカァの店にわざわざ届けに来たのだ。

今朝になっての変更はしない方が良い、ということで、昨夜の計画どおりにマサハルを追い込んでしまったが、痔やんとしては——俺が一人でこのサブちゃんの書き付けを持って来ていれば——という悔いが残った。

マサハルは痔やんが視界から消えると、大の字にひっくり返って宙に向かって赤い唾を吐いた。伸びていた弟のシゲハルがモゾモゾ動き始めたので、痔やんに渡された封筒は目を通さずにポケットにしまった。

正直なところ、彼にとって鶴ちゃんのことなど、もうどうでもいいことだった。

地元っ子のマサハルが小学生の頃から、オカマのサブちゃんはこの界隈の有名人だった。派手な服装で小股でしなを作って歩くサブちゃんの後ろを、面白がって近所のガキどもや弟のシゲハルと、オカマオカマと囃《はや》し立てながら付きまとったものだった。

そういうガキどもをサブちゃんは嫌な顔もせず、駄菓子屋に連れてって、当時二個一円のバラ売りのキャラメルなどを買い与えてくれたものだ。

マサハルが成人してからも、街中で顔が合うと、

「あんたはね、内海設備の跡取りなんだよ。いつまで不良やってんのさ。しっかり家業に励んで、いつかあたしにキャラメルの恩返しをしておくれな」などと説教をされる仲であった。

こういう状況でなければ、旧知のサブちゃんの遺言ということであるならば、何ら異存はなかった。

それが偶然にも弟が一緒にいたところにアゴとピー坊が現れたため、つい強気になっちまっただけなのだ。

しかし、元ボクサーだとは聞いていたが、たかが車のセールスマン如きに兄弟まとめて一発のパンチも当てられないまま、のされてしまうとは……。それが何とも情けなかった。

それにしても、今日の外車屋のテンションの高さは一体何なのだ。クスリでもやってやがったのか……人は見かけによらないということが、こういう目に遭って改めて思い知らされた。

「それにしても痛すぎるぜ……」

実行部隊の五人は、ひとまずチャンカァの店に引き揚げた。ここにきて、若干作戦の変更を余儀なくされていたからだ。

当初の予定では、二組に分かれて昼間の前原、マサハル。夕方の安田、田島。夜の梅沢、佐藤であったが、こうなったら悠長に構えている余裕はない。

もとより平穏に事が運ぶとは思っていなかったが、結果的にマサハル兄弟とはドンパチになってしまった。

夜までには、アゴたち実行部隊の仁義なき荒行の噂が街中を飛び交ってしまうだろう。

まず二組に分かれることをやめた。マサハルの例もあるように、相手が一人とは限らないし、どんな奴が横槍《よこやり》を入れてくるかもしれない。万全を期するためにも、全員で動くに越したことはない。失敗は許されないのだ。

それから標的に身構える時間を与えないために、所在確認ができ次第襲撃ということになった。時間が来るまで待っていてはいけないのだ。

早速チャンカァの店からパチンコ『大銀』に電話を入れた。景品買いの安田が取りついている店である。

しかし電話に出たロクでもない従業員は、調べもせず——今日はまだ見ていない——と面倒臭そうに答えただけだった。

「しょうがねえ。俺が様子を見てくる」

痔やんが席を立って出て行こうとした。当然のように小林が後に続こうとしたが、アゴとピー坊が慌てて小林を止めた。

十分ほどして痔やんから電話が入った。やはり安田は、定位置とも言える『大銀』の入り口の近くにいた。

四人は痔やんの待つ喫茶店『ノア』に入っていった。この店からは、大銀の入り口付近が遠目に見える。

安田はいつもの格好で、退屈を紛らわすように盛んにタバコをふかしていた。都合のいいことに一人である。

五人は素早く目で合図を交わすと、アゴと痔やんが無言で『ノア』を出た。

一呼吸遅れて小林がゆっくり店を出ると、大銀の並びの、テントで覆われた工事現場の中に消えた。

公ちゃんとピー坊は、喫茶店のガラス越しで待機の状態だ。

一人の相手を五人で囲むのは、いくら何でも気が引ける。

前原を型に嵌めた時の要領で、相手が素直だったら二人、グズったら背後から小林、という戦法をとったのだ。

アゴと痔やんが安田に接触した。アゴが安田の肩をポンと叩き、小林が一足先に入った工事現場の中に連れ立って入って行った。

十分ほどすると、アゴと安田が肩を組んで出てきた。安田は痔やんと握手までしている。最後に小林が出てきたが、手袋はしていなかった。

アゴは『ノア』のガラスに向かって、大きく両手で輪を作って無事完了の合図をよこした。

待機組の二人は、顔を見合わせてお互いに頷き合った。もとより標的に恨みなどないのだから、悶着が起きないに越したことはない。

無血で安田を説得した五人は、成功の余韻に浸ることなく、ダフ屋の佐藤のヤサに向かった。

国電の土手沿いにある佐藤のヤサは、ピー坊が知っていた。以前奴のアパートで、オイチョカブ大会をしたことがあったのだ。

ダフ屋という稼業のほとんどは、組織に抱えられている奴が多いが、佐藤は個人経営の佐藤商店という色合いが強い古株のダフ屋だ。

しかし、佐藤のアパート急襲は空振りに終わった。当時は自室に電話を引いてある奴などほとんどいやしなかった。まして現在のように、携帯電話やらポケットベルなど夢にもなかった時代である。

無駄足や空振りは仕方のないことである。

しかし時間の進み具合は、現在も当時も一緒である。時計は既に三時を廻ってしまっていた。

次の予定は、鍋屋横丁の梅沢のヤサに直行ということであった。しかし道が混んでいたりしたら、その後の田島の襲撃が大幅にずれ込んでしまう。いるかいないか分からない梅沢に貴重な時間を取られるより、四時過ぎには必ず店を開ける田島を優先させる方が頭のいい奴がすることだ、という誰かの意見で、ひとまずチャンカァの店へ舞い戻ることになった。

「あんたたち本当に頭が悪いねえ。文明の利器をもっと活用しなよ。梅沢って奴はどこのタクシー会社なの？」

「〇〇タクシーだと思ったけど……」

チャンカァは番号案内でタクシー会社の電話番号を訊き出すと、直接営業所へ電話を入れた。

「今日はアケ番で朝方帰ったって……。タクシーは一昼夜ぶっ通し勤務だから、この時間は絶対家で寝てるはずだよ。このチャンスを逃したらどうするんだよ。夜になったら街に這い出しちまって、また探すのに苦労するだろう。田島は店にいるって分かってんだから、何時だっていいんだろう？　こういう場合、どっちを優先するかなんて子供でも分かることじゃないか。グズグズしてないで、早くインチキ雲助の寝込みを襲っといで！」

チャンカァの有無を言わせぬ喝に、五人は思わずシャキッとしてしまった。

「全くだ……」

「アイアイサー」

「チャンカァを司令官にしておけば、二時間で作戦完了してたな」

五人は一台のタクシーに無理矢理乗り込み、鍋屋横丁の梅沢のアパートに向かった。

梅沢は、痔やんのドリンク稼業の顧客だった。奴のヤサには、痔やん自身が何度も集金に行っている。奴のヤサに電話などという気の利いたものはあるはずもなかった。梅沢は以前ハコ助の客だったが、塚本の事件でハコ助がパクられて以来、痔やんのノミ屋稼業にせっせと投資している。したがって事の次第によって、痔やんは顧客を一人失うことにもなる。

当時のタクシーはワルが多く、社員の半分が前科者だという会社も存在していたほどであった。この梅沢という男も札付きのワルで、夏など半袖シャツの下の刺青をわざとチラつかせて街を流しているような野郎だった。

若い女性客にはチョッカイをかけるわ、男の客は脅かすわ、年寄りは騙くらかして何倍もの料金を踏んだくるわで、文字どおりの不良雲助である。

先ほどの安田と同じように、痔やんを先頭にアゴと小林が続き、公ちゃんとピー坊はアパートの玄関前に陣取った。

「梅沢の野郎、大人しく言うこと聞きやがるかなあ」

「どうかな。奴は悪あがきするタイプだからな」

公ちゃんとピー坊が表で話していると、突然頭の上で怒号が飛び交った。

二人が見上げると、勢いよく二階の窓が開いて、ステテコの足が窓に掛かった。しかし抵抗はそこまでだった。

ステテコの足は再び部屋に引きずり込まれ、何かがぶつかって壊れるような音が響き渡った。

「こんな昼間から、あんまり派手にやると危いぞ」

公ちゃんとピー坊は、アパートの中に駆け込むと、それぞれ一階と二階の通路を見渡した。もし、アパートの住人が何事かと思って顔を出したら、ひと睨みして釘をささなければならない。一一〇番でもされたら面倒なことになる。

しかし運が良いことに平日の午後だったため、誰も在宅していないようである。

二人が梅沢の部屋に足を踏み入れると、アゴが懸命に小林を抑えているのが目に入った。まるで二人が取っ組み合いをしているような様相だ。

その足元では、痔やんが梅沢のそばにしゃがみ込んでいた。つい二時間前に見たばかりの光景である。

梅沢は鼻と目尻から血を流して布団の上にアグラをかいていた。目にもパンチを喰らったらしく、血と一緒に涙が止めどなく流れている。

「馬鹿野郎、目が見えねえじゃねえか。どうしてくれるんだ」

その途端、小林がアゴを振りほどき、今度は梅沢の左耳に拳を打ち下ろした。

梅沢の体は、再び掛け布団に大きくダイビングした。

「これでもまだ不足だってんなら、今度は前歯を総入れ歯にしてやる。今のうちに歯を喰いしばっとけ！」

再び小林が梅沢に馬乗りになりかけたが、今度は三人掛かりで引っぺがした。

「おう、梅沢！　おまえ一人で逆らおうったって、もう遅えんだ。おまえ以外は皆気持ち良く納得してくれたんだ。それともナニか？　おまえ一人でこの界隈の三十人からの半グレを敵に廻そうってのか？　それとも、恐《おおそ》れながらと、組織に泣きついてみるかい」

アゴの威勢のいい啖呵が部屋に響き渡った。

梅沢は一度上体を起こしかけたが、再び背中から布団に崩れ落ちた。目と鼻と耳にきついやつを喰らったので、平衡感覚がなくなってしまっている。痔やんが手を貸して何とかアグラをかかせた。

「なあ梅沢よ、何も俺たちは喧嘩しに来たんじゃねえんだ。サブちゃんの遺言をわざわざおまえに届けに来たんじゃねえか。他の皆は二つ返事で分かってくれたんだぜ。それなのにおまえだけがヤクザ気質なんて出しやがって……。俺たちは本物のヤクザじゃねえんだ。筋や義理より人情を優先させても罰は当たらねえだろう。頼むから分かってくれや」

痔やんは皆に目配せすると、出口に向かって手を払う仕草をした。

その目は、ここは俺に任せて次に行け、と言っている。

実行部隊の四人は痔やんを梅沢の部屋に残して、次の標的である玉突き野郎の田島の店に突進した。

「なぜかワンパターンになってきちまったな」

「話して分かんねえんだから、しゃーあんめえ」

ピー坊とアゴは声を潜めて顔をしかめた。二人の視線はそれとなく小林に向いている。

「クスリやってんのかな」

「まさか。ボクシングやってた時は、いつもあの調子だったらしい」

「クスリを使わねえで、あんなに変われるかな？」

「さあな」

実行部隊と言うからには、誰かが汚れ役に廻らなければならなかった。

真っ先に志願したのが小林だった。日頃は大人しいという印象があるが、知る人ぞ知る元全日本ライト級のランキングボクサーである。アズルが不在の今、素手ゴロでは抜きん出ている。

こういう役は、やる気とその気が全てである。

若干暴走の心配はあるものの、皆に異存があるはずがなかった。

もとより、格別恨みのない人間をいきなり殴り倒す、などということは、それなりの心の準備が必要なのである。

通常は心の奥の部分に眠っている狂気の部分を引っ張り出してきて、スタンバイしていなければならない。

だから小林のように、人格が変わるくらいに気持ちを高ぶらせるのは当然であって、アズルのように片手で握り飯を喰いながら、片手で相手を叩きのめす、なんて神経の方が異常なのである。

小林は昨晩、摩樹で皆の前で——何でもやるぜ——と言い放った時から、既にボクシングの試合の直前のような緊張感を漂わせ始めていた。そして一晩中まんじりともせずに、体中のアドレナリンを沸っ立たせてきたのだ。

四人が田島の店の裏手に着いたときは、四時を三十分廻っていた。

ここまで六人のうち四人をキッチリ型に嵌めたことになる。残るはこの田島と佐藤の二人だ。

田島がマネジャーを務めるビリヤード場は、建物の二階にあった。出入り口は一か所しかないし、近くに手頃な場所もなかった。恐らく田島の他に一人や二人、取り巻きやら常連やらがいることが予想された。しかし誰がいようがいまいが、店内で決めるしかない。

実行部隊はアゴを先頭にして、ためらうことなく狭い階段を上がっていった。

一人か二人という予想は見事に外れた。店内には田島の他に四人の男たちがたむろしていた。

しかし五人が十人だろうと、やることは一緒だ。

「よお、田島！　ちょっと話があるんだけどな。ちょっとの間、他の兄さんたちには外に出ててもらえねえかな」

店内に居た五人は、一瞬アゴたちの気迫に気圧《けお》されたように固まった。だが、隅でラーメンをすっていた若造が、素早くキューを持つと田島を庇うようにアゴの前に立ちはだかった。ハズラーと呼ばれている田島のコシギンチャクだ。

「何だテメエら！　どこの店の誰に向かってものを言ってるんだ。寝ぼけてんじゃねえぞ、オッサン！」

ハズラーはキューのグリップの部分でアゴの右肩を強く押し返した。

アゴの表情が一変した。こんな若造にナメられてたまるか。アゴは、ハズラーの首根っこを引きちぎってやろうと、ポケットから手を抜いた。

しかしその瞬間、ハズラーは両目の間を黒手袋の拳に撃ち抜かれて、もんどり打って床に転がった。

「ピー坊、公ちゃん、小林を押さえてろ！　田島は話せば分かる」

アゴは田島以外の三人を見据えながら、田島の前ににじり寄った。

「乱暴な入り方に見えたかもしれねえけど、俺たちはアンタに喧嘩を吹っ掛けにきたわけじゃねえんだ。ちょいとサシで話してえんだが、お人払いを頼むよ。こっちの三人も出すからよ」

田島は乗り込んで来た四人と、床に伸びているハズラーを見比べると、諦めたように残りのメンバーに外に出るように言った。

アゴたち四人の気合の入った表情と、圧倒的な勢いで先手を取られたことで、どう見ても分が悪いと判断したのだろう。

サシでの話し合いは五分ほどで終わり、外に出ていた面々も店の中に入ることができた。

「正直言うとね、俺はあんなことはもうこれっぽっちも気にしちゃいなかったんだ。だってよぉ、俺たちがガキの頃はもっとえげつない銭の引っぱがし合いが、しょっちゅうあったじゃねえか。ああいうのも一つの芸みたいなもんだったよな。それに何たって、サブ爺ぃの遺言だろう？　まだ俺が駆け出しの頃、サブ爺ぃに何回か飯を奢《おご》ってもらったことがあるんだ。もちろん俺にそっちの趣味はねえから、単なる先輩と後輩としてだけどな。

それにサブ爺ぃのカミさんの何とかさんてオバさんとも街でよく会うんだけどよぉ、俺みてえな奴に、ちゃあんと挨拶してくれるんだぜ。嬉しいじゃねえか。その夫婦の必死の頼みを無下に断るほど俺は恩知らずじゃねえぜ。しかし、それより久しぶりに一発ノックアウトってやつを見たんで、まだ少し興奮してるぜ」

　本音かどうか怪しいものだが、田島も仲間の手前、潔いセリフを並べている。

「まあ、これを機会にお互いもっと行き来しようじゃねえか。俺もたまに遊びに来させてもらうよ。おい、そこの威勢のいいアンちゃん、今度俺たちが来る時までに機嫌を直しといてくれよな」

　アゴは、隅の方でバツの悪そうな顔をしているハズラーに当てつけるように声をかけた。

　四人の実行部隊は、その足で再び佐藤のヤサに足を運んだ。しかし二度目も無駄足に終わった。どうもこの方角は相性が良くないようである。

　時刻は五時を廻っていた。誰かが残って見張りを続ければ少しでも無駄を防げるのだが、誰も俺が残ろうとは言わない。

　――夜まで待つしかねえか――誰が言うまでもなく、実行部隊の面々はゾロゾロとチャンカァの店に戻った。

　チャンカァの店には、梅沢の尻拭いを終えた痔やんが既に待機していた。

「首尾はどうだったい？」

　痔やんが浮かない表情でアゴに訊いてきた。

「おう、バッチリだよ。死人もチンピラ一人で済んだしな。向こうは五人もいやがったけどよぉ、十人だろうが一〇〇人だろうがチョロイもんだ」

アゴは上機嫌でビールを呷った。

「ところで梅沢の機嫌は直ったのか？」

「まあ、表向きは何とかかね……。だけどよぉ、あんなにぶっ叩かれたら、根に持つな、という方が無理な話だろう。鶴ちゃんに関しては男の約束ということで話をつけたけどよぉ、奴には今後気を付けてた方がいいぜ」

痔やんの表情が今ひとつすっきりしない。どうも強引すぎるやり方に不満があるようだ。

「しょうがねえよ。最初《ハナ》からすんなり行くわけなかったんだしよぉ。俺だって話して分かる相手なら一時間だろうが二時間だろうが話し合いで済ませたかったよ。だけど話が駄目で銭も薄いときたら、拳を使うしかねえだろう」

アゴはあっという間にビールを二本空けてしまった。

「アゴはそう言うけどさあ、痔やんは一番損な役割をやらされてるんだぜ。気持ちが後ろ向きになるのもよく分かるぜ」

ピー坊が痔やんを庇うように口を挟んだ。

「ちょっと待ってくれ、皆なんか勘違いしてねえか。一番損な役割は、このコバちゃんだぜ。後でどんなハネッ返りがあるか分からねえのに、自分一人で悪役を買って出てるんだ。コバちゃんだって、好きで人を殴ってるわけじゃねえんだ」

ピー坊の意見に、今度は公ちゃんがムキになって反論した。当の小林は皆の話など眼中に無いようで、相変わらず思い詰めたような表情で手袋をいじっている。

この時、けたたましい音が店内に響き渡った。皆の視線が一斉にカウンターの中に集まった。

チャンカァが思い切り皿を床に叩き付けたのだ。チャンカァの顔は怒りで震えている。

「アンタたち、いい加減にしなよ！　誰が損だとか誰がいい格好だとか、そんなこと言ってる場合じゃないだろう？　まだ終わってないんだよ。大酒飲みながら反省会するのは、全部片が付いてからにしたらどうなのさ。今気を緩めて最後の一人で失敗したら、元も子もないんだよ。それに、ほんの数時間前に皆で出陣の乾杯をして出て行ったばかりじゃないか。それなのに、もう足並みが乱れちまうなんて……情けないったらありゃしないよ。

春日ちゃんが、今自宅で何をしてるか教えてあげようか。サブちゃんの小さい仏壇の前で、朝から一歩も動かないで手を合わせているんだよ。皆の力でサブちゃんの願いが叶いますようにって……。それなのにアンタたちは、終わってもないのに酒なんか喰らって損だとか得だとか……歯痒《はがゆ》いったらありゃしないよ」

チャンカァの唇が震えている。本気で怒っていた。一同は声も出せなくなってしまった。

気まずい沈黙をアゴが破った。

「おい！　行こうぜ。佐藤の奴が俺たちがシメた奴らとバッティングしねえうちに、押さえ込んじまおう。奴のヤサと例のスナックと雀荘と……。三組に分かれて網を張ることにしよう。そして十五分置きに手近の電話からチャンカァに電話して情報を交換することにするんだ。奴がどっかの網に掛かったら、全員が集合するまで待って最後のツメと行こう。自分たちだけでカタを付けようなんて思うなよ。失敗は許されねえんだ。

チャンカァ、悪いけど今日は商売休んでくれや。そのかわり、佐藤のカタが付いたら貸し切りでドンチャン騒ぎをやるからよ」

アゴの言葉が終わらないうちに全員が立ち上がった。

「春日ちゃんも後で呼んでおくからね。必ずまめに連絡入れてよ」

チャンカァの叱咤《しった》に送られて、実行部隊は三班に分かれた。佐藤のヤサにUターンしたのはピー坊と痔やんだ。

アゴは佐藤がよくのたくっている雀荘『大三元』へ向かい、公ちゃんと小林は、奴が根城にしているスナック『青い果実』へと、それぞれ散っていった。

アゴは一度『大三元』の前を通り過ぎると、数軒先の薬局のピンク電話から『大三元』に探りの電話を入れてみた。

しかし、今日は来ていないという相手の返事が終わらないうちに、受話器を置いた。

いっそのこと、とぼけて『大三元』の店の中で待ち構えてやろうか、とも考えた。

しかし奴がブラッと入ってきて、「やあ仲田ちゃん」「おう佐藤ちゃん」などのやり取りをしてしまったら、その後の展開がどうにも具合が悪い。こういう場合は、目と目が合った瞬間が勝負なのだ。一度間が空いてしまったら、後からいくら迫力を出しても駄目なのだ。アズルの言い草ではないが、落語を聴きながらセックスをしているようなものである。

既にかなり暗い。『大三元』の入り口を見張れる場所といえば、民家を除くと、レコード屋と八百屋と薬局しかない。薬局には長居をする理由がないし、かといって大の男がキャベツや大根をさすりながら、三十分も一時間も八百屋に長居するわけにいかない。

アゴはためらいつつもレコード屋に飛び込んだ。もちろんアゴ自身、レコード鑑賞の趣味なんかあるはずがない。それどころか、音楽なんてこの世の中からなくなっちまってもいい、とさえ思っているくらいだ。

二十分ほど経って、チャンカァの店に電話を入れた。どのチームからも異常ナシの報告が入ったそうである。

アゴは再びレコード屋に戻り、うわの空でレコードをまさぐりながら『大三元』の入り口から目を離さなかった。こういう時間はやたら長く感じる。

今頃、痔やんとピー坊は佐藤のアパートの裏手で、しゃがみ込んでタバコでも吸ってることだろう。もしかしたら、缶ビールかなんか飲んじゃってるかもしれない。あいつらの張り込みは楽ちんだ。目を皿にして張ってなくても奴の部屋に電気が点けば、帰ってきたことになるからだ。

公ちゃんと小林君は果たして店の近くで目立たないように、見張りができているだろうか。奴らのことだ、もしかしたら客のふりをして店の中でビールでも飲んでいるかもしれない。しかし、とうの立った婆ァ二人しかいないスナックが、なんで『青い果実』なんだ。女の図々しさには、常識というものがねえのか……。

アゴはたわいないことを考えながら、チャンカァに二回目の連絡を入れた。公ちゃんと小林のチームからの連絡はあったが、ピー坊と痔やんのコンビからの連絡がまだ入っていない、ということであった。

佐藤が帰ってきたという連絡も入っていないので、十円玉の両替にでも走っているのだろう、というチャンカァの予想だった。

レコード屋に戻って、しばらく訳の分からないレコードをめくっていたが、連絡を入れてこない二人が気になって仕方がない。

アゴはまたチャンカァに電話を入れてみた。相変わらず連絡がないままだという。

——危《ヤバ》い！　アゴの第六感が働いた。あの馬鹿ども、突っ込みやがったな——

あの二人の身に何かが起こったというよりも、あの二人が佐藤をキャッチして単独行動に走った、と思う方が正解だろう。

さっきのチャンカァの店での痔やんの様子と、それに同調するようなピー坊の態度……二人を組ませるんじゃなかった。アゴは走りながら悔やんでみたがいまさら遅い。

アゴが、巨体を揺すりながら佐藤のアパートに辿り着いた。優に十分は走ったことになる。

案の定、二階の奴の部屋の電気は点いていた。思ったとおりだ。アゴは一瞬の迷いもなく、ノックもせずに佐藤の部屋に駆け込んだ。

中にいた三人の顔が、一斉に入り口に向いた。ダボシャツとステテコ姿の佐藤が、真ん中にデンとあぐらをかいていた。痔やんとピー坊は、入り口を背にして神妙な顔をしている。

「おう、佐藤！　この二人が何と言おうと」

アゴは靴を入り口に脱ぎ捨てると、ズカズカと部屋の中に入って行こうとした。

しかしピー坊が一瞬速くアゴの前に立ちはだかってきた。

「頼む！　ここは俺たちに任せてくれ。頼む」

ピー坊が訴えるような目でアゴを制した。

「おい、仲田！　十分待ってろ。十分以内にカタァ付けるからよ」

「ピー坊、おまえは外にいて皆を抑えててくれ、頼む。ここは俺一人にやらせてくれ」

佐藤が意外に冷静な口調で言った。

ピー坊が訴えるような目でアゴを制した。

痔やんがピー坊に訴えるような表情で言った。

ピー坊は、何か言いたげに痔やんの顔を見据えたが、黙って頷くとアゴを押し出して自分も部屋の外に出た。

「おまえたち、どうなってんだよ。勝手なことしやがって……。理屈や泣き落としが通じる相手じゃねえんだぜ。つまらねえ仏心なんか出しやがって……見てみろ、最後になってこじれちまったじゃねえか」

アゴは憤懣やるかたない表情で、ピー坊に突っかかった。

「じゃあ、いきなり寄ってたかって、ど突き廻して、やったやったザマーミロってえのが正解だってえのか？　前原くらいだったらそれでも構わねえけど、他の奴は腹を割って話してからでも遅くはなかったんじゃねえか？」

ピー坊も目を吊り上げてアゴに喰ってかかった。

そこへ鉢巻き姿の公ちゃんと、戦闘服スタイルの小林の突撃コンビも駆け付けてきた。やはり異変を感じ取ったのだろう。

「一体どうしたってんだ。痔やんはどこ行ったんだ」

公ちゃんがピー坊の顔を見据えながらにじり寄った。

「理由《わけ》は後で話す。何も言わずに十分だけ待ってくれ」

ピー坊は公ちゃんと小林の前に足を踏ん張って立ちふさがった。ピー坊の顔には簡単には通さない、という決意がにじみ出ている。

「サシで話をつけに行ったってのか？　もし上手くいかなかったら、取り返しがつかねえぜ」

公ちゃんの顔も真っ赤だ。これが黙っていられるか、といった表情だ。小林は相変わらず気迫のこもった目で、佐藤の部屋の窓ガラスを見据えている。

気まずさを伴った緊張感が、アパートの前の路地に充満し始めた。

きっかり時間を計ったわけではないが、小林と公ちゃんが到着して十分余りが過ぎた。

小林が無言でアパートに入って行こうとした。すかさずピー坊が止めようとしたが、今度は逆に公ちゃんとアゴに両腕を抱えられてしまった。

その時、内階段から佐藤と痔やんが、連れ立って下りてくるのが見えた。

間に合った……。玄関の小林を認めた痔やんが、両手を広げて小林の前に立ちはだかった。

「小林君、もういいんだ。佐藤は分かってくれたよ。皆も佐藤に礼を言ってくれ。気持ち良く分かってくれたんだ」

痔やんは、ここで小林に暴走されたらたまらないと思ったのだろう。親が気を失った子供を揺さぶるような真剣さで、小林の肩を揺すった。

肩を掴まれた小林に、一瞬ムッとした表情が浮かんだ。そして手袋を外すと、手加減を加えて痔やんの横ツラを平手で打った。

「これは抜け駆けのアイサツだ。心配させやがって……」

それまでの思い詰めたような表情の小林に、ようやくいつもの苦み走った笑みが戻ってきた。

「おいおい、皆気合が入ってる面してるなあ。こんな面構えでレツ組まれたんじゃあ、他の奴らは一溜まりもなかっただろう」

佐藤は全員の顔を見渡すと、大げさに驚いてみせた。

一杯付き合ってくれ、という佐藤の提案で、実行部隊の面々も彼の馴染みのスナックに繰り出すことになった。さっきまで公ちゃんと小林が網を張っていた『青い果実』というスナックである。

「それじゃあ、俺は家にまっすぐ帰ってきて大正解だったたってわけだな。いきなりこの店に寄ってたら、元ボクサーのパンチをまともに喰らってたって筋書きじゃゃねえか。クワバラクワバラってやつだぜ」

佐藤はすっかりいつもどおりの開けっ広げの調子に戻っていた。

「今日一日で、よくもまあそれだけのことをしたもんだな。仲田ちゃんなんか普段動かねえから、しんどかったんじゃねえのか」

佐藤が汗だくのアゴをからかうように言った。

「これくらいなんてこたぁねえや、と言いたいところだけどな。さすがに最後の一人には参ったね。三回も往復したあげく、そこの色男に出し抜かれてよぉ……。あれでがっくり疲れが出たよ」

アゴは痔やんを横目で見やった。痔やんはアスパラガスみたいな顔の婆ァホステスに密着されて、すっかりヤニ下がっちまっている。

「まあ、そう言うなや。痔やんだってよぉ、半端な意気込みでナシをつけに来たわけじゃねえんだぜ。まあ、この類いの話をするのは差し障りがあるんだけどよぉ、半分は本気でこの話にまでなったんだぜ」

佐藤は、、、この話と言った時に左手の小指を立てた。

「だってよぉ、いきなり二人で喧嘩も辞さず、ってな顔で乗っ込んで来たんでな。つい売り言葉に買い言葉ってやつで、筋だ指だって口走っちまったんだ。だけどな、元を正せばたかが六万円のトトカルチョだったんだ。それに俺もサブちゃんとは、まんざら知らねえ仲じゃなかったし、奴の遺言ってやつを蹴っ飛ばしちまったら寝ざめが悪いだろうよ。

それになあ、あれ以来俺は、田島や安田とも一緒に飲んだことがあるけどよぉ、奴らは鶴ちゃんのことなんて、もう何とも思ってねえぜ。他の奴らにしたって、もしかしたら忘れちまってたかもしれねえ。だからこんな大騒ぎなんかしなくてもよぉ、最初に俺にナシを持ってきてくれれば良かったんだ。そうすれば安田と田島はもちろん、梅沢やマサハルだってコーヒーでもすすりながら三分でナシをつけられたに違いねえ。

まあ、こう言ったら元も子もねえけどよぉ、はっきり言って今日の件はおまえたちの思い込みってやつだよ。ブッ叩くのは、あのラーメン屋のガキだけで済んだんじゃねえかい」

得意げな佐藤の講釈は、実行部隊にとってかなり耳の痛い話だった。

確かに強引にやり過ぎた面もあった。それは他人から言われなくとも分かっている。

しかし、もう終わってしまったことなのだ。こういうことはギャンブルと同じで、終わった後で反省しても何にもならない。外野が何と言おうと、実行部隊としての役割は充分すぎるほど果たしたのだ。サブちゃんだって草場の陰で喜んでいるに違いない。

一同はそんな佐藤の饒舌が、うっとうしく思えてきた。それに化け物じみた化粧の婆ァホステスに対しても、我慢の限界がきている。

既にチャンカァの店では、春日ちゃんが首を長くして待っているはずだ。

反省会より祝賀会の方がいいに決まっている。

佐藤ともう少し飲む、という痔やんを残して四人はそそくさと店を後にすることにした。

「ふざけるな！　あんな婆ァ二人の店に長居なんかできるかってんだ。大体青い果実たぁ何だ！　枯葉とか干し柿とかに改名しろってんだ。なあピー坊」

アゴは後ろを振り返ると、スナックの看板に向かって盛んに悪態をついた。


「本当にありがとうございました」

春日ちゃんは、実行部隊の一人一人に深々とお辞儀をしながら、小さなご祝儀袋を握らせてくれた。

それぞれの面々は、いい年をして親からお年玉をもらった時のように、困ったような照れたような顔をして押し頂いた。

「痔やんがいたら――俺はそういうつもりでやったんじゃねえ――とか何とか慌てふためいて、返すふりをするに違いねえ」

アゴがピー坊の耳元で可笑しそうに囁いた。

「全くだ。眉毛を下げて口を尖らせて頭を掻きながら少し舌がもつれるんだ。そ、そ、そんなつもりじゃ……ってね」

一同はチャンカァと春日ちゃんを囲んで、久しぶりに美味い酒を飲んだ。まさに勝利の美酒である。

「いい仕事をしてよお、こうして綺麗《きれい》どころにお酌してもらう酒ってのは、本当にうめえよなあ。なあピー坊」

さっきのスナックでのしかめっ面はどこへやら、アゴは別人のようなはしゃぎようである。

一時間ほどすると、痔やんが艶のいい顔色で戻ってきた。くたびれた上着の胸ポケットにバラが一本刺さっている。

「おお！　本日の主役のご帰還だ。どうだい、小指はまだ胴体にひっついてるかい？」

「チャンカァ、こいつの肩に塩吹っ掛けてやってよ。こいつは今まで墓場で飲んでたんだ」

「よお、色男！　貞操は無事か？　魔女に犯られちまったんじゃねえかって心配したぜ」

一斉に仲間の与太が飛んだ。

痔やんは狭い店内を見渡すと、「ここだって大差ねえと思うけどな」と小声でつぶやいた。

春日ちゃんが前に進み出て、お礼とご祝儀袋を手渡すと、果たして皆の期待どおりであった。

「いや、俺は別にそんなつもりじゃなくてよぉ……」

サブちゃんを成仏させる会（やっぱり、こちらの方がしっくりくるというので、再度変更になった）の面々は、夜更けまでグデングデンに飲んだ。

何時頃だか定かではないが、途中で痔やんとピー坊は外に連れションに出た。なぜか酔うと、外で空を見上げて小便をしたくなるのは男の常である。

「なあピー坊、こうやって一日中動いてよぉ、それなりの結果を出すってえのも悪くねえなあ。酒は美味いしよぉ、それなりの充実感があるじゃねえか」

「全くだ。心地いい疲れというか、満足感ってものがあるもんなあ。そういやあ、こうやって空を見上げて立ちションしてると、サブちゃんの口グセを思い出すよなぁ……」

「おう、空を見上げて必ず言ってたな。『東京の星空はつまらないねえ。それに比べたらラバウルの夜空は最高だったね。それこそ満天の星ってやつさ。戦争はひどかったけれど、ラバウルの星を見ながらのションベンは格別だった』ってやつだな」

「その続きもあるぜ、お二人さんよぉ。『でもでけえニシキ蛇がウジャウジャいるんで、草ムラでする時には下も見てなきゃいけねえ』ってやつだ」

いつの間にかアゴの仲田が隣で足を開き――亡きサブちゃんと夜空の星を見上げる会――の仲間入りをしている。

「ところでよお、お膳立てをしてやったのはいいけど、肝心の鶴公が一向に姿を現さねえじゃねえか。この期に及んで――やっぱり戻るのはきまりが悪い――なんて駄々こねてるんじゃねえだろうな……」

痔やんはそのまま道端にしゃがみ込むと、煙草に火を点けながらアゴに訊いた。

アゴは痔やんとピー坊の間にしゃがみ込むと、可笑しくてたまらない、といった表情で話しだした。

「実は俺もさっきチャンカァから聴いたばっかりなんだけどよお、もうだいぶ前から鶴公の奴はこの街に戻ってるらしいんだ」

「何だ何だ。あの野郎、随分と要領がいいじゃねえか。もしかしたら、女の部屋かなんかに匿われていて、一歩も外に出ねえでやりまくってるってえのか？　俺たちの苦労も知らねえでよぉ……」

「全くだ。それが本当なら、奴からもなにがしかの報酬をふんだくらねえと気が収まらねえな。だけど奴はどうせハイナシに決まってるからな。あの出っ張った腹の肉でも削ぎ取ってやるか……。それで奴は一体どこに隠れてやがるんだ？」

鶴ちゃんが既に戻ってきている――痔やんとピー坊にとっても、まさに寝耳に水のことだった。

「それがよお、灯台もと暗し、というかなんというか……いいか、二人とも驚くんじゃねえぞ。鶴公の奴は、一週間も前から今は亡きサブちゃんの部屋に居座ってやがったんだ。

そして、これがどういうことかってことは、ガキでも分かるこったろうよ」

「……」

「……ま・さ・か……」

ピー坊と痔やんは口をあんぐりと開けたまま顔を見合わせた。

「そうよ、そのまさかよ。あの罰当たり野郎はサブちゃんの仏壇の前で、こともあろうに……」

「しかし、あの春日ちゃんが……」

男と女の仲に関しては、何が起ころうと驚かないピー坊が、首を振りながら天を仰いだ。

「女は怖《こえ》えわな……」

痔やんがポツリと言った。

了

この小説はフィクションです。登場人物、団体等、すべて架空のものです。

また、昭和四十年代が舞台の小説のため、現在では差別的としてあまり使わない言葉も、当時の雰囲気を演出するために使用している箇所があります。

あとがき

思い起こせば五十年も前の話なのだ。

最初に書いた原稿（第二話、第四話、第五話）等は、自分が二十代前半の頃だったので、およそ半世紀近く眠っていたことになる。

この物語は当時自分の身の回りに起こった出来事を小説風に仕立てたもので、登場人物も全員実在した人達がモデルだ。

あれもダメ、これもダメという昨今の視点からすると、冗談みたいな日常だったかもしれないが、当時はそれがまかり通っていた時世でもあった。

そう、緩くていい時代であった。

当初から、いつかこの冗談みたいな物語を世に出したいという願望はあったが、元々ワープロとかコンピューターとは無縁の境遇であったし、手書き――それもかなりの悪筆ゆえ、世に出るのは到底無理と諦めていた。

ところが昨年、自分が七十歳を迎えた年に、「私が活字にします」という救いの女神が現れた。自分が原稿を読み上げ、その女神がパソコンに打ち込む。週一回の作業でおよそ九か月がかかった。

「ハイセイコー」「タンツボ」「ヨシノブちゃん」「大枚聖徳太子」「一班一殺の仁義なき戦い」……こ

の物語にピンとくる世代は、恐らく六十代以上であろう。すでに活字離れが始まっている老眼世代である。従って「売れないだろう」という悲観的観測が生じてくる。しかし、世に出ただけでヨシとも思わなければ……。

自分の本が書店に並ぶのが夢だった。そして夢は夢のままでいい。糧になってしまったらすぐに腹が一杯になってしまう。夢はいくら喰っても腹は一杯にならない。

最後に、救いの女神ことY女史、ワガママ爺ぃを支えてくれているM子、そしてこの時代遅れの物語を拾い上げ、世に出してくださった文芸社の方々に感謝です。

令和六年十月

斜里ハコ助

著者プロフィール
斜里 ハコ助（しゃり　はこすけ）
1953年生まれ
神奈川県藤沢市在住

能天気が列組んで

2025年１月15日　初版第１刷発行

著　者　斜里 ハコ助
発行者　瓜谷 綱延
発行所　株式会社文芸社
〒160-0022　東京都新宿区新宿1－10－1
電話　03-5369-3060（代表）
03-5369-2299（販売）

印刷所　TOPPAN クロレ株式会社

ISBN978-4-286-25845-4